Jörg Schmitt-Kilian
Leichenspuren

PIPER

Zu diesem Buch

Die vierundzwanzigjährige Polizeikommissarin Sabine Laube liegt tot auf dem Beifahrersitz eines Streifenwagens in Koblenz. Sie hält noch die Dienstpistole in der Hand. Ihr Kollege Bernd Müller, durch einen Kopfschuss schwer verletzt, kann sich an den Tathergang nicht mehr erinnern, als er aus dem Koma erwacht. Die tatverdächtigen Brüder Schleicher sind untergetaucht und eine mysteriöse DNA-Spur am Tatort bestätigt den Verdacht: Ein dritter Mann war an dem Mord beteiligt. Die Kriminalhauptkommissare Lena Lieck und Tom Schneider von der SOKO »Deutsches Eck« jagen einen Mörder ohne Gesicht und das Auffinden einer männlichen Leiche führt zu einer neuen Spur. Je näher die Lösung des Falles rückt, desto mehr bewahrheiten sich die schlimmsten Befürchtungen und es beginnt ein Wettlauf gegen die Zeit, denn der Unbekannte plant weitere Morde: an Polizisten. Die schockierende Geschichte eines Polizistinnenmordes auf der Basis eines authentischen Kriminalfalls. Kriminalhauptkommissar Schmitt-Kilian thematisiert beim Blick hinter die Kulissen die steigende Gewalt gegen Frauen und Männer im Polizeidienst und löst den bis zur Manuskriptabgabe ungeklärten Fall literarisch auf eine überraschende Weise.

Jörg Schmitt-Kilian veröffentlichte 2009 bei Piper als Auftakt der Krimi-Trilogie den Roman »Spurenleger«. Der Kriminalhauptkommissar löst nun in »Leichenspuren« einen der mysteriösesten Kriminalfälle literarisch auf eine überraschende Weise. Sein Spiegel-Bestseller »Vom Junkie zum Ironman« wurde mit Uwe Ochsenknecht verfilmt. Weiteres zum Autor:
www.schmitt-kilian.de

Jörg Schmitt-Kilian

Leichenspuren

Kriminalroman

Piper München Zürich

Mehr über unsere Autoren und Bücher:
www.piper.de

Von Jörg Schmitt-Kilian liegen bei Piper vor:
Spurenleger
Leichenspuren

In stillem Gedenken an meinen Kollegen Manuel,
der am 17. März 2010 von einem Mitglied
der »Hells Angels« erschossen wurde

FSC
Mix
Produktgruppe aus vorbildlich bewirtschafteten
Wäldern und anderen kontrollierten Herkünften
www.fsc.org Zert.-Nr. GFA-COC-001223

Originalausgabe
Dezember 2010

Umschlagkonzept: semper smile, München
Umschlaggestaltung: Hauptmann & Kompanie Werbeagentur, Zürich,
unter Verwendung eines Fotos von Rozaliya / Shutterstock
Autorenfoto: Dinah Schmidt
Satz: Kösel, Krugzell
Papier: Munken Print von Arctic Paper Munkedals AB, Schweden
Druck und Bindung: CPI – Clausen & Bosse, Leck
Printed in Germany ISBN 978-3-492-25795-4

Schade, dass du gehen musst, ausgerechnet heut,
so wie ich die Dinge seh, tut's dir selbst schon leid,
einfach so hinauszugehen, hast du mal bedacht,
was dein Fortgang uns, mein Freund, für einen
Kummer macht?
(Reinhard Mey)

Für Arno,
dessen Abschiedsbrief uns alle zutiefst berührt und auf besonders schmerzhafte Weise an die wirklich wichtigen Dinge im Leben erinnert hat,
und in stillem Gedenken an
Patrice und Burkhardt

Was bisher geschah:

Vor einem Jahr wurden die junge Polizeikommissarin Sabine Laube auf einem Parkplatz in ihrem Streifenwagen erschossen und ihr Kollege durch einen Kopfschuss lebensgefährlich verletzt. Er ist der einzige Zeuge dieses hinterlistigen Anschlags und wird sich nach Auskunft der Ärzte nie mehr an das tragische Ereignis erinnern. Die Ermittler der Soko* *Deutsches Eck* sichern am Streifenwagen eine DNA*-Spur. Obwohl diese mysteriöse DNA seit achtzehn Jahren eine Spur des Verbrechens quer durch Deutschland und das benachbarte Ausland zieht, konnte die Spur bislang keinem Straftäter zugeordnet werden.

Der Aufenthaltsort der tatverdächtigen Brüder Max und Paul Schleicher wurde trotz internationaler Fahndung bislang nicht ermittelt.

Bei Kriminalhauptkommissarin Lena Lieck wurde ein Burn-out-Syndrom attestiert. Sie wurde beurlaubt und wohnt nun bei ihrer Freundin Claire in Salon-de-Provence. Kriminalhauptkommissar Tom Schneider, der nach seiner Scheidung auf dem Hausboot *Albatros* lebt, sucht immer noch verzweifelt nach seiner heroinabhängigen Tochter und will Abstand zu der kurzen Liaison mit Lena gewinnen.

Als eine stark verweste Leiche in einem Waldgebiet entdeckt wird, können die Kommissare endlich die entscheidenden Spuren zuordnen und den Mörder von Sabine Laube identifizieren.

Vorbemerkung des Autors

Die schockierende Geschichte eines Polizistinnenmordes in »Spurenleger« (Piper, 2009) basiert auf wahren Begebenheiten. Die tragischen Ereignisse auf einem Heilbronner Parkplatz am 25. April 2007, die anfangs mysteriöse DNA-Spur, die Fahndung nach dem »Phantom« und meine Erfahrungen im polizeilichen Alltag haben mich dazu bewegt, eine Krimitrilogie zu schreiben, in der die steigende Gewalt gegen Polizisten thematisiert wird.

Bei Abgabe des Manuskripts von »Spurenleger« konnte ich nicht ahnen, dass zum Erscheinungstermin die mysteriösen DNA-Spuren geklärt sein würden.

Zur Erinnerung: Die Spuren wurden durch die von einer Verpackerin verunreinigten Wattestäbchen gelegt, und die Polizei musste zu der Erkenntnis gelangen, dass das »Phantom« nicht existiert. »Spurenleger« gewann insofern eine Brisanz, als eine Romanfigur in dem Buch den Verdacht äußert, dass eine Verunreinigung im Labor eine mögliche Erklärung für die zahlreichen DNA-Spuren an unterschiedlichen Tatorten sein könnte.

Da diese Aussage seinerzeit zu Irritationen führte, möchte ich an dieser Stelle nochmals ausdrücklich darauf hinweisen, dass alle Romanfiguren und Motive meiner Phantasie entsprungen sind und Ermittlungsergebnisse und Ähnlichkeiten mit existierenden Personen somit rein zufällig wären. Insofern hoffe ich, dass die Realität nicht erneut meine Phantasie überflügelt, denn der Krimi liefert eine plausible Erklärung dafür, dass es den großen Unbekannten gibt und dass der Mörder von Sabine Laube die zahlreichen Spuren an den Tatorten selbst gelegt hat.

Auch dieser Kriminalroman vermittelt den Leserinnen und Lesern einen Blick hinter die Kulissen polizeilicher Ermittlungen und beleuchtet die Gefühlswelten von Frauen und Männern, die täglich mit menschlichem Leid konfrontiert werden.

Fachausdrücke, Abkürzungen und Begriffe im Polizeijargon sind im Text mit einem * gekennzeichnet und werden im Glossar erklärt.

Jörg Schmitt-Kilian

Prolog

Die säuerliche Geruchsmischung aus Männerschweiß und verbranntem Fleisch dringt ihr immer tiefer in die Nase. Ein intensiver Geruch der Verwesung breitet sich aus. Ekelerregend. Schon wieder dieser Scheißtraum von der Gefangenschaft in einem tiefen Brunnen.

Aber sie kennt das Drehbuch, sie weiß genau, was geschehen wird, wenn der Mann mit der Sturmmaske über die rostige Leiter in den dunklen Schacht hinabsteigt und der grelle Lichtstrahl einer riesigen Taschenlampe ihre Wangen verbrennt. Mit seinen kräftigen, stark behaarten Armen wird er ihr wieder zwischen die zitternden Beine greifen. Seine feuchten Hände werden ihre Oberschenkel streicheln und vielleicht auch ein Stück weiter nach oben tasten. Sie würde seinen heißen Atem und seine Erregung spüren, aber sein Gesicht nicht erkennen, wenn er sie wieder mit dem Gesicht gegen das Fenster schlägt und frische Blutflecken die Glassplitter der matten Scheibe verfärben. Ihre Augen schmerzen, und nur noch verschwommen erkennt sie das Auto und die Silhouette des fliehenden Mörders.

Zu wissen, dass es nur ein Traum ist, das macht ihr weniger Angst. Immer wieder tauchen nachts diese Erinnerungen auf, die sie in der hintersten Ecke ihres Gedankenlabyrinths abgelegt hatte. Auch heute wird sie wieder schweißgebadet, mit rasendem Herzen und stechendem Kopfschmerz erwachen. Wie so oft inmitten der Stille einer Nacht.

Doch ganz plötzlich spürt sie eine innere Unruhe.

Irgendetwas ist heute anders.

Aber was?

Eine riesige raue Zunge leckt ihr Gesicht ab, und irgendetwas knabbert an ihren Haaren.

Ein warmer Hauch streift ihre glühenden Wangen. Es ist nicht die Frische des Windes, der manchmal ihre schrecklichen Gedanken wegfegt. Nein, es ist ein unangenehmer Geruch, der immer stärker in der Nase brennt.

Fauler Atem, beißend stinkender Urin und der Geruch von Kot. Schlimmer als in der Tiefe einer Klärgrube.

Dann schleckt die riesige Zunge ihren Unterarm ab.

Sie öffnet die Augen.

Erschrickt.

Ein spitzes Gesicht.

Direkt vor ihrer Nase.

Zwei Augen starren sie an.

Riesig groß.

Schwarz.

Von einem Fell umrahmt.

Von einer Sekunde auf die andere wird ihr Körper von einer Gänsehaut überzogen.

Das kann doch nicht wahr sein.

Ein Ziegenkopf.

Ein lebender Ziegenkopf, aus dessen Maul ihr der faulige Geruch in die Nase strömt.

Sie rollt sich zur Seite. Die Ziege erschrickt, zieht den Kopf aus der Öffnung des Gatters und reibt sich die kurzen Hörner am Holz. Hinter dem Gatter starren sie mehrere Ziegen an.

Sie will die linke Hand zur Nase führen. Erst jetzt spürt sie die schwere Kette am Handgelenk.

Ihr Herz rast.

Immer schneller.

Ich möchte aufwachen, hört sie ihren stummen Schrei.

Mit einem Schlag wird ihr bewusst: Dies ist kein Traum.

Im Traum sind ihre Beine meist gelähmt.

Jetzt aber kann sie sich bewegen.

Das Herz klopft ihr bis zum Hals. Sie spürt den pelzigen Geschmack im Mund. Die Nasenschleimhaut und der Rachen brennen, als hätte man darin ein Feuer entfacht.

Dann ertönt ein schriller Schrei. Kein stummer Hilferuf wie im Traum. Nein, es ist ihr eigener Schrei. Sie kann sich hören, schreit ihre Angst aus sich heraus.

Der Albtraum ist grausame Wirklichkeit geworden. Sie ist aus einer Ohnmacht erwacht und liegt in einem Stall – eher in einem so niedrigen Holzverschlag, dass sie vermutlich nicht aufrecht stehen könnte.

Ungläubig tastet sie mit den Händen den Stallboden ab. Ein geöffneter Schlafsack liegt auf dem Stroh, aber kein einziges Kleidungsstück bedeckt ihren Körper.

Sie ist nackt.

Ein kalter Schauer steigt in ihr auf.

Angstschweiß breitet sich auf dem ganzen Körper aus.

Welche Kleidung hat sie zuletzt getragen?

Sie kann sich nicht erinnern.

Ungläubig blickt sie sich um, und ein bisher nie gekanntes Angstgefühl überfällt sie.

Die Glieder der Kette sind so dick, dass selbst ein ausgewachsener Stier sie nicht auseinanderreißen könnte. Das andere Ende der etwa zwei Meter langen Kette ist in die halbhohe Wand eingemauert.

»Bitte, lieber Gott, lass es einen Traum sein!«, flüstert sie, blickt nach oben, starrt gegen das graue Wellblech der schrägen Dachkonstruktion und hat das Gefühl, die provisorisch befestigte Decke könnte ihr jeden Moment auf den Kopf fallen. Doch ebenso wenig, wie sie an Gott glaubt, glaubt sie in diesem endlosen Moment daran, dass sie träumt.

Sie kann sich nicht daran erinnern, was geschehen ist.

Hat das Gefühl für Zeit verloren.

Ihr Blick wandert durch die schmalen Spalten zwischen den Brettern der breiten Holztür. Dahinter erkennt sie Bruchteile einer Landschaft.

Kein Gebäude weit und breit.

Keine Straße.

Kein Weg.

Keine Menschen.

Keine Stromleitungen.

Niemandsland.

Als sie sich aufsetzen will, laufen die Ziegen erschrocken hin und her. Die Tiere sind offenbar sehr ängstlich. Der aufgewirbelte Staub tanzt in den schmalen Lichtfäden der Abendsonne, die sich durch die breiten Lücken zwischen den Brettern vom Tag verabschiedet.

Oder geht die Sonne erst auf?

Wo ist Osten?

Sie muss beobachten, ob die glühende Kugel am Himmel hinter den Hügeln verschwindet oder aufsteigt.

Hat genügend Zeit. Alle Zeit der Welt.

Zeit, nach der sie sich immer gesehnt hat.

Aber doch nicht in solch einer Situation.

Die Ziegen wirbeln erneut Staub auf.

Sie muss husten.

Mit Schrecken wird ihr bewusst, warum der Entführer – oder waren es etwa mehrere? – ihren Mund nicht geknebelt hat. Sie könnte wie eine Wahnsinnige schreien. Keine Menschenseele würde in dieser Einsamkeit ihre Hilferufe hören.

Plötzlich tauchen die ersten Erinnerungen an den Überfall auf. Zumindest bis zu dem Zeitpunkt, als sie bewusstlos wurde.

Sie will aufstehen, fühlt sich aber wie gelähmt.

Ihre Glieder sind schwer wie Blei.

Ein Taubheitsgefühl breitet sich in beiden Armen aus.

Auf dem rechten Arm haben sich die runden Konturen der Kettenglieder wie eine Tätowierung in das Fleisch eingegraben.

Wie lange hat sie bewusstlos auf der Kette gelegen?

Die Ausweglosigkeit ihrer Lage wird ihr mit jeder Sekunde bewusster.

Sie taucht ein in ein Wechselbad der Gefühle: Angst und Wut, Hoffnung und Resignation, ein Schwebezustand zwischen Leben und Tod. Mit dem linken Handrücken wischt sie sich die Tränen von den Wangen.

Erst jetzt bemerkt sie, dass unzählige Pferdefliegen ihren Körper umkreisen und sich auf ihrem nackten Körper niederlassen. Mit der freien Hand will sie sie vertreiben. Vergeblich. Die Insekten setzen sich immer wieder auf die Haut. Es kribbelt am ganzen Körper. Ihr eigener Schweißgeruch vermischt sich mit dem beißenden Gestank des Urins der Ziegen.

Auf dem rechten Fuß bewegt sich eine dicke Spinne langsam nach oben. Sie zieht das Bein an und schnippt das eklige Tier mit Daumen und Zeigefinger weg.

Was will er von mir?

Was hat er mir angetan?

Sie greift sich mit der ungefesselten Hand zwischen die Beine.

Hat er sie berührt?

Vergewaltigt?

Zumindest verspürt sie keine Schmerzen.

Aber das bedeutet nichts.

Sie blickt sich in ihrem Gefängnis um.

Die Kette reicht genau bis zu einem Donnerbalken in der hinteren rechten Ecke. Unter dem behelfsmäßigen Klosett gähnt ein Loch. Sie kann nicht erkennen, wie tief es ist.

Daneben steht ein Toilettenpapierhalter mit drei Rollen. Chromfarben. Glänzend. Also neu. Oder frisch gereinigt. In einem Ziegenstall. Sie kann es nicht glauben.

Wie lange will der Entführer sie hier gefangen halten?

In dem Futtertrog vor der Abmauerung, die ihr Klosett von der Schlafstelle trennt, steht ein Fünfliterkanister mit einer glasklaren Flüssigkeit. Ohne Beschriftung.

Mit Wasser gefüllt.

Ein gesunder Körper benötigt mindestens zwei Liter Flüssigkeit am Tag. Spätestens am dritten Tag ihrer Gefangenschaft müsste er den Kanister wieder auffüllen.

Dann würde sie ihn kennenlernen. Zumindest sehen. Oder sie würde verdursten.

Was wäre schlimmer?

Ein Blind Date mit dem Entführer?

Vergiftetes Wasser?

Oder elendig verdursten?

Die grausamsten Vorstellungen verirren sich in ihrem Gedankenlabyrinth. Sie wird fast hysterisch und kriecht auf die Holztür zu. Die Kette ist zu kurz. Ihre zitternden Hände können die Tür nicht erreichen. Ob sie verschlossen ist?

Jetzt bloß nicht den Kopf verlieren!

Reiß dich zusammen!, flüstert eine innere Stimme.

Denk nach!

Sie muss eine Möglichkeit finden, sich zu befreien. Fluchtpläne schmieden. Aus der Gefangenschaft entfliehen. Nachdem sie den ersten Schock überwunden hat, versucht sie, die Situation zu analysieren. Sie hat erst kürzlich in einer Zeitung gelesen, dass die Gefahr, Opfer einer Geiselnahme oder Entführung zu werden, in den letzten Jahren weltweit stark angestiegen ist. Doch niemals im Leben hätte sie daran geglaubt, dass es sie selbst einmal treffen könnte. So etwas passiert immer den anderen. Arbeitsplatzverlust! Schwerer Unfall! Suchterkrankung! Krebs! Tod des geliebten Partners! Man glaubt fest daran, dass man selbst vom Schicksal verschont bleibt. Und an Entführung denkt man schon gar nicht.

Sie hat die wichtigsten Aussagen des Artikels noch gut in Erinnerung. Es scheint fast so, als sei in ihr beim Lesen eine dunkle Vorahnung aufgestiegen. Zu den Risikogruppen zählen Menschen in Krisengebieten. In einigen Ländern soll sich inzwischen eine regelrechte Entführungsindustrie entwickelt haben. Die Geiselnehmer des einundzwanzigsten Jahrhunderts haben sich auf Entführungen und Lösegelderpressungen spezialisiert und arbeiten mit modernster Technik. Auf dem illegalen Markt wird sogar ein Handbuch für Entführer angeboten. Von der Einrichtung einer geeigneten Unterkunft für die Gefangenschaft, einem detaillierten Zeitplan für die eigentliche Entführung, die unauffällige Verschleppung der Geisel an einen nicht identifizierbaren Ort bis hin zu Strategien bei der Lösegeldübergabe und der Freilassung wird dort eine Erfolg versprechende Entführung bis ins kleinste Detail beschrieben: zum Beispiel wie die Entführer durch Gegenobservationen und bewusstes Streuen falscher Spuren die Entdeckungsgefahr auf ein Minimum reduzieren können.

Eine beliebte Zielgruppe der Entführungsbranche sind Straßenkinder, die es auch in Deutschland in ausreichender Zahl gibt. Nur selten werden sie vermisst. Sie verschwinden spurlos und eignen sich als Organspender, Kindersoldaten oder als Menschenmaterial für die Prostitution und sexuell begehrte Ware für Pädosexuelle. Man könne sogar eine Entführung bestellen, recherchierte der Journalist dieser interessanten Reportage. Und der Auftraggeber könne in einem detaillierten Fragenkatalog ankreuzen, wie die Entführer das Opfer behandeln sollen. Mit oder ohne

Exekution? Wenn ja, schnell oder langsam? Mit oder ohne Folter? Oder darf es nur eine Scheinhinrichtung sein?

Die Dunkelziffer bei Entführungen ist höher als bei anderen Straftaten, da die Angehörigen in den meisten Fällen keine Polizei einschalten und das geforderte Lösegeld zahlen, recherchierte der Autor des Artikels.

Aber warum wurde sie entführt?

Sie hat nicht den Hauch einer Ahnung.

Wer soll das Lösegeld zahlen?

Sie hat keine reichen Eltern.

Es kann nur eine Verwechslung mit einer anderen Frau sein, einer Frau, die ihr ähnlich sieht.

Ja, so wird es sein.

So muss es sein.

Es gibt keine andere Erklärung.

Aber mit wem hat man sie verwechselt?

Ein winziger Hoffnungsfunke erwacht.

Die Hoffnung stirbt bekanntlich zuletzt.

Sie muss den Irrtum unbedingt mit dem Entführer klären.

Er wird enttäuscht sein, weil er die falsche Frau verschleppt hat. Sein Problem.

Gleichzeitig trifft sie wie ein Blitz aus heiterem Himmel ein schrecklicher Gedanke: Vielleicht hat er sich gar keine bestimmte Person ausgesucht. Sie war lediglich zur falschen Zeit am falschen Ort.

Er ist kein Geiselnehmer, er ist ein Mörder.

Er will nur töten.

Egal, wen.

Sie kann sich nicht mehr von diesem Gedanken lösen.

Aber wie wird er sie umbringen?

Mit welcher Methode?

Warum hat er es nicht bereits getan?

Warum versorgt er sie mit Wasser und Toilettenpapier?

Wann wird er den Wasserkanister auffüllen?

Wenn überhaupt.

Fragen über Fragen. Sie erinnert sich an einen Artikel in der *FAZ,* in dem der Autor die *Weiße Folter* beschrieb.

Keine Schläge.

Kein Missbrauch.

Kein Gift.

Kein Kopfschuss.

Bereits die totale Isolation über eine gewisse Zeit könne einen Menschen töten, behauptete der Autor. Wenn das stimmt, wird sie nie erfahren, warum man sie verschleppt hat.

Sie ist am Ende ihrer Reise angelangt: ein menschliches Bündel Elend, in einem von Ziegenkot verschmutzten Holzverschlag hilflos dem Tod ausgeliefert.

Wieso geht sie eigentlich davon aus, dass es nur ein Entführer ist?

Vielleicht wurde sie von mehreren Männern entführt, und diese würden morgen wie wilde Tiere in diesem Stall über sie herfallen.

O Gott! Darüber darf sie jetzt nicht nachdenken.

Sie muss sich von der grausamen Vorstellung lösen, Opfer einer Mehrfachvergewaltigung zu werden. Sonst wird sie wahnsinnig. Das geschieht doch nur im Krieg. In Europa zuletzt im ehemaligen Jugoslawien. Heute immer noch auf anderen Kontinenten.

Und dann spürt sie wieder die fette Spinne.

Das Tier hat sich auf ihren Fuß gesetzt und bewegt sich langsam nach oben. Immer weiter. Wann wird die Spinne ihr Gift …?

Sie kann den Gedanken nicht zu Ende führen und fällt erneut in eine tiefe Ohnmacht.

I.

Montag

Er hält den blutüberströmten Kopf der jungen Polizistin vorsichtig und fast liebevoll zwischen den eiskalten Händen, als wolle er die tote Frau nicht noch mehr verletzen. Dann legt er den Kopf behutsam auf dem Armaturenbrett des Fahrzeuges ab, wischt sich mit den Fingerspitzen über die schweißnassen Handinnenflächen, beugt sich ein letztes Mal über das leichenblasse Gesicht, haucht einen Kuss neben das kleine runde Loch in ihrer Stirn, öffnet mit zitternder Hand die Fahrertür und steigt aus dem Streifenwagen.

Auf dem Parkplatz liegt ein blutüberströmter Polizist. Männer in weißen Westen mit einem roten Kreuz beugen sich über den Schwerverletzten in der blauen Uniform und pressen ihm eine Sauerstoffmaske auf das Gesicht.

Er wendet sich ab und blickt hinauf zum sternenklaren Himmel. Um ihn herum breitet sich rabenschwarze Dunkelheit aus. Unheimliche Stille. Totenstille. Ewige Ruhe.

Das Röcheln des Polizisten peinigt seine Ohren. Mit schwankenden Schritten nähert er sich dem alten Baum an der Einfahrt zum Parkplatz. Muss sich irgendwo anlehnen, bevor er einen Kreislaufkollaps erleidet. Rings um den riesigen Stamm leuchten unzählige Grablichter. Als sei der Baum gestorben. Wie auf einem Friedhof. Aber das Flackern der kleinen Kerzen nimmt auch die Angst vor der Finsternis.

Das ewige Licht leuchte ihnen.

Herr, lass sie ruhen in Frieden.

In Ewigkeit.

Amen.

Instinktiv führt er die rechte Hand an die Stirn, macht das Kreuzzeichen und schlägt sich dreimal gegen die Brust. So hat er es im Ministrantenunterricht bei Pfarrer Kraus gelernt.

Im selben Moment durchbricht ein ohrenbetäubendes Knattern die Stille. Dauerfeuer von Maschinenpistolen. Plötzlich stehen zwei Männer vor ihm. Ihre Gesichter haben sie hinter Karnevalsmasken versteckt. Sie wollen nicht erkannt werden. Klar, denn sie zielen auf ihn. Ein stummer Schrei entringt sich seiner Kehle. Dann wenden sich die Männer um und durchlöchern den Streifenwagen mit Schüssen.

»Die Kollegin ist doch schon tot!«, brüllt er, aber kein einziger Laut dringt ihm über die ausgetrockneten Lippen.

Er will sich auf die Todesschützen stürzen, ihnen die Waffen aus den Händen schlagen, die Masken herunterreißen, um den Mördern ein Gesicht zu geben. Doch er kann sich nicht bewegen. Steht wie angewurzelt vor dem Baum. Presst mit aller Kraft den Rücken gegen den Stamm der alten Kastanie und krallt die Fingernägel tief in die Baumrinde. Die Lichter des Todes haben ihn eingekreist. Jetzt drehen sich die beiden Männer abermals um. Er blickt mit Schrecken auf zwei runde schwarze Löcher, die den Tod bedeuten, und dann trifft ihn der erste Schuss. Gleichzeitig explodieren mit einem lauten Knall alle Grablichter. Die Männer sind verschwunden, genauso plötzlich, wie sie zuvor aus der Dunkelheit aufgetaucht waren.

Ein riesiger Feuerstrahl schießt wie eine Rakete in den Himmel auf. Und mitten im Flammenmeer schreibt eine zitternde Hand mit brennenden Buchstaben *Sabine ist tot* in den wolkenlosen Sternenhimmel.

»Nein … nein!«, brüllt er verzweifelt.

Dann spürt er einen Windhauch auf dem kalten Rücken. Vier kräftige Hände reißen seine Arme nach hinten. Handschellen klicken. Das kalte Metall der geschlossenen Acht schneidet ihm in die Handgelenke. Tiefer und tiefer. Als wolle man ihm die Hände vom Körper trennen.

Er wird ihr in den Tod folgen, die lange Reise in die ewige Finsternis antreten. Dort oben gibt es ein Wiedersehen. Spätestens beim Jüngsten Gericht.

»Herr, vergib ihnen ihre Schuld, denn sie wissen nicht, was sie tun«, flüstert seine innere Stimme.

»Nein! Niemals! Keine Vergebung. Sie sollen in der Hölle schmoren, diese elenden Mörder!«, schreit der Rächer in ihm, und dann fällt er in eine bodenlose Tiefe. Immer schneller, bis ein Schwebezustand eintritt und er durch die Lüfte segelt, in ein Land seiner Phantasie, in der die Menschen friedlich miteinander leben. Der Traum der Menschheit, der sich nie erfüllen wird.

*

Tom Schneider wachte auf und erinnerte sich sogleich an den wahren Hintergrund des immer wiederkehrenden Traums. Das Herz schlug ihm bis zum Hals. Schon vor einem Jahr hatte er es geahnt: Das Bild der durch einen Kopfschuss getöteten Polizeikommissarin Sabine Laube und der Anblick seines schwer verletzten Kollegen Bernd Müller würden ihn sein Leben lang verfolgen. Diese grausame Szene durchlebte er immer wieder in seinen Albträumen: Sabine Laubes blutverschmierter Kopf auf dem Armaturenbrett des Streifenwagens. Bernd, der röchelnd vor den Müllcontainern lag. Posttraumatische Belastungsstörung, hatte Polizeipsychologe Dr. Frank Stein diagnostiziert und behauptet, die Bilder würden verschwinden.

Der Therapeut, den alle *Frankenstein* nannten, hatte sich geirrt. Die Bilder tauchten immer wieder auf. Und tagsüber quälte ihn oft der Gedanke, die Mordkommission *Deutsches Eck* habe versagt. Er wusste zwar, dass dieser Vorwurf unbegründet war; dennoch war ihm der Gedanke an den aktuellen Ermittlungsstand unerträglich.

Die der Tat dringend verdächtigen Brüder Max und Paul Schleicher waren wie vom Erdboden verschwunden. Und diese mysteriöse DNA-Spur am Streifenwagen wurde nicht, wie zunächst vermutet, von Paul Schleicher gelegt und konnte trotz intensiver Recherche in allen polizeilichen Informationssystemen bislang keiner Person zugeordnet werden. Der dritte Täter war unbekannt, blieb für die Ermittler ein *Mörder ohne Gesicht*. Manche bezeichneten ihn als *der Unsichtbare* oder *das Phantom*. Es war der Sonderkommission unter ihrem Leiter Harald Sauer bislang nicht gelungen, den mysteriösesten Fall der deutschen Kriminalgeschichte zu lösen. Es war nicht der erste Mord an einer Polizistin, aber mit Sicherheit der heimtückischste Anschlag, den die deutsche Polizei je erlebt hatte, und das Unfassbare war geschehen.

Tom Schneider warf die Bettdecke beiseite, spürte das Pochen in den Ohren, rang nach Luft und drückte die rechte Faust gegen die Brust. Da war es wieder, das beklemmende Gefühl im Brustbein. Diese Atemnot. Der enge Raum schwankte, als versuche eine unsichtbare Kraft ihm den Boden unter den Füßen wegzureißen. Die niedrige Holzdecke bewegte sich immer stärker hin und her. Waren das die ersten Warnzeichen für einen kurz bevorstehenden Schlaganfall? Er war doch wach! Oder träumte er etwa immer noch?

Tom rieb sich die Augen und erkannte nun den vertrauten Rhythmus der Wellen, die gegen den Bug seiner Barkasse schlugen. Er lag in der Koje seines Hausbootes *Alba-*

tros. Durch die schmalen Fenster der Kajüte direkt über der Wasseroberfläche schien die Sonne. Füße liefen über den Steg. Das Stimmengewirr wurde lauter. Menschen redeten wild durcheinander. Fremde Sprachlaute. Der Rheindampfer *Confluentia* nahm am Schiffsanleger direkt neben seinem Hausboot eine Touristengruppe für die erste Tagestour in Empfang.

Das Geräusch der Schritte entfernte sich, drang immer leiser an sein Ohr. Der Ausflugsdampfer würde wie jeden Tag eine Reisegruppe zum weltbekannten Loreleyfelsen schippern. In trauter Gemeinsamkeit würden alle Touristen in gebrochenem Deutsch das Lied »Ich weiß nicht, was soll es bedeuten« singen, welches stets aus den Lautsprechern dröhnte, und viele wussten wirklich nicht, was es bedeutete. Dann würde das Schiff in Rüdesheim anlegen, und mit Fotohandys, Digicams und Videokameras bewaffnete Japaner würden sich mit tausend anderen Tagestouristen wie jeden Tag durch die weltberühmte Drosselgasse schieben und die Souvenirläden stürmen.

Seit seiner Scheidung von Birgit wohnte Tom Schneider auf der dreizehn Meter langen Barkasse mit dem Namen *Albatros*. Dank guter Kontakte zur Wasserschutzpolizei hatte er dafür einen Liegeplatz am Anleger der Koblenzer Schifffahrtgesellschaft anmieten können.

Ein kurzer Blick auf den Wecker.

Punkt acht! Höchste Zeit. Für neun Uhr hatte sein Chef Stefan Carsten die Einsatzbesprechung im Polizeipräsidium angesetzt. Heute wollten sie den Drogendealer Gregor Dzelski auf einer Beschaffungsfahrt in die Niederlande observieren. Das würde ein langer Tag werden. Und eine noch längere Nacht.

Tom setzte sich im Bett auf, drehte seinen Körper langsam nach links, stellte die Füße auf den alten Holzboden, stützte die Ellbogen auf die Knie und legte den Kopf in beide Hände. In dieser Haltung verharrte er einige Sekunden lang am Bettrand. Vor seinem inneren Auge tauchte das Gesicht seiner Lieblingskollegin Lena Lieck auf. Viel Wasser war inzwischen den Rhein hinuntergeflossen, seit sie sich das erste Mal in diesem Bett geliebt hatten. Leider das erste und das letzte Mal, nach einem anstrengenden Arbeitstag in der Sonderkommission *Deutsches Eck*.

Eine laue Sommernacht. Drei Flaschen Rotwein und einen traumhaften Sonnenuntergang hatten sie genossen. Ein unvergesslicher Abend lief vor seinem inneren Auge ab: Der goldene Sonnenuntergang leuchtet schemenhaft, und die Nacht legt ihr dunkles Gewand über den Rhein und die beiden Inseln Niederwerth und Graswerth. Schweigend berühren sich ihre Hände. Zuerst zaghaft. Wie mit sechzehn.

Ein kurzer Filmriss überlagerte die Szene aus vergangener Zeit. Er dachte intensiv nach, aber er konnte sich nicht mehr erinnern, wer zuerst die Hand des anderen berührt hatte.

Der Film in seinem Kopf startete von Neuem: Sie klammern sich fest aneinander. Wie Ertrinkende. Blicken sich tief in die Augen. Schweigend. Finden nicht den treffenden Satz. Ein Blick sagt mehr als tausend Worte. Erst als die glutrote Sonne sich von diesem wunderschönen Sommertag verabschiedet und hinter den Wolkenstreifen versinkt, bricht Lena das minutenlange Schweigen mit einem Lächeln.

»Wird langsam kalt, Tom.«

»Soll ich dir eine Decke holen?«

»Nein, lass uns reingehen.«

Tom hatte Lena angeboten, sie könne sein Bett im Vorschiff benutzen, er werde im Salon schlafen.

»Wenn ich allein schlafen möchte, könnte ich auch nach Hause gehen«, hatte sie geantwortet.

Dieser entscheidende Satz hallte ihm wie ein Echo in den Ohren. Ein unbeschreibliches Lächeln erstrahlte auf ihrem Gesicht, als sie in sein Schlafzimmer verschwand und die Tür geöffnet ließ. Sie verbrachten eine Nacht voller Leidenschaft, klammerten sich immer wieder aneinander, streichelten voller Zärtlichkeit ihre Körper. Tom hatte nie zuvor solche Worte ausgesprochen, um einer Frau seine wahren Gefühle zu beschreiben – oder er hatte es vergessen. Die Initiative war von ihr ausgegangen, aber er hatte es sich schon lange gewünscht.

Mit den Erinnerungen tauchten für Bruchteile von Sekunden unbeschreibliche Glücksgefühle auf. Einige Wochen später verschwand Lena aus seinem Leben. Die stille Hoffnung auf eine gemeinsame Zukunft zerplatzte wie eine Seifenblase.

»Warum sollte eine Frau, bevor sie den Richtigen findet, nicht vorher Spaß mit einigen Falschen haben?«, hatte sie beim Abschied kühl gesagt.

Zu cool, denn ihre Augen sagten etwas anderes.

Augen lügen nicht.

Wäre er für Lena der Richtige, oder war er einer der Falschen?

Er hatte keinen blassen Schimmer.

Aber Kollege Fredy Geisen war mit Sicherheit der Falsche. Lena war für diesen aufgeblasenen Macho nur eine von vielen. Als er sein Ziel erreicht hatte, ließ er Lena wie eine heiße Kartoffel fallen und hatte bereits ein Verhältnis mit einer anderen Kollegin.

Warum hat dieser Dreckskerl so viele Chancen bei den Frauen?, fragte sich Tom und zerbrach sich über das Scheitern seiner eigenen Ehe den Kopf. Er erinnerte sich an den Tag, als Birgit die Tür für immer hinter sich zuschlug und

Sabine aus dem Haus zerrte. Sah die traurigen Augen seiner kleinen Tochter, als sei es erst gestern geschehen. Er hatte es damals so empfunden, als habe seine Frau die gemeinsame Tochter Sabine gegen deren Willen entführt. In Wirklichkeit stimmte das natürlich nicht. Wann hatte er Sabine das letzte Mal gesehen?

Nach ihrem Selbstmordversuch?

Damals im Krankenhaus Kemperhof auf der Intensivstation? Er wusste es nicht mehr. Wollte sich auch nicht mehr an jene Zeit erinnern, als er unter dem Decknamen Jörg als verdeckter Ermittler arbeitete und sich immer mehr von seiner Familie entfremdete. Der Job war ihm wichtiger. Sabine! Die Namensgleichheit seiner Tochter mit der ermordeten Polizeikommissarin riss stets von Neuem alte Wunden auf. Sabine Laube war tot, aber er wusste nicht, ob seine Tochter noch lebte. Sie war inzwischen eine junge Frau, und er versuchte, sich vorzustellen, wie sie heute aussehen mochte. Vermutlich hätte er sie auf der Straße nicht wiedererkannt.

Und dann tauchte in seiner Erinnerung dieser blöde Spruch auf: Schlag nie ein Kind in einer fremden Stadt, es könnte dein eigenes sein. Abgesehen davon, dass Tom seine Tochter nie geschlagen hatte und erst recht keine fremden Kinder schlagen würde, könnte der zynische Satz sehr wohl auf seinen Kollegen Fredy Geisen zutreffen. Aber hätte Tom die eigene Tochter bei einer Personenkontrolle in der Drogenszene überhaupt erkannt? Er war sich ziemlich sicher, dass sie sich noch immer dieses verdammte Zeug in den ausgemergelten Körper schoss. Die letzte Therapie hatte Sabine abgebrochen. Es war bereits die dritte oder vierte gewesen. Und dennoch hatte Tom die Hoffnung bis heute nicht aufgegeben, die Hoffnung, dass sie wieder auftauchte. Irgendwann. Irgendwo. Irgendwie. Tot oder lebendig.

Vor seinem geistigen Auge lief seine letzte Begegnung

mit Sabine ab. Nachdem sie ihn um Geld gebeten hatte, warteten Vater und Tochter schweigend am Bootssteg der *Albatros* auf das Taxi. Sie hatten es in der Enge des kleinen Hausbootes nicht ausgehalten, saßen sich nur stumm gegenüber und fanden keine Worte. Nur ein leises »Danke« kam über Sabines blutleere Lippen, als er ihr die zweihundert Euro in die Hand drückte. Dann kam endlich das Taxi. Sabine drehte sich noch einmal kurz um und lächelte. Er befürchtete, dass er sich dieses Lächeln nur eingebildet hatte und eher dieser Wunsch der Vater seiner Gedanken war. Später war er weniger denn je davon überzeugt, dass sie ihm zum Abschied wirklich dieses Lächeln geschenkt hatte. Vermutlich hatte er den kurzen Blick und das Lächeln im Lauf der Zeit hinzugedichtet.

Er durfte nicht weiterhin an die verlorene Zeit denken, sondern musste die Zukunft ins Auge fassen, denn dort spielte sich das Leben ab, in dem seine Träume und Sehnsüchte vielleicht Wirklichkeit werden konnten. Er wollte nicht mehr allein sein. Wollte nicht mehr trinken. Zumindest weniger. Kontrollierter.

Wie lange war er schon unbewusst auf der Suche nach einer Frau, die ihn liebte, so wie er war?

Kein guter Vater.

Ein schlechter Ehemann.

Ein engagierter Polizist.

Ein mittelmäßiger Musiker.

Er war zu alt, sich noch zu ändern.

Er würde bald fünfzig.

Tom erhob sich vorsichtig vom Bett, hörte deutlich das Knacken in den Kniegelenken und spürte die steifen Glieder. Er dehnte den Rücken und machte vorsichtig einige Rumpfbeugen. Im Rhythmus des abklingenden Wellenganges schwankte er in das kleine Bad auf der Backbordseite des schmalen Schiffes. Gestern Abend war er wieder mit Kollege Ecci bei Vera in der Altstadt versackt. Aus dem Spiegel blickten ihn ungeschönt die Spuren der kurzen Nacht an: dunkle Ringe unter geröteten Augen. Er nahm sich nur schemenhaft im Spiegel wahr, versuchte in dem matten Glas dem unbekannten Todesschützen ein Gesicht zu geben, hoffte auf eine innere Eingebung, die ihm die heiße Spur zu Sabines Mördern zeigte.

Einige Wochen nach dem Mord an Sabine Laube konnten die französischen Kollegen Paul Schleichers Wohnadresse in der Provence ermitteln, obwohl er dort polizeilich nicht gemeldet war.

Das Anwesen in Eygalières wurde vom Keller bis zum Dachstuhl gründlichst durchsucht. Die Frauen und Männer der SPUSI* hatten sich in dem Haus eingeschlossen und tagelang Spuren gesichert, aber keine einzige der in Schleichers Anwesen gesicherten DNA-Spuren ließ sich der mysteriösen DNA am Tatort zuordnen. Insofern war es von diesem Zeitpunkt an fraglich, ob Paul Schleicher gemeinsam mit seinem Bruder Max, dessen DNA sie am Tatort sichern konnten, überhaupt an der Tat beteiligt war. Sie hatten bis dato gehofft, durch diese Spur, die bereits an zahlreichen Tatorten gesichert worden war, Paul Schleicher als Phantom und Mörder von Sabine Laube überführen zu können.

Vielleicht hatte er auch nur Schmiere gestanden, und sie hatten den Tatort auf dem Koblenzer Parkplatz nicht weiträumig genug abgesperrt. Aufgrund der Ermittlungsergebnisse häuften sich die Verdachtsmomente, dass ein dritter Mann an der Tat beteiligt gewesen war. Sie mussten den Unbekannten identifizieren. Das waren sie Sabine Laube schuldig. Schuldig? Schuldig waren die Mörder.

Die Soko *Deutsches Eck* wurde damals personell reduziert, aber ein kleines Team war immer noch auf der Suche nach den Brüdern Schleicher und dem dritten Mann.

Sie kannten weder seinen Namen noch sein Aussehen.

Aber sie suchten ihn fieberhaft, den Mörder ohne Gesicht, das Phantom, den Unsichtbaren. Sie wussten nichts von ihm. Nur eines. Er war brandgefährlich, denn seine DNA zog eine Spur des Verbrechens quer durch die Republik und das benachbarte Ausland.

*

Fasziniert beobachtete er die Möwen, die über dem Rheinufer in Koblenz-Ehrenbreitstein elegant ihre Kreise zogen und geschickt die Brotstücke, die er in die Luft schleuderte, mit den Schnäbeln auffingen. Zielsicher stürzten sie sich auf die Objekte ihrer Begierde. Er lächelte still vor sich hin und warf den Tauben und Enten auch einige Brotbrocken zu.

Mörder ohne Gesicht.

Phantom.

Der Unsichtbare.

So nannten ihn die Polizisten bei den Pressekonferenzen, und die Zeitungen druckten diese Namen in fetten schwarzen Lettern auf die Titelseiten.

Was sollten sie auch sonst schreiben?

Sie konnten seine DNA nicht zuordnen. Er war noch nie erwischt worden, und demzufolge waren seine Daten weder in den polizeilichen Informationssystemen noch in der DNA-Analyse-Datei des BKA* gespeichert.

Die unbekannte DNA-Spur und die breite Palette der Straftaten an allen Tatorten mit seiner DNA trieben vermutlich einige Polizisten an den Rand des Wahnsinns, denn dies widersprach allen kriminalistischen Erfahrungen. Irgendwie konnte er sich des Eindrucks nicht erwehren, als erfänden sie Tatorte, Orte und Straftaten, an die er sich nicht mehr erinnern konnte. Oder hatte er einige Verbrechen ausgeblendet? Zuletzt hatte man vermutet, dass die identische Spur durch verunreinigte Wattestäbchen zu erklären sei, denn die unterschiedlichen Delikte und immer ein anderer Modus Operandi*, wie man die Art und Weise einer Tatbegehung nennt, passten einfach nicht in ihr Denkraster. Das stand in keinem Handbuch für Kriminalisten. Sollten sie ruhig der Wattestäbchentheorie folgen. Umso besser für ihn. Dabei war die Lösung so einfach, aber sie wussten die Puzzleteile nicht passend zusammenzusetzen, weil ihnen eine wichtige Information fehlte.

Sie hatten nichts.

Keine Zeugen – keine Personenbeschreibung.

Keine Personenbeschreibung – kein Bild.

Nicht einmal ein PIK-Foto* für ein Fahndungsplakat, das ein Computerprogramm nach Angaben von Zeugen anfertigen kann.

Er lächelte still vor sich hin.

Sie kennen weder deinen Namen noch deine Herkunft; sie wissen nicht, wie du aussiehst. Und dennoch oder gerade deshalb fahnden sie nach dir. Vermutlich weltweit.

Er grinste zufrieden in sich hinein: Du hast eine zweifelhafte Berühmtheit erlangt. Auch wenn dein Foto nie auf den Titelseiten der Boulevardpresse abgebildet oder im Fernsehen ausgestrahlt wird.

Die Bullen sind hartnäckig. In ihrer Hilflosigkeit völlig besessen von dem Zwang, dich hinter Gitter zu bringen. Endlich dem Mann in die Augen zu blicken, der ihre Kollegin getötet hat. Einige würden dich vermutlich am liebsten umbringen.

Wie damals.

Auge um Auge.

Zahn um Zahn.

Sie würden den Polizistinnenmörder notfalls bis ans

Ende der Welt jagen, hatte der Leiter der Mordkommission in den Fernseh-Sondersendungen mit brüchiger Stimme betont und konnte dabei seine Tränen nicht unterdrücken. Ein seltener Anblick. Ein Bulle, der in der Öffentlichkeit weint. Kommt selten vor. Irgendwie sah der Mann krank aus. Obwohl er vermutlich vor der Sendung geschminkt worden war, wirkte sein Gesicht leichenblass.

Er hatte damals auch Tränen vergossen. Ein ganzes Meer voller Tränen, als die Polizisten sie mit mehreren Schüssen niedergestreckt hatten. Eine Hinrichtung direkt vor seinen Augen.

Er hatte damals nicht vor die Kameras treten können, hatte keine Erklärung über den wahren Hintergrund dieser Polizeiaktion abgeben dürfen. Er hatte sich im letzten Augenblick retten können, indem er sich in dem kleinen Stall hinter dem Haus versteckt hatte. Sie hätten keine Sekunde lang gezögert, auch ihn zu töten. Vermutlich durch einen fingierten Unfall. Ihn zu erschießen wäre zu riskant gewesen.

Genauso wenig wie dieser alte Fall nie aufgeklärt würde, weil niemand an der Aufdeckung der wahren Hintergründe dieses grausamen Verbrechens interessiert war, würden sie den aktuellen Fall lösen. Aktenzeichen Phantom – ein ungelöster Kriminalfall.

Er versank in Gedanken an den Abend, als er auf der gegenüberliegenden Rheinseite die junge Polizistin getötet und ihren Kollegen schwer verletzt hatte. Die Kriminologen hatten recht: Täter zieht es immer wieder an den Tatort zurück. Warum eigentlich?

*

Nach einer ausgiebigen Dusche in der engen Nasszelle der *Albatros* schwang Tom Schneider sich auf sein neues Mountainbike, das er vor zwei Monaten im Fahrradladen *Drahtesel* gekauft hatte. Er radelte auf dem gut ausgebauten Leinpfad von Vallendar am Rhein entlang und erreichte Ehrenbreitstein, den Koblenzer Stadtteil, der von der imposanten gleichnamigen Festung überragt wird. Er würde – wie immer – nicht länger als eine halbe Stunde bis zu seiner Dienststelle in der Innenstadt benötigen. Die Sonne schien von einem strahlend blauen Himmel. Heute hatte er das Gefühl, dass nicht er auf die Stadt, sondern die Stadt auf ihn zufuhr. Wie der Bug eines riesigen Dampfers teilt die Spitze des Deutschen Ecks die beiden Flüsse Rhein und Mosel. Über dem Reiterdenkmal glitzerten die spitzen Kirchtürme von St. Florin, Liebfrauen und der Basilika St. Kastor. Die Silhouette des Koblenzer Hofs flimmerte in der Sonne. Hinter den Dächern der liebevoll restaurierten Häuser der Koblenzer Altstadt erhoben sich zwischen den Kirchtürmen die Bausünden der Siebzigerjahre. In Höhe des Parkplatzes, auf dem Sabine Laube in ihrem Streifenwagen erschossen und Bernd Müller schwer verletzt worden war, wanderte sein Blick automatisch auf die andere Rheinseite zum Ort des unglaublichen Geschehens. Unglaublich nicht nur wegen der Brutalität des Tathergangs, sondern auch wegen der Tatsache, dass die Täter bis zum heutigen Tage nicht gefasst werden konnten, ein Täter unbekannt war und das wahre Motiv weiterhin im Dunkeln lag. Nachdem der Kastanienbaum den Baumaßnahmen für die Bundesgartenschau zum Opfer gefallen war, hatten Polizisten aus Sabine Laubes Dienstgruppe an dem Stamm der großen Birke neben der Einfahrt zum Parkplatz wieder ein kleines Grabkreuz aus Holz mit dem Namen der getöteten Kollegin angebracht. Vor der alten Bruchsteinmauer wurden bereits mehrere Container für die Bauarbeiter aufgestellt, die mit den umfangreichen Erdarbeiten für die Bundesgartenschau begonnen und bereits das

Fundament für die Seilbahn über den Rhein zur Festung Ehrenbreitstein hinauf gegossen hatten. Oberbürgermeister und Polizeipräsident hatten in der vergangenen Woche im Rahmen einer gemeinsamen Pressekonferenz verkündet, dass nach Beendigung der Bauarbeiten an dieser Stelle eine Gedenkstätte für Sabine Laube errichtet werden sollte, damit der feige Mordanschlag niemals in Vergessenheit geriet. Die grausame Tat hatte nicht nur eine Stadt, sondern Menschen in allen Teilen Deutschlands erschüttert. Heute noch zündeten viele Menschen vor dem Holzkreuz Grablichter an und legten Blumensträuße nieder. Das Kreuz und die Grablichter erinnerten an das schreckliche Geschehen, das auch nach einem Jahr nicht vergessen war.

Tom Schneider bremste ab, stieg kurz vom Rad und blickte auf die andere Rheinseite hinüber. Seine morgendliche Gedenkminute. Sollte er mit der kleinen Personenfähre *Schängel* von Ehrenbreitstein übersetzen und an dem Kreuz für Polizeikommissarin Sabine Laube beten? Er war kein gläubiger Mensch, aber nach Sabines Ermordung hatte er ab und zu in der Jesuitenkirche für sie gebetet. Herr, sei ihrer Seele gnädig! Nimm sie auf in dein ewiges Reich! In sein Gebet bezog er den Wunsch mit ein, dass die Täter irdische Gerechtigkeit erfahren und nicht erst in der Hölle ihre grausame Tat sühnen sollten.

Toms Blick streifte den Mann, der auf der Bank saß und die Vögel mit Brotresten fütterte.

Ein Fremder. Keiner, den er kannte.

Ihre Blicke trafen sich für den Bruchteil einer Sekunde.

Sie nickten sich kurz zu.

Tom stieg wieder auf sein Rad und fuhr weiter Richtung Innenstadt.

*

Er grüßte den freundlichen Radfahrer und warf die letzten Brotkrümel ins Wasser. Gleich würde er mit der Personenfähre übersetzen. Er war fest davon überzeugt, dass die Mordkommission den mysteriösesten Fall der deutschen Kriminalgeschichte niemals lösen würde.

Sicherlich waren sie von dem Ergebnis der letzten großen Polizeiaktion enttäuscht. Vor seinem inneren Auge lief noch einmal dieser Film ab, obwohl er nicht mit dabei gewesen war. Aber er hatte eine rege Phantasie: Bis an die Zähne bewaffnete und körperlich gut durchtrainierte Polizisten der CRS* in Kampfanzügen mit Helmen, schusssicheren Westen, Blendgranaten und Maschinenpistolen stürmen Paul Schleichers Haus. Sie setzen einen Rammbock ein und brechen mit ohrenbetäubendem Kampfgeschrei die massive Eichentür auf, durchsuchen alle Räume nach Versteckmöglichkeiten und müssen erkennen, dass der Tatverdächtige schon lange nicht mehr in dem Haus wohnt. Dann stellen die Frauen und Männer des Erkennungsdienstes in weißen Schutzanzügen das Haus vom hintersten Winkel des alten Gewölbekellers bis unter die oberste Spitze des Speichers auf den Kopf. Er sieht die Szene vor seinem inneren Auge. Klar und deutlich. Männer in grauen Overalls graben mit breiten Spaten jeden Quadratmeter auf dem riesigen Grundstück um. Vermutlich setzen sie einen Minibagger ein. Die Polizisten werden keinen Stein auf dem anderen lassen und akribisch nach verwertbaren Spuren suchen. Bereits der kleinste Hinweis wäre ein Erfolg, auf den die Medien und die Bevölkerung schon lange warten. Aber spätestens nach der Untersuchung der in Pauls Haus gesicherten Spuren würden weitere Zweifel auftauchen.

*

Die ersten Sonnenstrahlen warfen schmale Lichtfäden durch die geschlossenen Lamellen der Jalousie in das Büro im vierten Stock des Polizeipräsidiums. Kriminalrat Stefan Carsten blickte auf die Uhr. Der Leiter vom *Sachgebiet Verdeckte Maßnahmen gegen strukturierte Organisationen* hatte am Sonntagabend bis kurz vor Mitternacht zahlreiche Gespräche der bei Gregor Dzelski geschalteten Telefonüberwachung abgehört. Carsten konnte nicht nur delegieren, sondern beherzigte auch den Grundsatz: Der Kommissariatsleiter ist der erste Sachbearbeiter. Da Mike dringend etwas Privates erledigen musste, hatte Carsten dessen Aufgabe übernommen, denn die junge Praktikantin Claudia Bach von der Fachhochschule hätte er mit diesem Auftrag überfordert. Carsten dachte an die schwierigen Ermittlungen in diesem Verfahren. Der Versuch, einen Scheinaufkäufer des LKA* an Dzelski heranzuführen, und andere kriminaltaktische Strategien waren bislang gescheitert. »Untaugliche Versuche am untauglichen Subjekt«, hatte Staatsanwalt Neiser festgestellt und beim Richter die Überwachung von Dzelskis Telefon beantragt. Die Telefonüberwachungsmaßnahme, kurz TÜ genannt, war oft die letzte Chance, mehr über illegale Geschäfte und Strategien organisierter Strukturen in Erfahrung zu bringen. Der Verdacht, dass Dzelski Kokain an »Personen des öffentlichen Lebens« lieferte, hatte sich bestätigt. Abnehmer waren Sportidol Nicolas Pouce und allem Anschein nach weitere Prominente aus Politik und Wirtschaft sowie Personen des öffentlichen Lebens aus dem Showbusiness. Den entscheidenden Hinweis hatte Stefan von seinem V-Mann Marco erhalten. Der aktuelle Prozess gegen Pouce vor dem Landgericht würde eine unerwartete Wende nehmen, könnte man ihm außer dem Erwerb zum Eigenkonsum auch die Bestellung von hundert Gramm Kokain beweisen. Der Lieferant von Pouce wurde bislang nicht identifiziert. Vermutlich übergab Dzelski den Stoff an eine Kontaktperson. Auf besonderen Wunsch der prominenten Abnehmer legten manche Kuriere diesem erlauchten Personenkreis eine Linie des weißen Pulvers zum direkten Verzehr auf den Glastisch. Die prominenten Kokser zogen sich den Stoff in die Nase. Die Dealer boten ihren Dauerkunden ein »Rundum-sorglos-Paket«. Da der Erwerb zum direkten Konsum strafrechtlich schwierig zu ahnden ist, hätte nach dem jetzigen Stand der Ermittlungen nur Dzelski den Beweis liefern können, dass auch Prominente größere Mengen erworben hatten. Erfahrungsgemäß würde er aber die Aussage verweigern.

Vor zwei Wochen hatten Journalisten auf der Toilette des Berliner Reichstages Kokainspuren entdeckt. Die Berliner nannten die Glaskuppel seit dem Vorfall nur noch Schneekoppe. Stefans zuverlässigster V-Mann hatte berichtet, Ministerialrat Huber habe auf einer Party eine Linie Kokain gezogen. Marco arbeitete bei einem Catering-Service, der das Ministerium belieferte. Stefan und Marco hatten als Kinder bei den Pfadfindern viele Abenteuer erlebt, bis sie das Interesse am anderen Geschlecht entdeckten. Danach hatten sie null Bock auf Lagerfeuerlieder, Rollenspiele und Nachtwanderungen. Sie hingen fast jeden Tag in der *Milchbar* in der Löhrstraße ab. Hier gab es alles außer Milch. Auch Haschisch. Damals schon. In der gemeinsam durchlebten Sturm-und-Drang-Zeit war nicht klar, auf welcher Seite des Gesetzes die Freunde im späteren Leben stehen würden. »In einem guten Bullen muss eine gewisse Portion kriminelle Energie stecken, die aber nicht zum Ausbruch kommen darf. Ihr seid mit einem guten Über-Ich gesegnet«, hatte Diplompsychologe Frankenstein bei einem Lehrgang der Fachhochschule der Polizei erklärt. Was immer das heißen mochte. Marcos Über-Ich musste demnach versagt haben, denn er arbeitete auf der Gegenseite und nach seiner Entlassung aus dem Gefängnis als Informant für Stefan. Was wäre eine Polizei ohne Zuträger?

Leider konnte Marco keine Informationen mehr liefern. Vor drei Tagen war er unter mysteriösen Umständen im Koblenzer Hauptbahnhof von einem Regionalexpress überrollt worden. Die Ermittlungen des Kriminaldauerdienstes hatten zwar keinen Verdacht auf Fremdverschulden ergeben, aber Stefan zweifelte an Marcos Freitod. Stefan kannte niemanden, der mehr Lebenslust ausgestrahlt hatte. Aber wer blickt schon wirklich hinter die Fassade eines Menschen? Wenn man fragt, wie es dem anderen geht, erhält man immer die gleiche Antwort. Gut. Super. Man weiß nicht, wie man reagieren soll, wenn der Befragte überraschend ehrlich ist und zugibt, dass es ihm schlecht geht. Und es gibt viele Gründe für Antworten, die wir eigentlich nicht hören wollen: Tod des Lebenspartners, Diagnose einer lebensbedrohlichen Krankheit, Arbeitsplatzverlust, Probleme mit den Kindern und so weiter. Marco war ein Mensch gewesen, der zugeben konnte, wenn es ihm dreckig ging. Und es ging ihm verdammt oft beschissen. Nicht nur im Knast. Auch seine Kindheit war kein Zuckerschlecken gewesen. Erst kurz vor seinem Tod hatte Marco von dem unglaublichen Verdacht gegen Ministerialrat Huber berichtet. Und Marco hatte seinen alten Pfadfinderbruder noch nie belogen.

Stefans Organisationseinheit, intern SAVE MASO genannt, ermittelte nicht wie die Fachkommissariate deliktorientiert, sondern überwachte bestimmte Personen, unabhängig von der Art der Straftaten.

Stefan wurde von allen »der kleine Cheffe« genannt. Kriminalrat Carsten hatte zwar nur die Polizeimindestgröße erreicht, aber aufgrund seiner kleinen Statur unterschätzten potenzielle Gegner seine Fähigkeiten im Nahkampf. Er konnte einem Angreifer freundlich ins Gesicht lächeln und diesen gleichzeitig mit einem gezielten Fußstoß in die Genitalien außer Gefecht setzen. Es war nicht die erste Nacht, die er auf der Dienststelle verbrachte. Und es würde auch nicht die letzte sein.

Stefans siebte Lebensabschnittsgefährtin war vor einigen Wochen in einer Nacht-und-Nebel-Aktion mit dem gesamten Mobiliar ausgezogen. Als er nach einem mehrtägigen Einsatz nach Hause kam, war die gemeinsame Wohnung in der Koblenzer Altstadt leer geräumt. Stefans Kleidung lag verstreut auf dem Boden, und seinen alten Kampfanzug mit dem Polizeiemblem hatte sie aus dem Fenster auf den Gehweg geworfen, wo er von einer Bankangestellten gefunden wurde. Lediglich ein kleiner Zettel mit Anjas Handschrift lieferte den entscheidenden Hinweis, dass er nicht Opfer eines dreisten Diebstahls geworden war. *Das war's. Ich bin dann mal weg. Für immer!*, stand auf dem zerknüllten Zettel. Seit Anjas Auszug standen in der Wohnung nur noch sogenannte Jaffamöbel: Obstkisten, die er sich auf dem Fruchtmarkt besorgt und geschickt umgebaut hatte. Die Bananen- und Apfelsinenkisten dienten als Regale und Sitzgelegenheiten. Er hatte bisher keine Zeit gehabt, in der neuen IKEA-Filiale im Industriegebiet richtige Möbel zu kaufen. Mit der Auszahlung der zweitausend Überstunden hätte er sich in einem edleren Möbelladen eine Sitzgarnitur aus der Rolf-Benz-Kollektion leisten können. Aber das waren Dinge des Lebens, die ihn nicht interessierten. Sein Dienstzimmer mit der durchgesessenen Couchecke, dem Nierentisch, dem Lampenschirm und den Cannabispflanzen strahlte mehr Gemütlichkeit aus als seine Wohnung, in der er sich selten aufhielt. Bereits nach drei Stunden fiel ihm die Decke auf den Kopf, und er musste »raus auf die Gasse«.

An den Wänden seines Büros mit dem Namensschild *Dr. Unrat* hingen neben den riesigen Plakaten der Open-Air-Festivals bunte Polizeikarikaturen und unzählige Fotos von *Rock am Ring*, dem mit achtzigtausend musikbegeisterten, meist jungen Leuten größten Open-Air-Konzert in Europa. Aber sie ermittelten nicht nur bei der Großveranstaltung auf dem Nürburgring, sondern auch bei *Nature one* auf der ehemaligen Raketenabschussbasis im Hunsrück und bei Open-Air-Konzerten auf dem Freilichtgelände der Loreley hoch über dem Rhein. Manchmal zogen deutlich sichtbare Haschischnebelschwaden über das Rheintal hinweg, weil jeder zweite Konzertbesucher damals kiffte. Bei den Kontrollen wurden nicht nur Drogen, sondern auch viele Rauch- und Gebrauchsutensilien sichergestellt. Auf den Schränken hatte sich daher im Lauf der Jahre ein buntes Sammelsurium von Dealerwaagen, Wasserpfeifen, Shillums und aus verschiedenen Materialien originell gebastelten Rauchgeräten angesammelt.

SAVE MASO ermittelt täterorientiert, erstellt Bewegungsbilder von Tatverdächtigen und setzt verdeckte Ermittler und V-Personen ein. Aufgrund des permanenten Personalmangels unterstützt das Team bei Bedarf auch die örtlichen Rauschgiftsachbearbeiter bei Durchsuchungen, Festnahmen und Vorführungen. Aber zunächst mussten durch zeit- und personalaufwendige Observationen die notwendigen Erkenntnisse für eine beweiskräftige Überführung gewonnen werden. Gregor Dzelski war nur einer von vielen Drogenkurieren. Wenn ein Kurier sich neben einem respektablen Lohn einen guten Namen erworben hatte, konnte er in der streng abgeschotteten Hierarchie zum Observer aufsteigen. Alle Handlanger des schleichenden Todes hofften auf diese Beförderung. Der Observer ging kein Risiko ein, von der Polizei überführt zu werden.

Niemand kannte sein Gesicht. Er blieb unsichtbar. Wie einer der Mörder von Sabine Laube.

Observer begleiten unerkannt die Drogentransporte und beobachten Kuriere, bei denen der Verdacht besteht, dass sie Drogen strecken, die Ware an andere verkaufen wollen oder als V-Personen für die Polizei arbeiten. Durch die Trennung der einzelnen Arbeitsebenen schottet sich das Kartell gegen polizeiliche Ermittlungen ab. Somit ist es schwierig, die höchste Ebene zur Rechenschaft zu ziehen.

Gregor war ein ausgebufftes Schlitzohr. Ohne von seiner Überwachung zu ahnen, hatte er geschickte Strategien zur Entdeckung polizeilicher Verfolgungsmaßnahmen entwickelt. Er beherrschte die Taktik der Gegenobservation. Einige Observationen musste das Team bereits abbrechen, um nicht zu verbrennen, wie man es in der Sprache der Geheimdienste nennt.

Da die Anrufe immer aus Telefonzellen geführt wurden, konnte der niederländische Lieferant bislang nicht ermittelt werden. Stefan vermutete, dass Dzelski ohne Wissen seines Auftraggebers auch andere Kokser aus dem Großraum Koblenz mit dem weißen Pulver versorgte, indem er aus dem Paket eine kleine Menge entnahm und die Kilopakete mit einem Streckmittel wieder auf das ursprüngliche Gewicht auffüllte. Die Entnahme würde seinem Arbeitgeber nur bei einer genauen Kontrolle des Reinheitsgehalts auffallen.

Stefan hatte sich gegen Mitternacht in seinem Büro auf die Couch gelegt, war um sieben Uhr aufgestanden, hatte im Fitnessraum auf dem Ergometer trainiert und sich danach ausgiebig geduscht.

Als Gitte, Fredy, Axel, Mike und Klaus im Abstand von wenigen Minuten kurz vor neun Uhr in der Dienststelle eintrafen, stieg ihnen der aromatische Geruch frisch aufgebrühten Kaffees in die Nase.

»Mensch, Stefan, du bist ja wie ’ne Mutter zu uns«, lobte Gitte ihren Chef.

Stefan grinste. »Eine Mutter ohne Brust?«, erwiderte er und umarmte die einzige Frau in seinem Team.

»Nett von dir, dass du gestern Abend für mich die TÜ übernommen hast«, bedankte sich Mike.

»Ist schon okay«, winkte Stefan ab.

»Gibt es denn was Neues?«, wollte Fredy wissen.

»Nein, eigentlich nicht.«

Mike füllte die Tasse mit Kaffee und verschwand kommentarlos im Telefonüberwachungsraum am hinteren Ende des Korridors.

*

Die Fahrt über die Pfaffendorfer Brücke erfüllte Tom immer wieder mit einem unbeschreiblichen Glücksgefühl. Der Blick nach links auf die Halbinsel Oberwerth, dahinter die Ausläufer des Hunsrücks und rechts der Zusammenfluss von Rhein und Mosel. Am Ende der Brücke rechts das renovierte kurfürstliche Schloss direkt am Rhein mit der Riesentreppe für die Bundesgartenschau, auf der linken Seite Hotel Mercure, Rhein-Mosel-Halle und die Fachwerkhäuser vom Weindorf. An dieser Stelle hatte sich im letzten Jahr ein junger Junkie aus Verzweiflung über seine Lebenssituation von der Brücke gestürzt und hatte wie durch ein Wunder überlebt. Tom begegnete ihm ab und zu in der Altstadt. Ulrich konnte sich nur noch im Rollstuhl fortbewegen, aber er war inzwischen clean.

Der Radweg am Friedrich-Ebert-Ring führte bis zum Polizeipräsidium, diesem hässlichen Zweckbau am Moselring. Das zehnstöckige Hochhaus war vor über dreißig Jahren gebaut worden und sollte demnächst renoviert werden. Vielleicht drohte der Bausünde sogar der Abriss. Der kleine Besucherparkplatz war wie immer besetzt. Keine einzige Parklücke frei.

Tom Schneider kettete sein Rad vor dem Haupteingang mit einem Bügelschloss an. Letzte Woche war das nagelneue Mountainbike eines Kollegen aus dem Kommissariat für Vorbeugung gestohlen worden. Er hatte es nicht abgeschlossen, und das Gespött der Kollegen würde noch lange andauern. Wer den Schaden hat, braucht für den Spott nicht zu sorgen.

Neben dem großen Steinaschenbecher zog die »Empfangsdame« des Präsidiums gierig an einer Zigarette. Gut, dass ich das Rauchen nach sieben qualvollen Versuchen aufgegeben habe, dachte Tom.

»Morgen, Nadine! Muss Willibald wegen deiner Sucht wieder den Pförtner spielen? Darfst du denn hier vor dem Haus rauchen? Musst du nicht in euren Zwinger?«

Seit Januar war der Nikotinkonsum in öffentlichen Gebäuden verboten. Hinter dem Gebäude hatte die Behördenleitung neben dem Diensthundekäfig zwischen Tiefgaragenzufahrt und Bahngleisen einen kleinen Raucherpavillon errichten lassen. Nicht nur im Winter war der »Beamtenkäfig« eine Zumutung für die legal Süchtigen.

»Morgen ist gut, ich habe gleich Feierabend«, erwiderte die stets gut gelaunte Angestellte mit einem Lächeln, ohne auf die spitzen Bemerkungen zu reagieren.

»Bei mir wird's heute wieder spät.«

Als müsse er sich für seinen späten Dienstantritt rechtfertigen.

»Apropos Sucht. Gestern ist es auch wieder spät geworden, richtig?«

Tom nickte. Volltreffer. Mitten ins Schwarze getroffen.

»Wieder mal mit Ecci bei Vera im *Dormonds* abgestürzt?«

»Woher weißt du das, meine Süße?«

»Du hast Augen wie ein beschissener Taubenschlag«, flüsterte sie und lächelte. Er konnte ihr nicht böse sein.

»Nett, wenn man so freundlich vom Empfangskomitee im Mutterhaus der Bekämpfung des organisierten Verbrechens empfangen wird. Das baut richtig auf«, antwortete Tom, betrat das Gebäude, zog die Glastür des Haupteingangs auf und nickte Willibald hinter der schusssicheren Glasscheibe zu. Der Pförtner hob kurz die Hand zum Gruß und öffnete mit dem Fuß die elektronisch gesicherte Eingangstür. Tom loggte sich am Zeiterfassungsgerät ein und drückte im Fahrstuhl die Taste für den vierten Stock.

»Tür öffnet. Bitte einsteigen«, fordert die weibliche Stimme aus dem Sprachcomputer ihn auf.

»Tür schließt.«

Die Türen schlossen sich.

Die Stimme nervte.

»Tür öffnet. Zweite Etage. Bitte aussteigen!«

Hatte schon wieder ein Idiot im zweiten Stock auf den Knopf gedrückt, ohne den Fahrstuhl zu benutzen?

»Tür schließt.«

Die blecherne Stimme der Fahrstuhltussi ging ihm jedes Mal auf den Geist. Nervend. Wer hatte den Lautstärkeregler höher eingestellt? Er war doch nicht schwerhörig.

»Tür öffnet. Dritte Etage. Bitte aussteigen!«

Der Idiot hatte alle Knöpfe gedrückt. Vermutlich wieder so ein sportfanatischer Gesundheitsapostel, der vom zweiten Untergeschoss bis in die oberste Etage lief, um für das Sportabzeichen fit zu bleiben, und anderen die Bequemlichkeit des Fahrstuhls nicht gönnte. Tom trat kurz mit dem Fuß durch die noch offene Tür. Ecci hatte behauptet, mit diesem Trick schließe die Fahrstuhltür schneller. Tatsächlich. Es funktionierte.

»Tür schließt.«

»Halt die Fresse!«, zischte Tom.

»Tür öffnet. Vierte Etage. Bitte aussteigen!«

Tom verließ den Fahrstuhl. Irgendwann würde er der Frau hinter dem Lautsprecher den Hals umdrehen. Er wartete auf den Tag, an dem die Computerstimme alle Fahrgäste persönlich mit Namen und Dienstgrad ansprach.

Big mother is watching you.

Aber sie hatte kein Gesicht.

Wie Sabines Mörder.

Der Mann ohne Gesicht.

Der Unsichtbare. Das Phantom.

*

»Wo bleiben denn unsere Oldtimer? Die sind doch bestimmt wieder …« Bevor Fredy den Satz beenden konnte, wurde die Tür aufgestoßen, und Tom betrat den Raum. Alle wussten, was Fredy sagen wollte »… in der Altstadt abgestürzt«, ergänzte Tom, warf Fredy einen strafenden Blick zu und schenkte sich eine Tasse Kaffee ein.

Stefan schaute demonstrativ auf seine Armbanduhr.

»Ist deine Uhr kaputt?«, fragte Tom und grinste.

»Und wo ist Ecci?«, fragte Stefan zurück.

»Bin ich der Hüter meines Bruders?«

»Seid ihr gestern Abend mal wieder versackt?«

»Was geht dich das an? Soll ich mir einen Kindersitz aufs Fahrrad montieren?«

»Nee, aber mach mal deine Fahrradklammern an der Hose ab. Sieht beschissen aus, wenn du in einen Camaro steigst.«

»Oh, toll. Danke, dass *ich* heute den Camaro fahren darf«, erwiderte Tom, als wäre er ein kleiner Junge, dem ein Kindheitstraum erfüllt wurde.

»Nee, *du* nicht. Aber Gitte. Ihr bildet heute unser Tandem.«

»Oh, wie schade!« Tom trank einen ersten Schluck aus der Kaffeetasse. Kurze Zeit später betrat Ecci den Raum.

»Das letzte Bier bei Vera war schlecht«, murmelte er, bevor er sich wieder einen blöden Kommentar anhören musste.

»Einfach aufhören, wenn nichts mehr reingeht«, musste Fredy trotzdem anmerken.

»Halt die Waffel!«, erwiderte Ecci.

Tom zwinkerte Ecci zu.

»Gestern allein?«

»Ganz allein! Macht keinen Spaß ohne dich.«

»Versteh ich. Beim nächsten Mal leiste ich dir wieder Gesellschaft. Versprochen.«

Tom erinnerte sich, wie oft er nach einem Besäufnis in den eigenen vier Wänden vor einem leeren Glas, einem überquellenden Aschenbecher und im Gestank kalten Rauchs aufgewacht war. Aber er rauchte nicht mehr. Und den Alkoholkonsum würde er auch noch reduzieren. Irgendwann. Irgendwie. Spätestens dann, wenn er sich keine Sorgen um seine Tochter mehr machen musste.

»Noch Zeit für 'ne Tass Kaff?«, fragte Ecci.

Stefan nickte, und Ecci goss sich eine Tasse Kaffee ein.

Kurze Zeit später fuhren alle mit dem Fahrstuhl in die Tiefgarage.

Meist werden die Fahrzeuge einzeln besetzt. Tom und Gitte bildeten heute ein Zweierteam. Fahrzeuge doppelt zu besetzen hat viele Vorteile: Man kann spontan auf eine Fußobservation umschwenken, während das Fahrzeug besetzt bleibt. In kritischen Verkehrssituationen ist der Funk gefahrloser zu bedienen, besonders dann, wenn man den Funkkanal umschalten muss. Ein Pärchen ist unauffälliger.

Seit dem Frontalzusammenstoß bei einer Observation übernahm Tom lieber die Rolle des Beifahrers. Er war damals aus unerklärlichen Gründen auf die Gegenfahrbahn geraten. Bei dem Unfall erlitt der Fahrer des anderen Fahrzeugs tödliche Verletzungen. Tom wurde wegen fahrlässiger Tötung auf Bewährung verurteilt und hatte Glück, dass er den Dienst nicht quittieren musste. Und da war noch der andere Unfall. Über den wollte er jetzt nicht nachdenken. Dann würde Sabines Gesicht wieder auftauchen.

»Willst du nicht einsteigen?« Gittes Stimme holte ihn in die Gegenwart zurück.

Tom ließ sich auf den Beifahrersitz fallen und erinnerte sich an jene Nacht, als er mit Moni morgens um vier bei einer Observation in einem Hauseingang gestanden hatte und plötzlich der alte Mann mit seinem Zwergdackel aus dem Haus gekommen war. Spontan hatte er sich an die wesentlich größere Kollegin geklammert. »Da hast du dir aber einen Kleinen geangelt, Mädchen!«, hatte der Mann gekichert. Dabei war Tom immerhin einsdreiundsiebzig. Okay, Moni mit knapp zwei Metern und er bildeten wohl wirklich ein etwas witziges Paar. Die Kollegin aus der Fahndung war schon immer schlagfertig gewesen. »Aber größer als dein Pinscher, oder wächst der noch?«, hatte sie dem alten Mann nachgerufen. Tom lächelte, als er sich an diese Begegnung erinnerte, sank auf den Beifahrersitz und hatte die Augen bereits geschlossen, als Gitte den Camaro über die Südbrücke lenkte. Zwei Minuten später übertönte sein lautes Schnarchen den satten Sound des alten Sportwagens, den sie vor zwei Jahren bei einem Kokaindealer sichergestellt hatten.

*

Zur gleichen Zeit stand etwa einen Kilometer Luftlinie vom Polizeipräsidium entfernt ein Mann vor dem schlichten Holzkreuz mit dem Namen »Sabine Laube« und faltete andächtig die Hände zum Gebet. Er warf einen Blick zum Himmel hinauf, und ein breites Grinsen zog über sein Gesicht. Nach der Anzahl der Grablichter zu urteilen, trauerten immer noch viele Menschen um die tote Polizistin. Kein einziger gottverdammter Bulle hatte damals um sie getrauert. Und in den Medien kein Wort über den wahren Hintergrund der tödlichen Polizeiaktion. Nur er allein wusste, warum sie hatte sterben müssen. Und der Polizist, dessen Namen sie nicht mehr hatte aussprechen können, als das frische Blut aus ihrem Mundwinkel geflossen war.

Er kehrte an das Rheinufer zurück und wunderte sich über seinen Leichtsinn. Warum setzte er sich der Gefahr einer polizeilichen Kontrolle am Tatort aus?

Vielleicht überwachten sie immer noch den Parkplatz. Er hatte zwar weder an der Mauer vor dem Museum noch in der Baumallee Videokameras entdecken können, aber man war nie sicher vor ihnen. Das hatten sie in grausamer Art bewiesen. Und nun waren sie nicht mehr sicher vor ihm. Er fragte sich, warum er vor etwa einem Jahr an der Beerdigung der jungen Polizistin teilgenommen hatte. An diesem Tag waren mit Sicherheit viele Beamte damit beauftragt gewesen, alle Trauergäste zu beobachten. Da sie sein Gesicht aber nicht kannten, nützten ihnen die Videoaufnahmen nichts. Sie konnten nicht Tausende von Trauergästen überprüfen. Und warum sollte ein Mörder seinem Opfer nicht die letzte Ehre erweisen dürfen?

Ihre Mörder hatten damals falsche Trauer geheuchelt, als sie jene Menschen auf ihrem letzten Weg begleiteten, die sie fünf Tage zuvor brutal ermordet hatten. Sie hatten als Trauergäste der Beerdigung beigewohnt, weil sie hofften, er stände am Grab. Unter dem Vorwand, ihn als Zeugen zu vernehmen, hätten die Polizisten ihn entführt, getötet, und seine Leiche wäre nie mehr aufgetaucht. Daher musste er an einem sicheren Ort um sie trauern. An den Gräbern seiner Opfer holte er heute das nach, was sie ihm damals verwehrt hatten. Noch einmal den Duft frischer Blumen auf einem Grab zu riechen, den Duft, den sie ausstrahlte, als sie noch lebte.

Er zog den Hut tiefer ins Gesicht und ging zu seinem Auto, das er auf dem Parkplatz am Moselufer abgestellt hatte. Heute Abend würde er auf der Terrasse eine Flasche Rotwein köpfen und sich das nächste Opfer suchen, denn seine Mission war noch nicht zu Ende. Zwei musste er noch töten. Dann hätte ihre Seele den ewigen Frieden gefunden.

Die Blutspuren auf der Terrasse waren schon lange verblasst, aber immer wieder tauchte dieses Bild auf. Diese schreckliche Szene. Heute noch so präsent, als wäre es erst gestern geschehen.

Sie liegt blutüberströmt vor ihm und haucht ihren letzten Atem aus. Diesen Anblick wird er nie vergessen.

Manchmal hört er sogar ihre Stimme.

Es war ihr letzter Wunsch.

Sie hatte ihm die Lizenz zum Töten erteilt.

Licence to kill.

*

Claire servierte das Petit Déjeuner auf dem runden Holztisch unter der von Wein beschatteten Pergola vor dem Haus. Der unverwechselbare Duft frischer Croissants stieg Lena in die Nase. Mit Heißhunger blickte sie auf die große Tasse mit dem Café au Lait, das knusprige Baguette, den Teller mit Käse und Marmelade, den frisch gepressten Orangensaft und das Sektglas.

»Voilà!«

Claire machte einen kleinen Knicks.

»Merci, Madame! Ich habe wirklich schon wieder Hunger. Du verwöhnst mich so sehr, dass es mir schwerfallen wird, irgendwann wieder nach Deutschland zurückzukehren!«

»Dann bleib doch hier. Das Haus ist groß genug für uns beide.«

»Wenn das so einfach wäre. Wie lange wohnst du schon auf diesem schönen Fleckchen Erde?«

»Seit neun Jahren.«

»Die Zeit vergeht im Nu. Traumhaft hier. Wie im Paradies.«

»Davon vier Jahre allein.«

»Weniger schön.«

Claire nickte. Die beiden Frauen hatten das Thema bislang immer gemieden, weil Claire nicht über die Trennung von ihrem Mann reden wollte.

»Als dein Mann ausgezogen war, wurde es da nicht sehr einsam für dich? Hattest du keine Angst?«

»Ja, am Anfang war es nicht einfach. Du lebst wie Eva mitten im Paradies, hast aber keinen Adam, mit dem du einen Apfel teilen kannst.«

»Und andere Sachen.«

»Und andere Sachen, richtig«, lächelte Claire.

»Hast du momentan was laufen?«

»Was laufen?«

»Ich meine, einen Freund, so was zum Zeitvertreib.«

»Vielleicht wirst du demnächst Pierre kennenlernen. Südfranzose. Er kommt ab und zu vorbei. Unverhofft kommt oft. Ein ganz Lieber. Durch und durch ein charmanter Kerl mit Manieren. Da könnten sich die meisten deutschen Männer ein Beispiel nehmen.«

»Hört sich gut an. Und wo wohnt dieser Adonis mit den guten Manieren?«

»In den Calanques.«

»Was heißt das denn?«

»Die Calanques sind fjordähnliche Buchten zwischen den steilen Klippen an der Küste östlich von Marseille. Pierre hat ein kleines Haus in der Nähe von Niolon. Absolute Einzellage hoch über dem Meer. Das Haus kann man nur mit dem Boot oder über den Küstenwanderweg erreichen. Es ist einfach traumhaft dort. Ein kleines Paradies. Meer, so weit das Auge reicht. Und ein herrlicher Blick auf das Château d'If, die Gefängnisinsel aus *Der Graf von Monte Christo*.

»Hört sich super an. Und verbindet euch sonst noch was außer der herrlichen Landschaft?«, fragte Lena mit einem Augenzwinkern.

»Ich weiß nicht viel über ihn. Außer dass er ein guter Liebhaber ist.«

»Das ist doch schon mehr als genug, oder willst du etwa noch mal im Hafen der Ehe landen?«

»Mon Dieu! Gott bewahre!«

Claire schlug theatralisch die Hände vor die Brust und lachte. »Mit Pierre lande ich ab und zu im Bett und höchstens mal im Hafen von Marseille.«

Claire streckte die Arme nach hinten und atmete tief ein.

»J'aime l'odeur de sa peau«, flüsterte sie.

»Wie bitte? Was liebst du an ihm?«

»Ich liebe den Geruch seiner Haut. Hört sich auf Französisch viel erotischer an.«

»Stimmt.«

»Hast du *Salz auf unserer Haut* von Benoîte Groult gelesen?«

»Na klar. Welche Frau hat dieses Buch nicht gelesen?«

»Eines Tages stand Pierre vor mir. Und er sah so aus, wie ich mir den Liebhaber in dem Buch vorgestellt hatte.«

»Aber im Film war die Rolle schlecht besetzt.«

»Klar, so ein schmächtiges Kerlchen mit rötlichen Haaren. Und in dem Buch war dieser raubeinige Fischer so animalisch beschrieben. Groß und stark und gierig und leidenschaftlich und, ach, du weißt, was ich meine.«

»Ich kann es mir denken, aber findest du denn hier in Salon keinen starken Mann mit gutem Geruch und athletischem Körperbau?«

»Wo soll ich den denn kennenlernen? Schau dich doch um. Hier gibt es keine direkte Nachbarschaft. Die Häuser in Bel Air liegen mindestens fünfhundert Meter voneinander entfernt. Die Männer riechen eher nach Stall und Mist, kennen kein Parfum, und die meisten sind verheiratet oder eingefleischte Junggesellen, du kennst doch den Spruch: Männer sind wie Toiletten.

»Nein, wieso?«

»Entweder beschissen oder besetzt.«

»Claire, das finde ich aber ordinär!«

»Reimt sich sogar, meine Liebe. Aber im Ernst. Eine Frau ohne Mann ist den meisten Bauern hier suspekt. Zudem denken die französischen Männer meist nur ans Trinken, Essen und dann lange an nichts. Dann an Frauen und ganz zum Schluss an Seife.«

»Ehrlich?«

»Ich glaube schon. Ich habe viele Frauen kennengelernt, die mir ihre Männer nicht vorstellen.«

»Warum?«

»Warum wohl?« Claire befeuchtete sich die Lippen mit der Zunge und lächelte frivol.

»Wo stellst du denn deine Bilder aus?«

»In kleinen Galerien. In Salon, Saint-Rémy, Les Baux, einmal sogar in Saint-Paul de Vence. Traumhaft gelegen und mit herrlichem Blick auf die Côte d'Azur. Das Örtchen ist ein Künstlertreff, seit der Wirt vom *Colombe d'Or* Bilder von damals noch unbekannten Malern als Zahlungsmittel für den Genuss von Getränken und Speisen akzeptierte. Heute hängen frühe Werke von Picasso, Miró und anderen Genies immer noch an den Wänden, und die Galerien wachsen wie Pilze aus dem Boden.«

»Das ist doch toll!«

»Na ja. Auf den ersten Blick vielleicht. Es ist eine brotlose Kunst. Die Ausgaben für Farben und andere Materialien muss ich von dem Verkauf der Bilder abziehen, und dann relativiert sich der Verdienst. Von der Zeit ganz zu schweigen. Aber ich will nicht klagen: Georg, der sich inzwischen übrigens Georges nennt, zahlt ganz gut. Muss gut zahlen. Alles hat seinen Preis.«

»Tja, wem sagst du das?«, bestätigte Lena und betrachtete gedankenverloren die Landschaft. »Wie habt ihr dieses Traumhaus eigentlich gefunden?«, fragte sie nach einer Weile.

»Durch Vermittlung von Bekannten. Irene und Helmut aus dem Siegerland wohnen schon seit zwanzig Jahren in einem kleinen Dorf bei Pont-Saint-Esprit. Die beiden betreiben die *Auberge Beethoven*. Die Franzosen im Dorf nennen sie Irän und Ällmüt ohne Asch.«

»Wie bitte? Ohne Arsch? Hat der keinen Arsch in der Hose, oder warum?«

Claire lachte.

»Nein, ohne H, die Franzosen sprechen doch kein H aus.«

»Ach so. Klar.«

Lena lächelte verlegen, hatte sie doch Claire gegenüber behauptet, ihre Französischkenntnisse seien weit über Speisekartenniveau.

»Das macht nichts. Ist mir anfangs auch passiert. Als ich Irene und Helmut das erste Mal besuchte, fragte ich eine alte Dame nach der *Auberge Beethoven* und betonte damals auch das H, weil es doch ein Eigenname ist. Die Französin verstand zuerst nur Bahnhof, und irgendwann wies sie mir mit den Worten »Ah, Beet-Ofän« den Weg. Wenn Helmut aus Deutschland kommt, bringt er mir Vollkornbrot und Limburger Käse mit. Das ist das Einzige, was der Supermarché nicht im Sortiment hat. Die beiden fahren jedes Jahr am vierundzwanzigsten Mai zur berühmten Zigeunerwallfahrt nach Les-Saintes-Maries-de-la-Mer. Auf dem Weg in den Süden besuchen sie mich immer und bleiben für eine Nacht. Übrigens ist die Weihnachtsmesse an Heiligabend ein unvergessliches Erlebnis, wenn die Tiere mit in die Kirche einziehen. Da fahren wir dieses Jahr hin, okay?«

»Wenn ich dann noch hier bin.«

»Klar, dein Sabbatjahr* geht doch erst im nächsten Jahr zu Ende. Oder hast du etwa Angst vor den vielen Zigeunern?«

»Nein. Ich glaube auch, wir haben in Deutschland ein verzerrtes Bild von ihnen. Im behördlichen Sprachgebrauch darf das Wort Zigeuner nicht mehr verwendet werden.«

»Und wie heißen die nun?«

»MEM-Personen.«

»Wie bitte?«

»Das ist die Abkürzung für mobile ethnische Minderheiten.«

»Das darf doch wohl nicht wahr sein.«

»Doch, der deutsche Amtsschimmel hat mal wieder laut gewiehert.«

»Bescheuert. Vielleicht wirst du Helmut und Irene noch kennenlernen. Wir machen einfach mal einen Ausflug an die Ardeche. Irene kocht, als wäre sie eine Dreisterneköchin. Ihr Coq au vin und das Steak gardian sind eine Delikatesse. Und Helmut ist ein Wein- und Käsespezialist. Die beiden haben nie bereut, dass sie Deutschland den

Rücken gekehrt haben, und sind verliebt wie am ersten Tag. Zu zweit kann man das Leben natürlich intensiver genießen«, sagte Claire mit Wehmut in der Stimme.

Lena legte die Hand auf Claires Unterarm. »Du hast mir bis heute nicht erzählt, warum das mit deinem Mann in die Brüche ging.«

»Ach, Frau Kommissarin, wie oft hast du mich das schon gefragt?«

»Tut mir leid. Wollte keine alten Wunden aufreißen.«

»Nun gut. Bin heute in Plauderlaune. Aber ich erzähle es nur einmal, einverstanden?«

»Einverstanden«, flüsterte Lena, und es war ihr sichtlich peinlich, dass sie dieses Thema überhaupt angesprochen hatte.

»Ich habe ihn aus meinem Leben gestrichen. Er arbeitet immer noch in Marseille auf dem Flughafen. Wie du dich sicher erinnerst, sollte er eigentlich nur für ein Jahr abgeordnet werden. Deshalb hatten wir das Haus zunächst nur gemietet. Aber dann wurde es nicht nur *Mein Jahr in der Provence*, sondern *Toujours Provence*, wie Peter Mayles Bücher heißen.«

»Ich habe sie übrigens alle gelesen.«

»Ich auch. Peter Mayle hat mit seinen Bestsellern eine Berühmtheit erlangt, die es ihm nicht erlaubte, weiter die Stille in dem Dorf Ménerbes zu genießen. Pilgerströme sensationshungriger Leser belagerten sein Haus. Er ist genervt nach Florida ausgewandert, aber nach kurzer Zeit wieder in die Provence zurückgekehrt und soll in einem kleinen Dorf im Lubéron leben.«

»Und wo wohnt dein Mann?«

»Du lässt aber nicht locker, Frau Kommissarin. Nach einem Jahr haben wir das Haus gekauft, und vier Jahre später ist mein Göttergatte ausgezogen. Er lebt jetzt mit seiner Sekretärin in Marseille.«

»Mit seiner Sekretärin? So, so. Ja, ja, die Männer. Soll sie einer verstehen.«

Claire hob ihr Sektglas. »À la tienne. Belle amie. Auf dass er ihr im Hals stecken bleibe!«

»Wie bitte?«, stotterte Lena, und beide lachten prustend los.

»Auf die Liebe, auf das Leben!«, rief Claire und biss in ein zweites Croissant, das sie zuvor in den Café au Lait getaucht hatte.

Plötzlich erinnerte sich Lena an ihre letzte Begegnung in der Boulangerie* von Bel Air. Die Verkäuferin hatte die sonnengebräunte Haut der deutschen Kundin bewundert. Lena hatte erklären wollen, dass sie aufgrund des sonnigen Wetters in Deutschland schon braun gebrannt in die Provence angereist sei. In der festen Überzeugung, nach einer kurzen Überlegung die richtigen Worte gefunden zu haben, hatte sie geantwortet: »C'est la prune d'Allemagne.«

Als sie Claire von dieser Konversation berichtet hatte, hatte die Freundin sich vor Lachen auf dem Rasen gewälzt und war in den Pool gesprungen.

»Warum lachst du so blöd?«, hatte Lena ihr zugerufen.

»Weißt du, was du der guten Cécile gesagt hast?«, hatte Claire vom Beckenrand geantwortet.

»Ja, klar«, hatte Lena in überzeugendem Tonfall geantwortet

»Nein, meine Liebe, nein, das weißt du nicht. Du hast ihr nämlich gesagt, und jetzt hör gut zu: Das ist die Pflaume aus Deutschland.«

Danach hatte auch Lena sich vor Lachen nicht halten können und war ebenfalls in den Pool gesprungen. Sie hatten sich gegenseitig untergetaucht, und als beide kaum noch Luft bekommen hatten, waren sie an den Beckenrand geschwommen und hatten sich auf die Schwimmbadtreppe gesetzt.

»Prune heißt also Pflaume?«, hatte Lena sich nochmals vergewissert.

»Oui, c'est vrai«, hatte Claire bestätigt.

»Und gebräunt?«

»Bronzé!«

»Nun gut, dann habe ich wieder was dazugelernt!«, hatte Lena geantwortet.

»Warum grinst du so?«, fragte Claire.

Lena schmunzelte.

»Woran denkst du?«, hakte Claire neugierig nach und setzte die Kaffeetasse an den Mund.

»An die Pflaume aus Deutschland«, hauchte Lena.

Claire verschluckte sich, prustete den Rest des Kaffees über den Rasen und bog sich vor Lachen.

*

Gitte stellte den gelben Camaro auf dem hinteren Parkplatz vor dem Friedhof am Dorfrand von Dannenberg ab. Der Sportwagen war das einzige auffällige Auto und wurde manchmal auch als Kontaktfahrzeug für Scheingeschäfte eingesetzt.

»Sind wir schon da?«, murmelte Tom mit geschlossenen Augen.

»Penn ruhig weiter, Oldie! Ältere Menschen brauchen ihren Schlaf, besonders wenn sie nachts gelumpt haben.«

»Danke, Teenie.« Tom legte den Kopf wieder zur Seite und döste weiter vor sich hin.

Bereits auf der Fahrt nach Dannenberg war vor seinem inneren Auge das Gesicht von Polizeioberkommissar Bernd Müller aufgetaucht. Der Kollege, mit dem er kurze Zeit auf dem Koblenzer Altstadtrevier am Münzplatz

Dienst getan hatte, war bei dem Attentat durch einen Kopfschuss schwer verletzt worden und hatte mehrere Wochen lang im Koma gelegen. Er war der einzige Zeuge des hinterlistigen Attentats und würde sich nach Auskunft der Ärzte nie mehr an den Tathergang erinnern. Bernd konnte sich nur noch im Rollstuhl fortbewegen. Als die Sonderkommission *Deutsches Eck* personell reduziert wurde, hatte Tom wieder seine Aufgabe als stellvertretender Leiter von SAVE MASO übernommen, und Lena hatte endlich ihr lang herbeigesehntes Sabbatjahr eingereicht. Sie wohnte zurzeit bei ihrer Freundin Claire Grube in der Provence. Bei diesem Namen musste Tom unwillkürlich lächeln. Aber er spürte auch eine tiefe Sehnsucht.

Ob Lena immer noch mit dem Gedanken spielte, den Dienst endgültig zu quittieren, wenn Sabine Laubes Mörder gefasst waren? Wie würde sie dann ihren Lebensunterhalt finanzieren?

Er hatte nur zweimal mit Lena in Frankreich telefoniert.

Das erste Mal privat. Tom hatte verzweifelt nach passenden Worten gesucht. Nach Worten, die seine Gefühle beschrieben. Er hatte Lena sagen wollen, wie sehr er sie vermisste und sich nach weiteren gemeinsamen Nächten sehnte. Hatte ihr gestehen wollen, dass er sich in sie verliebt hatte. Aber kein einziges Wort war ihm über die Lippen gekommen. Sie hatten nur über Belangloses gesprochen, alle Gefühle der gemeinsamen Nacht auf der *Albatros* ausgeblendet, und Lena hatte ihm bei der Verabschiedung eine gute Zeit gewünscht.

Eine gute Zeit? Ohne sie gab es für ihn keine gute Zeit mehr. Aber das hatte er nicht gesagt. Insgeheim hatte er gehofft, sie werde ihm anbieten, seinen Urlaub in Frankreich zu verbringen. Tom war nach dem Telefonat zutiefst enttäuscht gewesen. Es wäre besser gewesen, er hätte sich getraut, seine Gefühle zu äußern, aber er hatte sich in Schweigen gehüllt. Es hatte ihm ganz einfach der Mut gefehlt. Vielleicht hatte er Angst vor ihrer Reaktion gehabt. Sie hatte ihm unmissverständlich erklärt, dass es ein One-Night-Stand gewesen war. Nicht mehr. Aber auch nicht weniger. Sie bereue nichts und habe viel Spaß gehabt.

Toms zweiter Anruf war rein dienstlicher Natur gewesen. Er hatte Lena gefragt, ob Claire einen Deutschen mit dem Namen Paul Schleicher kenne. Auch dieser Anruf ohne Ergebnis. Weder dienstlich noch privat. Das Kennzeichen an dem roten Alfa, in dem die Mörder von Sabine Laube geflüchtet waren, war zwar in Bel Air entwendet worden, aber Claire kannte weder den Besitzer dieses Fahrzeugs, noch war sie jemals einem Mann begegnet, auf den die Beschreibung von Paul Schleicher zutraf.

Die französische Gendarmerie hatte Schleichers Bauernhof gestürmt. Das Haus in Eygalières war schon längere Zeit unbewohnt, nichts jedoch deutete auf einen geplanten Auszug hin, eher auf eine übereilte Flucht. Alle hatten mit Hochspannung auf die Auswertung der DNA-Spuren gewartet.

Könnten sie dem Spurenleger der mysteriösen DNA-Spur am Tatort endlich ein Gesicht geben? Paul Schleichers Gesicht? Und dann kam das ernüchternde Ergebnis. Keine einzige in Schleichers Haus gesicherte Spur war identisch mit der DNA am Streifenwagen. Ab diesem Zeitpunkt wurde nicht nur nach den beiden Brüdern gefahndet, sondern auch nach einem dritten Täter, dem Phantom. Die Spur der am Streifenwagen gesicherten DNA zog sich mittlerweile wie ein roter Faden von Südfrankreich bis nach Mitteldeutschland, war an über siebenundvierzig Tatorten zu finden. Im Elsass, in der Schweiz, in Österreich und anderswo wurde diese Spur gesichert. Hielt sich der Unsichtbare immer zur Tatzeit an den Tatorten auf oder nur zufällig vor beziehungsweise nach den Straftaten? Zufall? So viele Zufälle konnte es nicht geben.

An zwei Tatorten wurden Menschen getötet: die alte Frau in Bad Bergzabern und der Wachmann bei dem Überfall auf einen Geldtransporter an der Péage-Station bei Salon-Ouest. Siebenundvierzig Straftaten in achtzehn Jahren. Die meisten Spuren wurden bei Tageswohnungseinbrüchen in Wissembourg und in Schweigen-Rechtenbach an der Deutschen Weinstraße, danach in der Pfalz, im Markgräfler Land und im Elsass gesichert. Die Fahnder waren keinen Schritt weitergekommen, standen immer noch vor einem Rätsel.

Harald Sauer, der Leiter der Sonderkommission *Deutsches Eck*, hatte nochmals mit allen Kollegen gesprochen, die in Ermittlungen eingebunden waren, bei denen die mysteriöse DNA-Spur gesichert wurde.

Ohne Ergebnis.

Keine einzige Querverbindung zum Mordfall Sabine Laube. Keine Beziehungen zwischen Opfern und Tatverdächtigen. Und keiner der Täter, die in den anderen Verfahren ermittelt worden waren, konnte oder wollte einen Hinweis auf die unbekannte Person geben.

In Freiburg waren Einbrecher vor dreizehn Jahren in einem Antiquitätenladen beim Versuch gescheitert, einen Geschäftsmann zu erdrosseln, nachdem der aktive Karatekämpfer sich heftig gewehrt hatte. Nach Aussage des Opfers hatte er mehrere Täter in seinem Haus überrascht. Eine heiße Spur führte damals zu einer Drückerkolonne von Zeitschriftenwerbern, die zur Tatzeit in der Region unterwegs waren und bereits mehrere Einbrüche begangen hatten. Aber dieser Raubüberfall konnte ihnen nicht nachgewiesen werden.

Den Raubmord in Bad Bergzabern hatten die Kollegen bereits als *unerledigte Leichensache* zu den Akten gelegt.

Harald hatte in der Pfalz mit den Kollegen der Soko *Schlinge* nochmals die verstaubten Ermittlungsakten nach möglichen Hinweisen auf den Unsichtbaren durchstöbert. Eine alte Frau war damals mit einer Schlinge aus Blumendraht erdrosselt worden, die ihr mehrmals um den Hals gelegt worden war. Obwohl die Frau mitten im Dorf gewohnt hatte, hatte niemand etwas bemerkt. Von wegen, in Dörfern funktioniere die soziale Kontrolle …

An einem Glas in der Küche wurde die DNA-Spur des Unsichtbaren gefunden. Auch hier waren Zeitschriftenwerber verdächtig, aber die Überprüfung der Drückerkolonnen führte wieder zu keinem Ergebnis. Es war nachweislich nicht dieselbe Kolonne wie in Freiburg. Da in beiden Fällen die DNA des Phantoms gefunden wurde, lag der Verdacht nahe, dass der Unsichtbare mit verschiedenen Drückerkolonnen umherreiste. Dr. Rau, der Profiler des Bundeskriminalamtes, hatte bisher vergeblich versucht, mehr über den Charakter des Täters zu erfahren. Nach seiner Bewertung aufgrund der Basis der bekannten Fakten kam er zu dem Ergebnis, es könne sich um eine männliche Person handeln, die Kontakt zu reisenden Tätergruppen habe und ein Mitläufer sei, den niemand richtig kenne. Oder er war ein Alphatier, und alle, die sein Gesicht kannten, schwiegen aus Angst. Irgendwie war es pervers. Die technischen Voraussetzungen zur Ermittlung eines Täters waren so gut wie nie zuvor, aber aus Gründen der informellen Selbstbestimmung und des Datenschutzes durfte die Polizei nicht alle technischen Möglichkeiten ausschöpfen. Man hatte keine Vergleichsabdrücke und wusste nur, dass es sich um einen Mann handelte. Tom würde den Mann nicht erkennen, wenn er ihm begegnete. Das Phantom konnte an der Kasse bei ALDI hinter ihm stehen, neben ihm auf einer Bank in den Rheinanlagen sitzen, und Tom würde nicht ahnen, dass dieser Mann der

Mörder ohne Gesicht ist. Jeder konnte der Unsichtbare sein.

Die genaue Lage der DNA-Spuren am Streifenwagen war aus ermittlungstaktischen Gründen nicht öffentlich bekannt gegeben worden, da es sich um reines Täterwissen handelte. Mit dem von Dr. Rau angeforderten 3-D-Laserscanner war der Streifenwagen vermessen worden. Der Schusswinkel war maßstabgerecht konstruiert worden. Die Auswertung der Computertomografie ergab, dass nur *ein* Täter geschossen hatte. Aber wer? Max Schleicher oder das Phantom? Und welche Rolle spielte Paul Schleicher bei dem Attentat? Wenn er wirklich nicht an dem Mord beteiligt gewesen war, warum war er spurlos verschwunden?

Toms Gedanken drehten sich im Kreis. Er und seine Kollegen hatten weit über vierhundert Hinweise verfolgt, ohne eine einzige heiße Spur zu entdecken. Irgendwann würden sie den Fall lösen. Hoffentlich. Die Prognose war schwierig, besonders für die Zukunft. Dieses blöde Wortspiel von Kriminaldirektor Hinz, dem Leiter der Kriminalpolizei, kam ihm in den Sinn. Die Prognose war in der Tat schwieriger denn je. Tom hätte lieber in die Vergangenheit geblickt, um herauszufinden, warum Sabine Laube sterben musste und wer sie erschossen hatte.

Er redete sich ein, dass sie nur Geduld haben und warten mussten. Warten auf die nächste DNA-Spur. Die Zeit arbeitete immer für sie, und irgendwann würde Kommissar Zufall dem Unsichtbaren die Maske vom Gesicht reißen. Oder Kommissarin Zufall, hätte Lena jetzt zu bedenken gegeben.

Tom lächelte still vor sich hin.

Lena. Ich sehne mich so nach ihr. Mit ihr habe ich den Himmel berührt. Was mochte sie in diesem Moment wohl tun?

In der Sonne liegen?
Sich im Pool abkühlen?
In einer Bar einen Pastis* genießen?
Über einen der vielen Märkte schlendern?
Mit Claire?
Allein?
Mit einem Mann?
Er blickte Gitte von der Seite an.
»Warum grinst du so blöd?«
»Ich habe im Moment an Frauen bei der Polizei gedacht.«
»Ach, weil du denkst, eigentlich gehören die hinter den Herd, oder?«
»Nein, da bin ich ganz anderer Meinung.«
»Nun bin ich aber gespannt.«
»Wieso *hinter* den Herd, sie gehören *vor* den Herd. Hinter dem Herd ist es zu eng. Selbst deine Traumfigur würde doch nicht zwischen Wand und Herd passen, und wie willst du denn von hinten die Knöpfe bedienen?«
Gitte zog ihn am linken Ohrläppchen. »Du alter Macho!«, zischte sie.

*

Um die Mittagszeit heizte die Sonne die Provence noch mehr auf. Kein Wunder, dass sich von zwölf bis fünfzehn Uhr das öffentliche Leben vom Tag verabschiedete, weil alle Siesta machten.

Am strahlend blauen Himmel war keine einzige Wolke zu entdecken; ein Sommertag, wie man ihn in Deutschland nur selten genießen konnte. Die Freundinnen lagen im Schatten der Olivenbäume nebeneinander auf dem Rücken im Gras. Lena legte ihre Hand sanft auf Claires Unterarm.

»Ich finde es traumhaft schön bei dir. Danke, dass ich hier sein darf.«

»Man sagt ja nicht umsonst: Leben wie Gott in Frankreich«, flüsterte Claire.

»Falsch!«

»Wieso?«

»Wie eine Göttin in Frankreich!«

»Du Emanze!«

»Es ist so friedlich. Eine Idylle wie im Paradies.«

Claire wandte sich zur Seite, strich über Lenas nasses Haar.

»Liebes, versuch deine düsteren Gedanken zu vertreiben. Lass nicht zu, dass die Vögel der Besorgnis ein Nest auf deinem Kopf bauen. Davon wird deine Kollegin nicht wieder lebendig.«

Lena nickte, aber der Anblick der toten Sabine Laube, ihr blutüberströmter Kopf auf dem Armaturenbrett des Streifenwagens, dieses Bild hatte sich für immer in ihr Gedächtnis eingebrannt. Vielleicht würde das Bild verblassen, wenn die Mörder hinter Schloss und Riegel waren.

Morgen würde sie Tom anrufen und sich nach dem aktuellen Ermittlungsstand erkundigen. Aber sie befürchtete, dass er keine Neuigkeiten hatte. Sonst hätte er sich längst gemeldet. Sie hätte so gern seine Stimme gehört. Er klang beim letzten Telefonat so fremd. Rein dienstlich. Kein einziges Wort über jene Nacht, die sie so schnell nicht vergessen würde. Aber was hatte sie erwartet, nachdem sie ihm die kalte Schulter gezeigt hatte? Warum eigentlich?

In dieser Nacht war sie glücklich gewesen. Nach endlos langer Zeit hatte sie wieder ein Stück Geborgenheit gespürt, die ihr auch Claire in diesem fremden Land nicht geben konnte. Doch Lena hatte vom ersten Tag ihres Aufenthaltes in der Provence an diese Ruhe genossen. Insbesondere das Gefühl, einfach in den Tag hineinzuleben und nicht nach einem Telefonanruf wieder mit menschlichem Leid konfrontiert zu werden. Nicht immer auf dem Sprung zu einem Einsatz, der sie mit einem neuen Schicksalsschlag konfrontieren würde.

*

Ungeduldig blickte Mike im Telefonüberwachungsraum des Koblenzer Polizeipräsidiums auf den Monitor. Er wartete auf den entscheidenden Anruf, der Dzelski auf die Reise schicken würde. Da die Behörde wegen der Haushaltssperre keine neuen Möbel kaufen konnte, hatten die Kollegen ausrangierte Privatmöbel oder Fundsachen vom Sperrmüll aufgestellt. Die Haustechniker versuchten seit Jahren vergeblich, die Versorgungsleitungen für die Kantine abzudichten. Immer wieder tropfte Wasser von der Decke, und die Wasserkränze auf den vergilbten Deckenplatten waren kein schöner Anblick. Zudem krochen übel riechende Flüssigkeiten aus der undichten Leitung des Fettabscheiders der Kantine. Letzte Woche waren einige Platten von der Decke herabgefallen, und noch immer tropfte Wasser in die beiden Plastikeimer, die alle zwei Tage geleert werden mussten, um eine Überschwemmung zu vermeiden.

An der Wand stapelten sich die Telefonüberwachungsanlagen. Der Kabelsalat unter den offenen Tischen hätte jedem Elektriker im ersten Lehrjahr die Zornesröte ins Gesicht getrieben. Die Leitungen waren ohne erkennbares Ordnungssystem miteinander verbunden. Der alte Papierkorb aus Drahtgeflecht, der bereits im alten Präsidium am Friedrich-Ebert-Ring gestanden und den Müll längst vergangener Tage gesammelt hatte, war seit Wochen nicht mehr geleert worden. Aus dem Sitzkissen mit den aufgerissenen Nahtstellen quollen gelbe Schaumgummifetzen hervor. Leere Plastiktüten, benutzte Papiertaschentücher, aufgerissene Kartons unter den Tischen, halb volle Wasserflaschen auf dem Regal, uralte Verlängerungskabel ohne Funktion, Glasbehälter aus der Kriminaltechnik, die als Aschenbecher fungierten, eine Packung mit Büroklammern, die Flasche mit der Klebelösung, Kaffeetassen mit braunen Rändern, weiße runde Kränze der verschütteten Kondensmilch auf den alten Tischen und Schmutzränder an der Thermoskanne waren der eindeutige Beweis dafür, dass die Anordnung, diesen Raum aus Sicherheitsgründen nicht zu betreten, von den Reinemachefrauen auch befolgt wurde und sich kein Kommissariat für die Sauberkeit in diesem Raum verantwortlich fühlte.

Demnächst sollte das gesamte Gebäude renoviert werden, aber die Behördenleitung suchte noch geeignete Ausweichquartiere für die Dauer der Grundsanierung. Bisher vergeblich. In dem alten Gebäudekomplex der Erziehungswissenschaftlichen Hochschule auf dem Oberwerth sollten nun Eigentumswohnungen entstehen, und die ehemalige Rheinkaserne lag zu weit außerhalb der Stadt. Und jeder fragte sich, wann nach den jahrelangen Diskussionen im Stadtrat das Riesenloch am Zentralplatz inmitten der Stadt endlich verschwinden würde und ob man nicht anstatt eines neuen Einkaufszentrums an dieser Stelle ein neues Dienstgebäude errichten sollte. Aber die neu gegründete Bürgerinitiative für die Anlage eines Zentralparks würde vermutlich alle rechtlichen Mittel einsetzen, um eine Bebauung dieses Schandflecks zugunsten einer »grünen Lunge« zu verhindern.

Mike lehnte sich in dem alten Drehsessel zurück und wartete ungeduldig auf das entscheidende Gespräch. Wie immer breitete sich die Unruhe aus, bis der entscheidende Anruf einging und das Jagdfieber erwachte. Mike war bei seinen Kollegen beliebt, auch wenn man ihm nachsagte, er könne ohne Unterstützung keinen einzigen Ermittlungsvorgang bearbeiten. Aber alle schätzten ihn als hervorragenden Logistiker, wenn er gemeinsam mit Axel die Dinge organisierte, die Leib und Seele zusammenhalten: meistens Fleischwurst, Brötchen und Bier. Schon längst wurden keine kostenlosen Bierkästen zum Testen von der Königsbacher Brauerei mehr bereitgestellt. Diese Serviceleistung war eingestellt worden, nachdem Kollegen des ersten Polizeireviers einem Mitarbeiter der Brauerei nach einer Trunkenheitsfahrt den Führerschein einbehalten hatten.

Mike hatte für heute Abend eine Überraschung geplant und hatte schon alles vorbereitet. Er hoffte, dass sich der Kollege darüber freuen würde.

*

Die Observationsgruppe hatte das kleine Westerwalddorf Dannenberg hermetisch abgeriegelt. Die Fahrzeuge standen am Waldrand. Bis auf den Camaro unauffällige Autos verschiedenster Fabrikate. Keine grellen Farben. Nicht zu neu. Aber alle mit starker Motorisierung, selbst der Omega, die alte Dreckschleuder. Wer gut beobachten will, darf selbst nicht erkannt werden. Nur Axel hatte Sichtkontakt auf Dzelskis Haus. Sein Körpergewicht, das er selbstironisch »lebendes Schlachtgewicht« nannte, und die kulinarische Zone um den Bauch verrieten Axels Vorliebe für edle Weine, gutes Essen und den Branntwein aus der eigenen Herstellung. Axel wartete geduldig im Fond des alten VW-Busses, den er am Vortag gegenüber dem Apartmenthaus geparkt hatte.

Die Glocke der Kirchturmuhr schlug eins.

Obwohl sich die Tannenspitzen in dem Wäldchen, das

den Ort umgab, hin und her bewegten, schien die Luft am Boden zu stehen. Bereits seit Tagen hatte sich eine Hitzewelle über Europa ausgebreitet.

»Man könnte Eier auf dem Dach braten«, brummte Klaus.

»Dann musst du dich wenigstens nicht in eine Pfanne zwängen.« Gitte hatte immer einen passenden Spruch auf den Lippen. Tom grinste, warf der jungen Kollegin einen verschwörerischen Blick zu und hielt den Daumen hoch.

Gittes blonde Kurzhaarfrisur passte gut zu der hautengen Lederhose und der pechschwarzen Jeansjacke. Die einzige Frau der Observationsgruppe sah ausgesprochen mädchenhaft aus. Sie hatte eine sportlich durchtrainierte Figur und stand mit fünfundzwanzig Jahren ihren »Mann« in der Truppe. Das imponierte sogar den Kollegen, die zunächst nichts mit Gitte anfangen konnten, außer der Vorstellung einer gemeinsamen Übung zum Thema Nummer eins. Nachdem sich die stürmischen Don Juans einen Korb eingefangen hatten, versuchten es die anderen erst gar nicht. Männerwitze verkraftete Gitte inzwischen genauso gut wie zweideutige Anzüglichkeiten. Sie konnte nicht nur verbal kontern. Der erhobene Mittelfinger bei frauenfeindlichen und schlüpfrigen Bemerkungen, das Knie kurz, aber heftig an der richtigen Stelle platziert, wenn sie keinen Körperkontakt wünschte, und beim Nahkampftraining ein Fußtritt zwischen die Beine hatten bei allen Kollegen einen bleibenden und gelegentlich schmerzhaften Eindruck hinterlassen. Übrigens war es Gitte, die das interne Kürzel SAVE MASO in SAVE MACHO und damit in *Sachgebiet versaute Machos* umbenannt hatte.

Tom und Gitte waren ein gutes Observationsteam. Vielleicht auch aufgrund des großen Altersunterschieds. Gitte hätte Toms Tochter sein können. Manchmal dachte Tom, dass er mit der jungen Kollegin mehr Zeit seines Lebens verbracht und herzhafter gelacht hatte als jemals mit seiner Tochter. Tom war damals ständig unterwegs gewesen. Selten zu Hause. Hatte seine kleine Familie vernachlässigt. Das hatte seine Frau ihm bei der Scheidung vorgeworfen. Keine Affären. Keine andere Frau. Nein, sein unermüdlicher Einsatz für den Dienstherrn hatte seine Ehe zerstört. Die langen Tage und Nächte. Übernachtungen im Auto oder in Motels. Und wenn er abends nach Hause gekommen war, hatte Sabine meistens schon im Bett gelegen und geträumt. Vielleicht von einem Vater, der sich mehr um sie kümmerte?

»Willst du Sabine nicht noch einen Gutenachtkuss geben?«, hatte Birgit oft gefragt. »Ich möchte die Kleine nicht wecken. Sie braucht ihren Schlaf«, hatte er dann wie ein gefühlloser Holzklotz geantwortet.

»Sie braucht vor allem einen Vater«, hatte seine Frau erbost reagiert. Wenn Blicke töten könnten, wäre Tom damals tot umgefallen. Er erinnerte sich an einen der seltenen Abende, als er pünktlich nach Hause gekommen war. Seine Frau hatte ihm versichert, wenn er weiterhin so oft abwesend sei, werde Sabine irgendwann Onkel zu ihm sagen. Und dann hatten im Beisein der kleinen Sabine Worte seinen Mund verlassen, die er niemals hätte sagen dürfen. »Mensch, Kind, bist du groß geworden!« Und er hatte ihr kurz über den Kopf gestreichelt. Wie ein Möbelstück, von dem man den Staub abwischt. Sabine, wo bist du? Melde dich! Bitte! Gib mir noch eine Chance! Eine einzige Chance, und ich werde sie nutzen. Ich schwöre es, so wahr mir Gott helfe.

Mein Gott! Wann hatte er das letzte Mal gebetet?

Wenn das Beten sich nur lohnen würde. Er hatte es inzwischen aufgegeben. Seine Tochter blieb trotz aller Stoßgebete wie vom Erdboden verschluckt. Vielleicht saß sie nach einem missglückten Suizidversuch im Rollstuhl wie Ulrich. Oder lebte Sabine in einer Behinderteneinrichtung, lag im Koma, war ohne Papiere leblos aufgefunden worden, und keiner wusste, wer sie war?

*

Nur das monotone Ticken der alten Standuhr durchbrach die Stille in dem kleinen Apartment. Gregor Dzelski blickte aus dem Fenster. Die Sonne spiegelte sich in den großen Glasflächen. Strahlender Sonnenschein auf den Höhen des Westerwaldes, aber in den Seitentälern löste sich die hellgraue Nebelwand nur allmählich auf. Über den Nebelschwaden schwebte der obere Teil des Fernsehturms auf dem Köppel, der höchsten Erhebung im unteren Westerwald. Die runde Plattform thronte wie eine fliegende Untertasse über der Nebeldecke.

Mit feuchten Händen lief Gregor Dzelski in dem spartanisch eingerichteten Apartment auf und ab. Vor diesen Telefonanrufen war er immer nervös. Er blickte in den Spiegel und sah die roten Flecken auf dem blassen Gesicht, und wieder überfiel ihn dieses Angstgefühl. Diese krankhafte Angst, eine unsichtbare Macht würde jede Bewegung und jeden Gedanken kontrollieren, wie damals in Russland. Er zog gierig an einer Marlboro und erschrak über die spitzen Wangenknochen in dem hageren Gesicht, als er mit einem letzten Zug das Nikotin der bis zum Filter abgebrannten Zigarette tief inhalierte. Eine ausgemergelte Fratze blickte ihn an. Dann drückte er die Kippe im Aschenbecher aus. Wieder schritt er auf und ab. Wie ein Tiger im Käfig. Seine dürren Arme hingen kraftlos an ihm herunter. Der Zweimetermann war nur noch Haut und Knochen und sah aus wie ein Skelett. Der lange, hagere Hals. Wie ein Strauß. Das Leben hatte tiefe Furchen in seinem aschfahlen

Gesicht hinterlassen. Immer wieder tauchten Erinnerungen an seine Kindheit in der ehemaligen Sowjetunion auf. Nach der Wende war er lange Zeit arbeitslos gewesen. Aber nun hatte er endlich wieder einen Job. Krisensicher. In der heutigen Zeit wichtiger denn je. Nur mit einem kleinen Risiko behaftet. Könnte irgendwann gefährlich werden. Aber was soll's? Das Leben ist lebensgefährlich, dachte er. Er durfte sich nur nicht erwischen lassen, hatte viel zu verheimlichen. Auch heute würden ihn seine Auftraggeber wieder in einer perfekt durchorganisierten Schnitzeljagd durch Deutschland lotsen.

Codierte Angaben in einem »Gebetbuch«, das nur er entschlüsseln konnte, führten ihn immer zu dem Erdbunker, in dem der Stoff kurz zuvor deponiert worden war, und beschrieben den Weg zu »toten Briefkästen« in Deutschland. Die »Firma« zahlte weder Sozialabgaben noch Monatsgehälter, deponierte aber nach jedem erfolgreich durchgeführten Auftrag im letzten toten Briefkasten einen respektablen Kurierlohn. Im Vergleich zu dieser steuerfreien Zuwendung war die Sozialhilfe nur ein Beitrag für seine Portokasse gewesen.

Gregor zündete sich erneut eine Zigarette an. Ein letzter Blick auf die Uhr. Kurz nach eins. Das Telefon läutete. Er nahm das Mobilteil aus der Schale, drückte auf den grünen Knopf und meldete sich nach einem kräftigen Räuspern.

»Hallo?«

»Bin ich richtig verbunden mit Herrn Schäfer?«, fragte die vertraute Stimme, deren Gesicht er nicht kannte.

»Ja. Richtig.«

»Firma Müller. Guten Tag, Herr Schäfer. Wir möchten Ihnen mitteilen, dass die weißen Tapetenrollen eingetroffen sind.«

»Danke, ich werde sie nächste Woche abholen«, antwortete Gregor wie vereinbart.

»Ja. Das ist in Ordnung. Ich wünsche Ihnen noch einen schönen Tag. Auf Wiederhören.«

Dann klickte es in der Leitung. Gregor wusste, was er zu tun hatte. Nicht in der nächsten Woche, sondern in fünf Minuten würde er losfahren. Die Verschlüsselung von Uhrzeiten war nur eine von vielen Möglichkeiten, der Polizei keinen Hinweis auf die wahren Aktivitäten zu liefern, falls sie sein Telefon abgehört haben sollten. Weiße Tapetenrollen war das Codewort der Woche für die Kokainlieferung. Manchmal waren es weiße T-Shirts, weiße Turnschuhe oder weiße Tennissocken. Weiß bedeutete immer Kokain. Braune Artikel waren die Codierung für Heroin. Bei bunten Farben wurden Ecstasypillen geliefert.

Eine Grundregel in seinem Geschäft: Rede immer so, als sei dein Telefon angezapft. Sag das, was dein Partner hören soll, nicht, was dein Gegner hören will. Es wurde niemals Klartext gesprochen, denn Lauschangriffe der Drogenfahnder waren nicht im Interesse der Organisation. Seit der Einführung des offenen Grenzverkehrs in der Europäischen Gemeinschaft war das Risiko, bei einer Kurierfahrt erwischt zu werden, relativ gering geworden, denn die mobilen Zollfahndungsgruppen führten nur sporadisch Kontrollen durch.

Die letzte Kokainlieferung war für die Szene zwischen Köln und Mainz bestimmt gewesen. Unter den Abnehmern sollten sich einige prominente Kokser befinden. Gregor kannte keine Namen. Er hätte aber zu gern gewusst, ob auch Pouce, der Ministerialrat, oder der Liedermacher, dessen Name ihm momentan nicht einfiel, aus dieser Lieferung Kokain erhalten hatten.

Gregor warf den kurzen Lederblouson lässig über seine Schulter und schloss die Tür hinter sich ab.

*

»Mike an alle! Anruf eingegangen. Ihr könnt gleich durchstarten.«

Das Signal für den Beginn der Observation. Inzwischen hatte die Praktikantin Claudia Bach den TÜ-Raum betreten. Die Enttäuschung stand der Tochter von Heinz Bach, dem Leiter der Polizeiinspektion 1, ins Gesicht geschrieben. Sie hätte lieber an der Observation teilgenommen, aber jemand musste die TÜ überwachen, falls aktuelle Mitteilungen auf dem Anrufbeantworter eingehen würden, die für die Observationskräfte von Bedeutung sein könnten.

»Beim nächsten Mal«, sagte Mike. Dann schlug er die Tür hinter sich zu und lief zum Fahrstuhl. In der Tiefgarage startete er die 1000er Kawasaki und schoss wie ein Pfeil auf die sich automatisch öffnende Schranke zu. Zwischen Schranke und Motorradhelm passte keine Zeitung. Der Kollege vom Kommissariat für Wirtschaftsdelikte, der gleichzeitig in die Tiefgarage fuhr, schüttelte verständnislos den Kopf.

Sieben Minuten nach Mikes Durchsage ertönte Axels Stimme durch den Funkkanal.

»Achtung, Zielperson verlässt das Haus.«

»Okay.«

»Alles klar.«

»Supi.«

»Endlich.«

»Auf geht's.«

Jeder quittierte mit einem kurzen Wort, dass die Durchsage verstanden worden war. Sie mussten sich nicht mit Namen melden. In dem eingespielten Team kannte jeder die Stimme des anderen. Gitte klopfte ihrem Beifahrer auf die Oberschenkel.

»Hey, Tom, aufwachen! Ende mit Augenpflege. Es geht los!«

»Okay, Baby, dann gib dem Camaro die Sporen«, gähnte Tom, setzte sich aufrecht, stellte die Rückenlehne wieder hoch und legte den Sicherheitsgurt an.

*

Zur gleichen Zeit duschte der Mann, der sich zurzeit Jo Hinken nannte, in einem Hotelzimmer in der Nähe der deutsch-niederländischen Grenze. Er trocknete den muskulösen Körper ab, stellte sich vor den großen Spiegel wie ein Bodybuilder bei einem Wettbewerb und bewunderte selbstverliebt seinen Waschbrettbauch und den durchtrainierten Body. Mit einer ausholenden Handbewegung kämmte er das gepflegte lange Haar nach hinten und band die schwarz glänzende Mähne zu einem Pferdeschwanz zusammen. Der Mann arbeitete bereits seit mehreren Jahren erfolgreich als Observer für das Drogenkartell. Seine Aufgabe: Observation der Drogentransporte, rechtzeitige Entdeckung polizeilicher Verfolgungsaktivitäten und Entlarvung von Drogenkurieren, die in die eigene Tasche arbeiteten. Bei Festnahme eines Kuriers sofortige Verständigung des Hausjuristen. Dann musste er nur noch das Polizeifahrzeug observieren und dem Rechtsanwalt des Kartells die Dienststelle mitteilen, wo der Firmenangehörige auf den juristischen Beistand wartete. Die Drogenfahnder waren früher überrascht gewesen, wenn sich ein Verteidiger auf der Dienststelle meldete, obwohl der Festgenommene noch keine Möglichkeit gehabt hatte, einen Rechtsbeistand zu informieren. Heute wussten sie, dass gut organisierte Drogentransporte von einem Observer begleitet wurden. Und unter den Drogenfahndern kursierte der Spruch: erkennbar organisierte Kriminalität ist schlecht organisierte Kriminalität. Warum soll ich den

Ladendieb bestrafen, wenn das Kaufhaus eine Geldwaschanlage ist? Schmutziges Geld, sauber gewaschen und legal angelegt. Ohne Risiko. Keine Aktien. Keine Fonds. Die organisierte Kriminalität blickte in Zeiten der Finanzkrise beruhigter denn je in die Zukunft.

*

Er hatte den Tempomat auf hundertdreißig eingestellt, um die vorgeschriebene Geschwindigkeit nicht zu überschreiten. Man las in den Polizeimeldungen immer wieder, dass Straftaten von Kommissar Zufall gelöst wurden. Als Kind hatte er geglaubt, das sei wirklich der Name eines Kommissars. Wie naiv. Und dann hatten echte Kommissare, deren Namen er damals noch nicht kannte, seine Kindheit zerstört. Und bei diesem Gedanken tauchte vor seinem inneren Auge ihr schmerzverzerrtes Gesicht auf, und die Schatten der Vergangenheit überlagerten wie so oft die Gegenwart: Sie griff kraftlos nach seiner Hand. Das blonde Haar in einer riesigen Blutlache, die das Holz der Terrasse rot färbte.

Ihre letzten Worte dröhnten wie ein Echo in seinen Ohren: »Ich liebe dich, liebe dich über alles, über alles. Pass auf dich auf, auf dich auf!«

Das Sprechen fällt ihr immer schwerer. Blut strömt aus dem Mund. »Du musst Kommissar … Kommissar …«

Und dann haucht sie den letzten Atem aus. Den Namen des Polizisten kann sie nicht mehr aussprechen.

Erst Monate später hatte er auf ihrem Grab die erste Kerze angezündet. An ihrem Todestag verabschiedete sich die Kindheit aus seinem Leben, und schneller als die Körpergröße in der Wachstumsphase entwickelten sich seine Pläne für den Rachefeldzug. Als er vor ihrem Grab stand, lief keine Träne über seine glühenden Wangen, aber er wiederholte seinen Schwur, ihren Tod zu rächen. Vielleicht war es eine zwanghafte Handlung, den Tatort in Koblenz nochmals aufzusuchen, um mit einem gewissen Abstand einen Blick nach oben zu werfen und sich ihr zufriedenes Gesicht vorzustellen. Sie war nicht umsonst gestorben. Die Polizistin war Nummer drei. Jetzt wären es nur noch zwei.

Er musste noch zwei Polizisten töten, damit sie ihren Frieden fände. Das vierte und das fünfte Opfer. Die müsste er noch suchen. Die anderen zählten nicht. Kollateralschäden, wie im Krieg. Und er befand sich im Krieg. Im Krieg mit den Bullen. David gegen Goliath. Sein Vorteil: Sie kannten ihn nicht, aber er kannte sie, hatte am eigenen Leib erfahren, wie gefährlich sie sein können. Aber eine Gefahr, die man kennt, ist nicht mehr gefährlich. Niemand auf der Welt vermochte, ihn aufzuhalten. Ein Feldherr ohne Armee. Ein Guerillakämpfer. Und wieder baute sich dieses Machtgefühl in ihm auf.

*

Gregor Dzelski blieb im Hauseingang stehen, blickte sich um, und als er keine verdächtigen Fahrzeuge entdeckte, ging er auf die gegenüberliegende Straßenseite und stieg in den alten Porsche 911 Targa. Er startete den Motor, fuhr im Schritttempo durch den kleinen Ort und bog zunächst in die Sackgasse Richtung Gemeindehaus ab. Im Wendehammer hielt er kurz an. Dann fuhr er zurück. Bei Gegenverkehr würde er die Lichthupe betätigen und die Fahrzeugführer freundlich grüßen. Das war seine spezielle Taktik, um eventuell observierende Rauschgiftfahnder zu verunsichern. Vielleicht würde er auch wieder an der einzigen Ampel an der Kreuzung in der Dorfmitte bei Grün anhalten und kurz vor Rot anfahren. Oder hinter der ersten Kurve nach dem Ortsausgang am Straßenrand eine Motorpanne vortäuschen.

»Auf diese Checktouren fallen wir nicht rein«, flüsterte Fredy. Sie wussten, dass es keinen Schleichweg aus der Sackgasse gab, weil sie vor einer Observation immer die Örtlichkeit und die befahrbaren Straßen abklärten.

»Wir dürfen Dzelski nicht unterschätzen, denn er ist mit allen Techniken zum Erkennen einer polizeilichen Observation bestens vertraut«, hatte Stefan nochmals an Dzelskis Professionalität erinnert. Mit mangelnder Aufmerksamkeit und zu eifrigem Einsatz stieg die Gefahr, entdeckt zu werden. Geistige Windstille und ein »Kilodenken« in den Köpfen sollten sich niemals in eine operative Hektik verwandeln.

Stefan hatte von seinem jetzigen Standort einen guten Einblick in die Sackgasse und meldete: »Jetzt geht es Richtung Bahn.«

Axel sprang aus dem VW-Bus und lief zu seinem Omega, den er in der Nebenstraße abgestellt hatte. Der alte VW-Bus würde bei den hohen Geschwindigkeiten den Anschluss an die Observationsgruppe verlieren. Aus verschiedenen Richtungen näherten sich nun die Zivilfahrzeuge dem zuletzt beschriebenen Standort von Dzelskis Auto.

Am Ortsausgang gab Dzelski Gas, und kurze Zeit später war das Zielfahrzeug aus dem Blickfeld verschwunden.

»Kein Sichtkontakt«, meldete Fredy zwei Minuten später. Die Verfolgungsfahrzeuge erhöhten ihre Geschwindigkeit. Kurz vor der Autobahnauffahrt musste die Kolonne hinter einer Gruppe »Sonntagsfahrer« die Geschwindigkeit stark verringern.

»Dürfen die Muttis heute wieder ans Lenkrad?«, stöhnte Fredy in die Freisprechanlage.

»Quatsch, vor mir fährt ein Mann mit Hut, Wackeldackel und Toilettenrolle auf der Ablage«, meldete Gitte, drückte das Gaspedal des Camaro durch und schoss links an dem Fahrzeug vorbei.

Gestern Abend bereits hatte Stefan den Kollegen Hank Fisher von der niederländischen Observationsgruppe informiert und teilte ihm nun telefonisch den aktuellen Standort des Zielfahrzeugs mit. Dzelski war schon mehrfach von dem Team der niederländischen Polizei observiert worden.

Obwohl die Tachonadel an die 220er-Markierung des alten Omega anschlug, konnte Axel nicht an die Observationskolonne anschließen. Mike hatte inzwischen als Einziger Sichtkontakt zu dem verfolgten Fahrzeug und meldete den aktuellen Standort. Axel erkannte, dass ihn immer noch zwei Kilometer von den anderen trennten. »Man muss eigentlich verrückt sein, um diesen Job hier zu machen!«, brüllte er in den Funk.

»Nicht unbedingt, aber es erleichtert die Arbeit«, ergänzte Ecci.

»Macht mal langsam«, forderte Axel lachend.

»Wir geben das Tempo nicht vor, du Scherzkeks«, erwiderte Gitte.

Vor der deutsch-niederländischen Grenze herrschte starkes Verkehrsaufkommen. Als rote Bremsleuchten einen Stau ankündigten, zeigte Dzelski eine weitere Variante seines Repertoires, mögliche Verfolger abzuschütteln. Kurz vor Stauende lenkte er den Porsche nach rechts und überholte die Autoschlange.

»Jetzt fährt er über die Standspur«, meldete Mike. Nur ihm war es möglich, sich mit seinem Motorrad durch die freie Gasse des Fahrzeugstaus einen Weg zu bahnen und dem Porsche unauffällig zu folgen.

»Kilometer neun«, gab Mike seine aktuelle Position durch.

Beim Vergleich des Kilometersteins mit dem aktuellen Standort der Observationsfahrzeuge ordnete Stefan an: »Alles auf die Standspur.« Sie setzten die mobilen Blaulichter mit Magnetfuß auf die Autodächer, denn der Abstand war so groß, dass Gregor die ihn verfolgenden Fahrzeuge nicht bemerken würde. Einige Autofahrer erkannten zunächst nicht die blauen Rundumlichter auf den Zivilfahrzeugen, und ein Hupkonzert begleitete die Observationskolonne. Aber daran hatten sie sich längst gewöhnt.

»Bitte heute nicht«, bat Tom und grinste Gitte an.

»Okay.«

Sie wusste genau, was er meinte, und lachte laut.

Gitte konnte das Lenkrad mit den Knien steuern und gleichzeitig den Mittelfinger durch den mit Daumen und Zeigefinger der anderen Hand gebildeten Kreis hin und her bewegen. Sie freute sich wie ein kleines Mädchen, wenn das die »Herren der Erschöpfung«, wie sie das andere Geschlecht immer abwertend bezeichnete, ärgerte. Diese Bewegungen machte sie aber nur, wenn sie ohne Blaulicht gegen Verkehrsregeln verstoßen musste, weil sie Sonderrechte beanspruchen konnte. Tom ahnte oft schon im Voraus, wann Gitte mit sichtlicher Begeisterung diesen Kreis bilden würde, und steuerte das Auto mit der linken Hand. Erstaunlicherweise hatte sie noch nie eine Anzeige bekommen. Die Autofahrer scheuten wohl den Zeitaufwand oder hatten kein Vertrauen in ihre Polizei. Und das war gut so. Kaum auszumalen, wenn sie erfahren würden, dass ihnen von einer Polizistin im Einsatz der Stinkefinger gezeigt wurde.

»Habe Hank in der Leitung. Ihr könnt den Kanal umschalten«, meldete Stefan. Kurze Zeit später begrüßte Hank die Kollegen aus Deutschland über den gemeinsamen Funkkanal. Hank Fishers Team übernahm nun die Observation.

Stefan hatte bereits am Freitag mit Staatsanwalt Neiser die Formalitäten für den Antrag zur Einreise in das Nachbarland erledigt, und die Niederländer hatten den Grenzübertritt genehmigt.

»Zielperson ist in das Haus gegangen«, teilte Hank kurze Zeit später mit. Seine Leute hatten das Haus, in dem Gregor verschwunden war, unter Kontrolle. Einige aus dem deutschen Team trafen sich mit Hank im *Coffee Central*. Die glühende Hitze war unter den großen Sonnenschirmen leichter zu ertragen.

Stefan erinnerte sich an seine erste Begegnung mit Hank während des Drogenseminars im Amsterdamer Polizeihotel, das von pensionierten Kollegen betrieben wurde. Auf die Frage: »Was machst du, wenn ein Kollege kifft?«, hatte Hank nicht geantwortet, sondern eine Gegenfrage gestellt. »Wie reagierst du, wenn ein Kollege aus deinem Team trinkt?« »Wenn er nicht während der Dienstzeit trinkt und der Alkoholkonsum sich nicht auf seine Arbeit auswirkt, kann bei uns jeder trinken, so viel er will«, hatte Stefan erwidert und Hank das Gespräch mit einem »Genau« beendet. Seit diesem Tag hatten die beiden nie mehr über ihre unterschiedlichen Ansichten gesprochen. Legal – illegal – scheißegal!

In den Niederlanden war der Cannabiskonsum in erster Linie ein gesundheitliches und weniger ein polizeiliches Problem. Die Niederländer hatten bereits in den Siebzigerjahren Coffeeshops eingerichtet, in denen man früher bis zu dreißig Gramm Haschisch wie auf einer Speisekarte bestellen konnte. Heute sind nur noch fünf Gramm erlaubt. Es soll über achthundert Coffeeshops geben, davon alleine etwa dreihundertfünfzig in Amsterdam. Seit einiger Zeit jedoch diskutierten die niederländischen Politiker ernsthaft über ein generelles Verbot der Coffeeshops, denn der Drogentourismus aus den Nachbarländern stellte die niederländischen Behörden zunehmend vor Probleme.

*

In dem mehrstöckigen Backsteinhaus der Valkenburgerstraat wohnten zahlreiche Mietparteien. Die meisten Bewohner waren nicht polizeilich gemeldet. Auf den Klingelschildern – wenn überhaupt vorhanden – standen unleserliche Namen oder irgendwelche Kürzel. Nur die werkseitig aufgedruckten Namen *Mustermann* konnte man lesen. Es lebten viele Angehörige der Familie Mustermann in diesem Haus. Aber sicherlich keine Mustermänner. Die meisten Bewohner wollten ihren Namen nicht preisgeben und sich vor Überraschungsbesuchern schützen, besonders vor unangemeldeten Besuchen der Mitarbeiter vom Sozialamt, Einwohnermeldeamt, Jugendamt und von der Polizei.

Nach einer halben Stunde kam Gregor aus dem alten Backsteinhaus und stieg wieder in sein Auto.

»Zielperson fährt Richtung Stadtmitte. Wir konnten nicht feststellen, in welcher Wohnung er Kontakt hatte«, meldete Mos Ellison, einer der niederländischen Fahnder.

Kurze Zeit später rauschte es durch den Funkkanal: »Standort Marktplatz. Zielperson verlässt Fahrzeug. Geht in den *Russian Coffeeshop.*«

»Lass ihn sein Piece rauchen. Außer Shit* läuft da nichts. Der Hausdealer ist zuverlässig«, beruhigte Hank.

Die Deutschen warteten in den Nebenstraßen in sicherer Entfernung. Die Niederländer hatten den Coffeeshop unter Kontrolle. So verging fast eine ganze Stunde.

»Mos?«

»Ja, Hank?«

»Setz mal einen Fuß raus und wirf einen Blick durchs Fenster.«

»Geht nicht, die kennen mich dort. Da bin ich schnell verbrannt.«

Gitte stieg aus dem Auto und ging in Richtung Coffeeshop: Männer reden, Frauen handeln.

»Zielperson sitzt alleine in der rechten Ecke und zieht sich genüsslich einen durch. Soweit ich feststellen kann, hat er mit niemandem Kontakt«, meldete sie zwei Minuten später.

Stefan trommelte ungeduldig mit den Fingern auf dem Lenkrad. Hank hatte sich inzwischen zu ihm ins Auto gesetzt.

»Warum kommt der aus diesem Scheißshop nicht raus? Sonst ging das doch alles schneller, und wir …«

»Reg dich ab. Bleib cool, Alter. Du musst schon ein bisschen Geduld haben. So kenne ich dich ja gar nicht«, unterbrach Hank ihn.

»Ich will, dass wir ihn heute schnappen. Und wenn er vor Einbruch der Dunkelheit an das Depot will, müsste er langsam seinen faulen Arsch bewegen.«

»Gregor wartet in dem Coffeeshop vermutlich auf die telefonische Information, wo sich der Bunker befindet. Route und Standort werden jedoch erst dann mitgeteilt, wenn das Depot bestückt worden ist. Du weißt doch, wie es abläuft«, beruhigte Hank seinen deutschen Kollegen und stieg aus dem Auto.

Kaum hatte Hank das Auto verlassen, wählte Stefan die Nummer der Einsatzleitstelle des Aachener Polizeipräsidiums und fragte, ob in den vergangenen Stunden ein Drogenkurier festgenommen worden sei. Es wäre fatal gewesen, wenn sie bei einer Kontrolle keine Drogen im Fahrzeug finden würden. Dzelski wäre gewarnt, und sie könnten weitere Observationen vergessen. Der Einsatzsachbearbeiter im Präsidium Aachen hatte Steff einen baldigen Rückruf zugesagt.

Falls uns einer den Tag versaut und seine Statistik auf unsere Kosten verbessert, werde ich stinksauer, dachte Stefan und erinnerte sich an den Fall, als Zollfahnder kurz vor dem Zugriff der Polizei die Zielperson wegen eines geringfügigeren Delikts festgenommen hatten und dadurch die Identifizierung der Hintermänner eines international operierenden Drogenkartells vereitelt wurde.

Kurze Zeit später teilte der Einsatzsachbearbeiter mit, dass keine Festnahme bekannt sei. Stefan war mit der Antwort immer noch nicht zufrieden. »Vielleicht ein Unfall mit einem Holländer?«

»Nein, damit kann ich auch nicht dienen«, antwortete der Kollege aus der Einsatzzentrale genervt und beendete das Gespräch.

»Ich hab ein gutes Gefühl. Heute ist er fällig, er hat uns zu lange an der Nase herumgeführt«, unterbrach Fredy die Stille im Funkkanal. Im selben Moment kam Gregor aus dem Coffeeshop, ging aber nicht zu seinem Auto, sondern Richtung Fußgängerzone.

»Was hat er denn jetzt schon wieder vor?«

Gittes Stimme klang ungeduldig.

»Passt auf, es könnte eine Schütteltour werden«, warnte Stefan.

Gregor verschwand in einer kleinen Gasse.

»Tom, setz den Fuß raus!«, ordnete Stefan an.

Eine Sekunde später öffnete sich die Beifahrertür des Camaro.

Tom stieg aus dem Auto. Als Gregor sich vor dem Betreten einer Telefonzelle plötzlich umdrehte, war Tom bereits in einem Hauseingang verschwunden.

»Alles klar. Zielperson telefoniert in einer Zelle. Ist weiterhin solo«, meldete Tom. Alle warteten angespannt auf die weitere Entwicklung. »Achtung! Es geht los. Passt auf, er geht aus der anderen Richtung zum Zielfahrzeug. Verschwindet aus der Warmoestraat!«, warnte Tom.

»Zielperson steigt in Zielfahrzeug.« Das war die Stimme des niederländischen Kollegen, der das Fahrzeug in der Warmoestraat unter Kontrolle hatte. Sie mussten auch mit der Variante rechnen, dass das Fahrzeug während Dzelskis Abwesenheit mit einem Zweitschlüssel beladen wurde. Aber das Fahrzeug wurde nicht angegangen. Inzwischen hatten alle wieder ihre Position eingenommen.

»Es wird höchste Zeit, dass er jetzt losfährt, denn sonst wird es zu dunkel für ein Erddepot.« Stefan trommelte wieder mit seinen Fingern ungeduldig auf dem Lenkrad.

»Zielperson steigt ins Fahrzeug, fährt Richtung Damersplein. Es geht jetzt los. Er hat telefoniert. Vermutlich hat er bei seinem Dealer den Bunker erfragt«, meldete ein niederländischer Kollege.

»Ich habe doch gesagt, der Betreiber des Coffeeshops hat mit diesem Deal nichts zu tun. Der wagt es nicht, außer Shit und Gras* irgendetwas anderes zu verkaufen«, wiederholte Hank nochmals seine Einschätzung.

»Warum bist du dir so sicher?«, fragte Tom.

»Weil er mein V-Mann ist.«

»Da habe ich aber schon Pferde vor der Apotheke kotzen sehen«, konnte Stefan sich nicht verkneifen zu sagen und erinnerte sich an einen Deal, bei dem er von einer Vertrauensperson gelinkt worden war.

»Was heißt das, Pferde vor der Apotheke kotzen sehen?« Hanks Frage unterbrach Stefans Gedanken.

»Nichts, nur ein blödes deutsches Sprichwort.«

»Aha … typisch deutsch.«

»Sag mir lieber, warum es heute so lange gedauert hat?«

»Mach mich nicht an. Ich bin nicht für die Geschäftsbedingungen des Drogenkartells verantwortlich«, konterte Hank.

»Okay«, entschuldigte sich Stefan.

»Tom, was hältst du davon?«

»Es gibt zwei Möglichkeiten für die Zeitverschiebung: Entweder musste der Typ mehrere Depots bestücken, oder die haben ziemlich weit weg von der Grenze gebunkert.«

Dzelski hatte inzwischen die Autobahn erreicht. Mit über zweihundert Stundenkilometern raste der Porsche über grauen Asphalt.

»Wenn der weiter so auf das Gaspedal tritt, können wir ihn nicht halten, und hier ist eine Ecke, in der das GPS einen schlechten Empfang hat«, stöhnte Stefan.

»Was hältst du von einem Hubschrauber?«

»Tom, alter Junge, du hast ja richtig gute Ideen.«

Stefan wählte die Nummer der Hubschrauberstaffel. Die Observationsgruppe folgte dem Porsche mit hoher Geschwindigkeit in Richtung des ehemaligen Grenzübergangs Waarmpoot.

Nachdem sie die Grenze passiert hatten, ertönte ein ungewöhnlich starkes Rauschen aus den Funkgeräten. Die Besatzung des Polizeihubschraubers meldete Einsatzbereitschaft. Der Schraubhuber, wie Polizeioberrat Nonn von der Polizeischule ihn immer nannte, flog bereits hinter der Kolonne her.

Tom erinnerte sich mit einem stillen Lächeln an die Abkürzung von Polizeioberrat Nonn auf dem Dienstplan der Dozenten der damaligen Landespolizeischule in Koblenz-Asterstein, wo heute nach einer Renovierung des Gebäudekomplexes die Landesfeuerwehrschule untergebracht ist. Nonns Dienstgrad POR und das Namenskürzel NO sorgten schon immer für Belustigung. Und wenn man seinen Geschichten aus alten Zeiten lauschte, hatte man das Gefühl, irgendwie passte es zu ihm.

»Das ging aber schnell«, lobte Stefan die Kollegen in der Luft.

»Schneller, als die Polizei erlaubt. Waren zufällig in der Nähe auf einem Routineflug zur Verkehrsüberwachung ohne speziellen Auftrag«, rauschte die Antwort von oben.

»Stefan an alle: Lasst euch zurückfallen. Wenn Zielperson die Bahn verlässt, lange Leine. Deckung vor Wirkung«, erinnerte er sein Team an den alten Observationsgrundsatz.

Der Porsche verließ die Autobahn, fuhr über eine Landstraße, bog in ein Waldstück ab und wechselte auf einen Feldweg wieder Richtung Niederlande. Die beiden Observationsgruppen verteilten sich weitläufig.

»Hier ist alles so flach, wo soll ich mich denn verstecken?«, fragte Axel.

»Zieht euch hinter den Bahndamm zurück. Zur Eisenbahnunterführung auf dem Feldweg in Richtung Osten«, schlug der Pilot einen geeigneten Standort vor.

» Ihr müsst jetzt abdrehen, bevor er aus dem Auto steigt und den Hubschrauber erkennt«, funkte Stefan. Gut, dass er die Blicke der Hubschrauberpiloten nicht sehen konnte.

»Zielfahrzeug unter Kontrolle«, meldete Ecci. Er lag mit dem Fernglas neben den Bahngleisen.

»Zielperson verlässt Fahrzeug. Geht zu einem Hochsitz.«

Es herrschte absolute Ruhe. Dann wieder Eccis Stimme.

»Zielperson kommt zurück. Trägt einen Alukoffer in der Hand. Achtung! Zielfahrzeug setzt sich wieder in Bewegung. Richtung Bahndamm.«

Kurze Zeit später fuhr der Porsche wieder auf die Autobahn Richtung Koblenz. Gregor hielt sich nun genau an die Geschwindigkeitsbegrenzung, für die Fahnder ein sicheres Zeichen, dass er Stoff geladen hatte und das Risiko einer Geschwindigkeitskontrolle und eines Zufallsfundes unter allen Umständen vermeiden wollte.

»So, wir drehen jetzt wieder ab, Richtung Heimat. Viel Erfolg«, verabschiedete sich Hank.

»Danke für die Unterstützung. Wir melden uns«, erwiderte Stefan.

»Das hoffe ich doch. Wir sind durstig. Denk daran. Der Erfolg hat viele Väter. Bei einer erfolgreichen Festnahme ist das Fass Königsbacher fällig«, erinnerte Hank an Stefans Versprechen.

»Geht klar.«

»Und dann bringst du mir endlich das Lied bei: Der schönste Bach ist der Königsbach.«

»Logo, als Karaoke im Coffeeshop am Leidseplein.«

Stefans Stimme klang wieder entspannter.

Drei Fahrzeuge waren schon vorausgefahren, damit sie Dzelski unauffälliger übernehmen und die momentan observierenden Fahrzeuge in die hintere Position wechseln konnten. Nun war es Fredy, der langsam ungeduldig wurde. »Wir müssen ihn stoppen, bevor er uns bemerkt!«

»Wollen wir ihn nicht bis zum zweiten Bunker begleiten, ihn erst nach der Bestückung festnehmen und dann das Depot observieren, um die Abnehmer zu identifizieren? Vielleicht können wir dem Ministerialrat ein kleines Präsent überreichen?«, schlug Ecci vor.

Stefan erinnerte sich an Marcos Hinweis.

»Welches Geschenk? Meinst du seine Ration, falls es stimmt, was Marco berichtet hat, oder unseren Ermittlungserfolg, falls er clean ist, vielleicht auch froh, dass er nicht überführt wurde?«

»Ich will ihn heute in Gewahrsam sehen«, sagte Stefan.

»Wen, den Ministerialrat?«, fragte Gitte.

Tom blickte sie von der Seite an. Gitte lächelte. Über ihre schmalen Lippen kommen meist gute Sprüche. Schlagfertig ist sie, die Kleine. Das muss man ihr lassen, dachte

Tom, und wieder tauchte das Gesicht seiner Tochter für Bruchteile von Sekunden vor seinem inneren Auge auf.

»Funkdisziplin!«, ermahnte Stefan. Wenn diese Anordnung durch den Funkkanal rauscht, ist spätestens Schluss mit lustig.

»Könnte er den Hubschrauber bemerkt haben?«, meldete sich nun eine Stimme aus dem Team.

»*Uns* bemerkt er nicht. Keine Panik. Wir fliegen in sicherer Höhe und in einem Winkel, aus dem er uns nicht erkennen kann«, schaltete sich die Stimme aus dem Hubschrauber ein. Die entrüsteten Blicke der Piloten bohrten sich von oben in die Autodächer.

»Zielperson ist doch allein im Fahrzeug?«, fragte der Kollege im Hubschrauber sicherheitshalber nach.

»Zielperson allein im Zielfahrzeug«, bestätigte Stefan.

»Der fährt immer so langsam, wenn er Stoff geladen hat. Er geht kein Risiko ein. Manchmal bremst er ab und täuscht auf dem Seitenstreifen eine Autopanne vor, um uns zu verunsichern. Also, denkt auch im Hubschrauber daran, immer im toten Winkel zu bleiben«, belehrte Ecci die fliegenden Kollegen.

»Der tut ja so, als wären wir das erste Mal in der Luft. Typisch Kripo. Letzte Woche hat doch glatt so ein arroganter Arsch bei einem Saufabend den Spruch losgelassen: Die Herren von K genießen, die Männer von S saufen«, machte Polizeikommissar Trogwein seinem Unmut Luft und blickte mit einem verächtlichen Grinsen auf die Fahrzeugkolonne, die einige Meter tiefer vor ihnen auf der Autobahn auf dem heißen Asphalt raste.

»Danke, Kollege, für diese ehrliche Aussage«, reagierte Stefan.

Trogwein starrte auf das Funkgerät. Er hatte aus Versehen die Sprechtaste eingeklemmt, und alle konnten sein Gespräch mit anhören.

»Stimmt doch«, raunte der Beamte von der Hubschrauberstaffel in den Funk.

»Wo sollen wir ihn von der Bahn holen?«, fragte Klaus.

»Baustelle Ahrtalbrücke«, schlug Ecci vor.

»Ja, da wird es einspurig«, nahm Stefan den Vorschlag an. Er musste nun einteilen, wer bei der Festnahme welche Aufgabe übernehmen sollte.

»Ich setze mich vor ihn, verlangsame das Tempo und halte auf der Brücke an. Wir produzieren wieder unseren Stau. Klaus und Axel holen ihn aus dem Auto. Nach dem Zugriff fahren wir alle auf den gesperrten Platz. Verstanden?«

Es klickte zweimal hintereinander. Klaus und Axel hatten ihren Auftrag verstanden.

»Gitte und Fredy sichern von hinten ab.«

Wieder zwei Bestätigungen durch Klicken der Sprechtaste.

»Mike, du hältst dich bedeckt. Er muss nicht wissen, dass wir auch Motorräder einsetzen.«

Mike nickte. Er fuhr neben Stefan auf der Überholspur und verringerte seine Geschwindigkeit.

»Ecci blockiert die linke Spur, bis es im Baustellenbereich einspurig wird, und sichert in letzter Position.«

Es klickte ein Mal.

Wegen des starken Fahrzeugaufkommens stockte der Verkehr schon vor der Engstelle an der Autobahnbrücke. Stefan überholte den Porsche und reduzierte vor der Fahrbahnverengung die Geschwindigkeit. Klaus wechselte auf den linken Fahrstreifen und bot Gregor mit einer freundlichen Geste das Einfädeln auf den linken Fahrstreifen an. Gregor bedankte sich arglos mit einem Handzeichen. Dann bremste Stefan sein Fahrzeug sanft ab, reduzierte auf Schrittgeschwindigkeit und hielt mitten auf der Brücke an.

»Du Arschloch!«, schrie Gregor, legte eine Vollbremsung hin und drückte mit beiden Händen auf die Hupe. Die zwei Männer hinter ihm nahm er nur als flüchtige Schatten wahr. Zu spät. Er hatte nicht die geringste Chance. Die Fahrertür wurde aufgerissen, zwei kräftige Hände packten ihn an den Schultern, und eine Sekunde später lag er auf dem heißen Asphalt. Der leichte Blouson wurde nach oben gezogen, sodass er sich mit den Händen nicht mehr wehren konnte. Dann streifte ihm jemand eine Strickmütze über den Kopf, und am helllichten Tag umgab ihn rabenschwarze Nacht.

»Ganz ruhig, Junge, Polizei«, raunte eine gelassene Stimme.

Gregor spürte das kalte Eisen der Handschellen, die sich um seine Arme schlossen. Eine Hand legte sich vorsichtig unter sein Kinn. »Steh langsam auf«, forderte ihn die Stimme auf. Eine weitere Hand packte ihn am rechten Ellbogen und führte Gregor behutsam wie ein Blindenhund auf den rechten Fahrstreifen, der wegen Ausbesserungsarbeiten für den Verkehr gesperrt war.

Tom steuerte Stefans Dienstwagen auf die Baustelle zu, und Axel fuhr Gregors Porsche auch auf den gesperrten Platz. Hinter ihnen ertönte ein Hupkonzert. Die meisten Autofahrer erkannten nicht die hektisch blinkenden Blaulichter, die zur Absicherung des Staus auf die Fahrzeugdächer gesetzt worden waren.

»Hast du sonst noch was zu Weihnachten bekommen?«, rief Klaus dem Mann zu, der hinter ihm anhalten musste und sich weiterhin an dem Dauerhupkonzert beteiligte. Der Mann zeigte ihm den ausgestreckten Mittelfinger. Klaus ging betont langsam auf das Fahrzeug zu. Der Fahrer hatte das Fenster geöffnet und blickte ihn feindselig an.

»Das Auto da vorne ist abgesoffen. Können Sie mal nachschauen? Ich drücke während dieser Zeit auf Ihre

Hupe«, forderte Klaus den sichtlich erregten Autofahrer in ruhigem Ton auf.

Der Mann hinter dem Steuer schäumte vor Wut und wollte die Autotür öffnen, aber bevor die Situation eskalierte, zückte Klaus seine Kriminaldienstmarke und grinste.

»Entschuldigen Sie, aber das ist eine polizeiliche Festnahmeaktion. Sie sind gleich wieder ein freier Mann. Seien Sie so freundlich und geben dem Kollegen noch die Möglichkeit, den Dienstwagen auf die Baustelle zu fahren.«

Der Autofahrer blickte ihn mit offenem Mund an. Klaus hätte ihm am liebsten wie in der Werbung für den Ford K sanft die Kiefer wieder zusammengedrückt.

Nun war die Fahrbahn wieder frei. Klaus musste nur noch seinen Wagen zur Seite fahren, da traf sich sein Blick mit dem Fahrer eines silbergrauen A 8. Der Mann wirkte nervös, und intuitiv ging Klaus auf das Auto zu. Dann geschah alles blitzschnell.

*

Er ließ noch einmal in Gedanken den Beginn seiner kriminellen Karriere Revue passieren. Karriere? Ein seltsames Wort für diese Entwicklung. Sie hatte sich die gemeinsame Zukunft anders vorgestellt. Er sollte es einmal besser haben als sie selbst. Sie hätte alles getan, um ihm eine berufliche Karriere zu ermöglichen. Er war nicht dumm, aber Kinder in diesem Viertel hatten nicht die geringste Aussicht auf eine entsprechende Schulausbildung. Auch sie hatte keine Chance gehabt. Er spürte ihn noch, diesen kraftlosen Händedruck im Todeskampf. Und immer wieder hörte er ihre Stimme: »Ich liebe dich über alles. Pass auf dich auf! Du musst Kommissar …«

Die Worte rissen immer wieder alte Wunden auf. Narben,

die nie verheilten. Niemals. Solange er lebte. Diese Polizisten hatten ihn zu dem gemacht, der er heute war. Diejenigen, die für Sicherheit und Recht und Ordnung sorgen sollten, hatten über seinem Leben einen dunklen Schattenteppich ausgebreitet. Sie waren die wahren Schuldigen. Keiner kannte den Grund für sein Verlangen nach Gerechtigkeit. Er hatte Marlene geschworen, ihren Tod zu rächen, und er würde sein Versprechen halten. Fünf Polizisten waren an dem Mordanschlag beteiligt gewesen. Fünf mussten sterben. Er tippte mit der rechten Handfläche nacheinander auf die Fingerkuppen der linken Hand. Zwei Finger fehlten noch.

Bereits mit elf Jahren fuhr er das erste Mal mit Drückerkolonnen durch die Gegend. Zunächst nur in den Ferien. Großmutter war davon überzeugt, er sei in einem Pfadfinderlager. Der Kolonnenführer hatte sich als Jugendgruppenleiter ausgegeben und alles geschickt eingefädelt. Als jüngstes Mitglied der Bande hatte er sich ein schönes Taschengeld verdient. Heute kann er sich kaum mehr daran erinnern, in welchen Regionen er in Häuser und Wohnungen eingebrochen ist. Er weiß nur eines: Die Tätergruppe war gut organisiert. Sie hatten Orte in der Nähe von Autobahnzufahrten ausgesucht und die Kolonnenführer mit entsprechend markiertem Kartenmaterial inklusive ausgeklügelter Fluchtwege für den Fall der Fälle ausgestattet. Manchmal waren es auch kleine Dörfer in der Pfalz, im Schwarzwald und im Elsass. Sie drangen nicht nur in Wohnungen, sondern auch in Gartenhäuser, Schulen und kleinere Betriebe ein, transportierten das Diebesgut in eine Getreidehalle, in der alle Gegenstände wie in einem Kaufhaus sortiert wurden, damit sie später auf den Flohmärkten wieder verkauft werden konnten.

Er war ein schmales Handtuch gewesen, konnte durch die kleinste Öffnung in ein Gebäude eindringen. Selbst Kellerfenster waren für ihn kein Hindernis. Er erinnerte sich noch gut an den Tag, als er wieder in ein Haus eingestiegen war und gecheckt hatte, ob sich jemand im Haus aufhielt. Er konnte nicht ahnen, dass die alte Frau im Schlafzimmer lag, und hatte den anderen die Tür geöffnet. Sie wurde wach und attackierte den Kolonnenführer mit einem Gehstock. Er selbst hatte in der Küche ein Glas Wasser getrunken und musste mit Schrecken beobachten, wie der Kolonnenführer die couragierte Oma im Treppenhaus erdrosselte. Er hatte Marlene fünf Polizisten versprochen, aber keine unschuldige alte Frau. Und damals war er noch zu jung, um zu töten. Und als er für seinen Rachefeldzug bereit war, lebten nur noch zwei Polizisten, die an dem Mord beteiligt waren. Die anderen waren auf natürliche Weise verstorben. Insofern hatte sich der Auftrag biologisch gelöst, aber er war wie besessen von der Idee, fünf Polizisten zu töten. Dann verübte er seinen ersten Mord. Er hatte sich viel Zeit gelassen. Marlenes Mörder sollte qualvoll sterben. Und während er ihn quälte, hatte er ihm den Grund für die bestialische Folter erklärt. Der Polizist in seiner schicken Uniform weinte wie ein kleines Kind und flehte um Gnade. Vergeblich. Vergeltung. Rache. Der Tag, auf den er lange gewartet hatte. Kein Mitleid. Kein Schuldgefühl. Die Gerechtigkeit nahm ihren Lauf.

Sein zweites Mordopfer war inzwischen vom Dienst suspendiert worden. Den Grund kannte er nicht. Der Exbulle arbeitete als Geldtransportfahrer. Der erbeutete Geldbetrag war ein erfreulicher Nebeneffekt und diente zudem der Verschleierung des wahren Motivs, denn niemand erkannte den Zusammenhang der beiden Mordfälle.

Der erste war für die Ermittler ein Ritualmord.

Den Überfall auf den Geldtransporter stuften sie als Raubmord ein. Da sich drei Täter auf natürliche Weise seiner Rache entzogen hatten, musste er sich drei neue Opfer suchen. Nummer drei war ein Auftragsmord, ein Gefallen für einen guten Geschäftspartner. Als man ihm eine entsprechende Summe angeboten hatte, konnte er nicht ablehnen.

Und nun war er auf der Suche nach dem vierten Opfer. Er war kein Mörder aus Habgier. Er war nur ein Vollstrecker. Was wollte Marlene sagen?

»Du musst Kommissar …«

»… töten?«

»Alles sagen …?«

Und wieder tauchten diese Zweifel auf: War es wirklich in Marlenes Sinn, dass er eine junge Polizistin umbringt, die mit dem Fall nichts zu tun hatte? Marlene wollte, dass er ihre Mörder umbrachte. Auge um Auge. Zahn um Zahn. Aber diese junge Frau? War das Marlenes letzter Wille? Er konnte sie nicht mehr fragen. Manchmal wünschte er sich, sie stünde plötzlich vor ihm und würde seine Fragen beantworten. Aber er hatte es ihr versprochen, bevor sie ihren letzten Atem aushauchte. Und sie hatte ihn so erzogen, dass man alles halten muss, was man versprochen hat. In seinem Kopf bilden sich Worte, die sie sicher gedacht hatte, aber nicht mehr aussprechen konnte. Er war sich ganz sicher. Nein, er legte ihr die Worte nicht in den Mund. Sie wollte es wirklich.

»Räche meinen Tod!«, dröhnte es wie ein Echo in seinen Ohren. Er musste alle Zweifel über Bord werfen und seinen einmal gefassten Entschluss zu Ende bringen. Es gab kein Zurück. Sie konnte ihm nur nicht mehr den Namen des Kommissars nennen, den er zuerst töten sollte. Er musste es tun, um der Gerechtigkeit einen tieferen Sinn zu geben. Nach so viel Unrecht. Erst dann würden die Filme in seinem Kopf nicht mehr ablaufen. Bis zum Ende seiner tödlichen Mission musste er so vorsichtig agieren wie bisher. Er konnte Spuren hinterlassen, durfte aber nicht erwischt werden. Wenn sie ihn festnahmen, konnten sie die Spuren den Tatorten zuordnen. Mit jeder Tat stieg das Risiko. Die Psychofuzzies behaupteten, jeder Mörder wolle unbewusst entdeckt werden. So ein Quatsch. Oder hatten sie nicht doch recht? Er war so in Gedanken versunken, dass er das Stauende zu spät erkannte und sein Fahrzeug erst im letzten Moment abbremsen konnte. Zwischen den Kofferraum des Vordermannes und seine Stoßstange passte vermutlich keine Zeitung mehr.

*

Der Mann fuhr mit quietschenden Reifen los. Bevor Kriminaloberkommissar Klaus Telske den Griff seiner Waffe berühren konnte, schleuderte ihn der rechte Kotflügel des A 8 auf den harten Asphalt. Er spürte einen stechenden Schmerz in seinen Beinen und rollte sich geistesgegenwärtig über den rechten Arm ab, bevor sein linker Arm den Aufprall auf dem heißen Asphalt leicht abdämpfen konnte. Der Audi durchbrach die Warnbarken der Baustelle, fuhr an den Dienstfahrzeugen vorbei und hatte nun freie Fahrt. Axel konnte sich im letzten Moment mit einem Sprung zur Seite retten. Eine Warnbarke flog durch die Luft und landete krachend direkt neben ihm auf dem Asphalt. Stefan schloss Gregor mit einer zweiten Handschelle am Brückengeländer fest und rannte zu Klaus, der leblos neben seinem Auto lag. Gitte und Tom stürmten mit gezogenen Pistolen aus dem Fahrzeug. Mike gab der 1000er Kawa die Sporen, landete nach einem spektakulären Start mit dem Vorderrad wieder auf dem Asphalt und nahm die Verfolgung auf. Fredy raste mit eingeschalteten Sirenen los, Axel fuhr hinter Fredy und Mike her. Es gelang den dreien nicht, ihren Abstand zu dem Fluchtfahrzeug zu verringern. Die Hubschrauberbesatzung setzte zum Tiefflug an. Der Mann hätte keine Chance gehabt, sich der Festnahme zu entziehen.

*

»OSKAR Eins an RHEIN«, schrie Stefan in den Funk.

»Hier RHEIN, kommen«, meldete sich der Einsatzsachbearbeiter auf der Leitstelle.

»Wir benötigen dringend NAW* auf der Ahrtalbrücke. Kollege von Pkw angefahren und schwer verletzt.«

Von der Einsatzzentrale wurden der Rettungshubschrauber im Bundeswehrzentralkrankenhaus alarmiert, der Notarzt aus dem Kreis Ahrweiler zur Unfallstelle beordert und an alle angrenzenden Dienststellen die Ringalarmfahndung nach dem flüchtigen Fahrzeug ausgelöst.

Da die linke Spur der Autobahn wegen des kurz zuvor künstlich produzierten Staus frei war, konnte der flüchtende Fahrer den Abstand zu seinen Verfolgern vergrößern. Polizeikommissar Trogwein steuerte den Hubschrauber in halsbrecherischer Weise im Tiefflug über dem Fluchtfahrzeug. Er riskierte viel. Der Abstand zwischen den Kufen des Hubschraubers und dem Autodach des Fluchtfahrzeugs wurde geringer. Plötzlich öffnete die einzige dunkle Regenwolke am blauen Himmel ihre Schleusen, und es regnete wie aus Eimern. Nur wenige Sekunden später verwandelte sich der dunkelgraue Asphalt in eine nasse Rutschbahn. Der Fahrer flüchtete trotz des Platzregens mit unverminderter Geschwindigkeit.

»Wir müssen hochsteigen, sonst schmieren wir ab«, dröhnte die Stimme aus dem Hubschrauber.

»Riskiert nicht zu viel. An der nächsten Abfahrt kommt er nicht mehr weiter«, schrie Fredy in die Freisprechanlage, als er am Horizont zwischen den grauen Regenfäden den Stau vor dem Autobahnkreuz erkannte. Der silbergraue Audi fuhr mit hoher Geschwindigkeit auf den Zubringer der kreuzenden Autobahn rechts an dem Stau vorbei. Dann verlor der Fahrer die Kontrolle über sein Auto. Der Audi geriet ins Schleudern. Mike musste sein Motorrad voll abbremsen und raste in die Böschung neben der Standspur.

Nur ein kraftvolles Durchtreten des Bremspedals verhinderte den Zusammenstoß von Fredys Dienstwagen mit dem schleudernden Audi. Direkt neben ihm ertönte ein ohrenbetäubender Schlag. Ein Kleintransporter auf dem rechten Fahrstreifen der kreuzenden Autobahn hatte das schleudernde Fluchtfahrzeug auf der Fahrerseite erfasst und schob den Wagen wie ein Spielzeugauto vor sich her. Fredy konnte im letzten Moment das Ausbrechen seines Autos verhindern, schleuderte mit dem Dienstwagen nach rechts und kam auf der Standspur zum Stehen. Der Fluchtwagen prallte entgegengesetzt der Fahrtrichtung gegen die Mittelleitplanke. Genauso plötzlich, wie der Platzregen eingesetzt hatte, schloss der Himmel seine Schleusen. Ein Regenbogen überdachte die Szenerie, und grelle Sonnenstrahlen leuchteten wie riesige Scheinwerfer bei Dreharbeiten zu einem Thriller auf die Unfallstelle. Fredy sprang aus seinem Auto. Axel schrie einen LKW-Fahrer an: »Holen Sie einen Feuerlöscher!«

Der blutverschmierte Kopf des Fahrers hing seitlich aus dem Fenster, als würde er jeden Moment vom Rumpf abfallen. Hellrotes Blut tropfte auf die Fahrertür. Fredy schrie dem LKW-Fahrer mit dem Feuerlöscher zu: »Klemm die Batterie ab!«

Der sichtlich aufgeregte Kapitän der Landstraße versuchte vergeblich die Motorhaube zu öffnen.

»Die Batterie beim A 8 ist hinten rechts im Kofferraum«, schrie Axel, der sein Brecheisen in der Hand hielt, welches er zum gewaltsamen Öffnen von Wohnungstüren in seinem Auto deponiert hatte. Gemeinsam versuchten Axel und Fredy, die Fahrertür zu öffnen, um den eingeklemmten Fahrer aus dem Auto zu bergen. Vergeblich. Sie hatten in der Hektik nicht gesehen, dass ein Einstieg durch die

Beifahrertür einfacher gewesen wäre, weil der Wagen schräg an die Mittelleitplanke geschleudert worden war. Ein Mann in weißer Kleidung war inzwischen über die Beifahrertür in das Auto gestiegen, löste den Sicherheitsgurt, öffnete den Hosengürtel und sprach den Verletzten mit wohltuender Stimme an. Fredy und Axel atmeten tief durch, als sie das Rote Kreuz auf der weißen Jacke des Mannes sahen.

Der Verletzte reagierte mit tiefem Stöhnen auf die beruhigenden Worte des Rettungssanitäters, der zufällig Zeuge des Unfalls geworden war. Der Mann in dem weißen Anzug blickte Fredy an. Dann sagte er in ruhigem Ton: »Versuchen Sie es noch mal mit der Fahrertür, damit wir den Verletzten aus dem Auto bergen können. Hier ist es zu eng.«

Fredy nickte und setzte mit Axel das Brecheisen an.

»Wasser, Wasser«, stöhnte der verletzte Fahrer.

Fredy legte einen nassen Lappen, von dem er nicht wusste, wie er in seine Hand gelangt war, über das Gesicht des Mannes.

»Lassen Sie das!«, schrie der Rettungssanitäter.

Fredy blickte ihn entsetzt an und warf das Tuch weg. Axel zog mit dem Brecheisen die Fahrertür noch ein Stück weiter auf, und dann zogen sie auf Anweisung des Rettungssanitäters den Schwerverletzten vorsichtig aus dem Auto. Der Mann bibberte am ganzen Körper.

»Eine Decke!«, schrie Fredy in die Menge der Gaffer. Die zitternden Hände einer jungen Frau breiteten eine graue Decke aus, und behutsam legten sie den Schwerverletzten ab. Ein rauchender Gaffer verteilte Ratschläge, wie Unfallopfer zu bergen seien.

»Halt die Fresse!«, tobte Axel und holte mit dem Handrücken zum Schlag aus. Der Gaffer taumelte zwei Schritte zurück. Gaffern müsste man an Ort und Stelle den Führerschein entziehen, dachte Fredy. Auf der Gegenfahrbahn ereignete sich ein weiterer Auffahrunfall.

In der Ferne ertönten die ersten Martinshörner. Die Sirenen wurden immer lauter, als sich die Rettungsfahrzeuge den Weg durch die Mitte des Fahrzeugstaus bahnten. Notarzt, Rettungswagen und ein Streifenwagen der Autobahnpolizei trafen gleichzeitig am Unfallort ein. Der Rettungssanitäter wechselte einige Worte mit dem Notarzt, der sich sofort um den verletzten Fahrzeugführer bemühte. Fredy erklärte den Kollegen der Autobahnpolizei kurz den Sachverhalt. Unbeeindruckt von den Angaben des Kollegen in Zivil, rief der ältere Beamte seinem jungen Kollegen am Streifenwagen zu: »Zweimal Firma Castell, einmal vorne hoch, einmal aufladen.«

Erst als sich ein weiterer Auffahrunfall auf der rechten Spur der langsam passierenden Fahrzeuglawine ereignete, forderte der ältere Beamte Unterstützung an.

Das Notarztteam arbeitete ohne Hektik mit der Routine der professionellen Ersthelfer und transportierte den verletzten Fahrzeugführer in den Rettungswagen.

»Wird er es schaffen?«, fragte Fredy.

»Kann ich nicht sagen. Vermutlich hat er starke innere Verletzungen. Aber manchmal sieht es auf den ersten Blick schlimmer aus, als es ist. Kennen Sie den Mann?«, erwiderte der junge Notarzt.

»Nein, aber ich würde ihn gern kennenlernen.«

Der Notarzt blickte Fredy erstaunt an. Fredy zog aus der linken Hosentasche seine goldfarbene Kriminaldienstmarke, die er immer an einer kleinen Kette am Gürtel befestigt hatte.

»Ich werde ins Krankenhaus mitfahren. Der Mann ist vorläufig festgenommen. Er ist vor einer Polizeikontrolle geflüchtet und hat einen meiner Kollegen schwer verletzt.«

Der Notarzt murmelte: »Okay. Steigen Sie vorne ein.«

Fredy stieg auf den Beifahrersitz des Notarztwagens und rief Axel zu: »Melde mich, sobald ich Näheres weiß!«

Axel demonstrierte durch Hochheben des rechten Daumens, dass er Fredy verstanden hatte.

*

Die wirbelnden Rotorenblätter des Rettungshubschraubers entfachten bei der Landung auf der Ahrtalbrücke einen kleinen Sturm, und das Geheul der Turbinen verursachte einen ohrenbetäubenden Lärm. Zwei Männer in signalroten Jacken und eine zierliche junge Frau sprangen aus dem Hubschrauber. Nach der notärztlichen Erstversorgung legten sie Klaus vorsichtig auf die Transportliege und trugen ihn zum Hubschrauber.

»Wohin bringen Sie ihn?«, fragte Stefan.

»Krankenhaus Kemperhof«, erwiderte die junge Notärztin und sprang elegant wie eine Trapezkünstlerin im Zirkus in den Rettungshubschrauber, der schon einen halben Meter über der Erde schwebte.

Inzwischen waren Beamte der Autobahnpolizeistation Mendig eingetroffen und transportierten Dzelski zur Dienststelle. Eine zweite Streifenwagenbesatzung kümmerte sich um die Sicherstellung der beiden Fahrzeuge.

»Danke, Kollegen. Damit tut ihr uns einen großen Gefallen«, sagte Tom und funkte dann Axel an.

»Axel von Tom.«

»Hier Axel, komm.«

»Standort?«

»Autobahnkreuz, Fahrtrichtung Koblenz. Der flüchtende Fahrer ist mit einem Kleintransporter kollidiert und liegt jetzt im Notarztwagen.«

»Ist euch auch was passiert?«

»Nein, alles okay, wir waren nicht an dem Unfall beteiligt.«

»Gott sei Dank.«

Stefan atmete erleichtert auf.

»Wie geht es Klaus?«, erkundigte sich Axel.

»Nur Prellungen. Er hat sich perfekt abgerollt, wie er es mit uns beim Judotraining immer geübt hat.«

»Ja, da merkt man doch den schwarzen Gürtel. Habt ihr eigentlich was gefunden?«

»Ja, einen Koffer voll mit Kokain.«

»Wie bei dem Song von Hannes Wader?«

»Kann man so sagen. Und bei euch?«

»Unser Mann hat Kopfverletzungen. Ich glaube, es sieht nicht gut aus.«

»Er hat es verdient«, kommentierte Stefan.

»Wieso wollte Klaus ihn eigentlich kontrollieren?«, möchte Axel wissen.

»Der Typ kam Klaus irgendwie verdächtig vor. Innere Eingebung. Kriminalistischer Spürsinn, wie immer du es nennen willst. Deshalb ist Klaus auf das Auto zugegangen. Hast du den Typ schon mal irgendwo gesehen? Einer aus unserer Kartei?«

Axel versuchte sich das Gesicht des Schwerverletzten vorzustellen, aber es gelang ihm nicht.

»Von dem Gesicht war nach dem Unfall nicht mehr viel zu erkennen. Der Kopf war blutverschmiert. Man konnte nur noch Augen und Nasenwurzel erkennen. Fredy ist mit dem Notarztwagen ins Krankenhaus gefahren.«

»Okay. Wir treffen uns bei der Autobahnpolizei in Mendig. Dort werden wir heute Nacht unsere Zelte aufschlagen. Ihr habt doch für heute Abend alles vorbereitet, oder?«

»Klar, Cheffe.«

»Dzelski hat schon signalisiert, dass er keine Angaben

zur Sache machen wird. Also können wir uns die Vernehmung heute mit ruhigem Gewissen sparen.«

»Sollen wir unsere Überraschung heute Abend auch durchziehen, obwohl Klaus nicht mit dabei sein kann?«

»Klar, er ist ja nicht tot! Wir trinken seinen Anteil mit. Er hat sogar drauf bestanden.«

»Okay, wir kommen gleich. Mike übernimmt Fredys Auto.«

»Und das Motorrad?«

»Dafür haben wir einen Abschleppdienst bestellt.«

»Ich denke, es ist nichts passiert?«

»Mike hat es aus dem Sattel gehoben. Die Kawa hat sich kleinere Blechblessuren zugezogen, aber *ihm* ist nichts passiert.«

»Ich liege nicht flach, sondern die Maschine. Mir geht es gut, Cheffe«, brüllte Mike in das Mikro neben der Sonnenblende von Axels Omega.

»Dann mach dich mal schön frisch, wenn du im Gras gelegen hast«, forderte Stefan ihn mit einem Lachen auf.

»Okay, bis gleich bei der PASt*.«

*

Der Rettungswagen raste mit heulenden Sirenen über die Autobahn Richtung Koblenz. Ein Streifenwagen lotste das Notarztfahrzeug zum Krankenhaus. Fredy blickte immer wieder in den Fond des Rettungswagens. Der Notarzt setzte noch eine Spritze, während der Sanitäter fast liebevoll die Hand des Verletzten hielt. An der Notaufnahme vom städtischen Krankenhaus Kemperhof warteten bereits zwei Krankenschwestern mit einer fahrbaren Liege. Das Unfallopfer wurde im Laufschritt in den OP gefahren.

Ungeduldig wartete Fredy vor der großen Milchglastür.

Warten war noch nie seine Stärke gewesen. Die Bilder des Unfalls tauchten nochmals auf. Er hatte weder das Hupen des Sprinters, das Quietschen der Bremsen noch den dumpfen Schlag gegen die Mittelleitplanke gehört, aber er bildete sich ein, den Schrei des Unfallfahrers gehört zu haben. Dieser herzzerreißende Schrei dröhnte sekundenlang in seinen Ohren. Der Rest war ein Stummfilm aus der Zeit, als die Bilder laufen lernten. Und alles lief in Zeitlupe ab.

In Gedanken versunken wartete Fredy auf der kleinen Bank vor dem Eingang zur Intensivstation mit der neonfarbenen Leuchtschrift *OP-Bereich – Durchgang verboten*. Eine junge Ärztin öffnete die Tür. Fredy stand auf und fragte sie nach dem Zustand des Unfallopfers.

»Sind Sie ein Angehöriger?«

»Nein«, erwiderte Fredy und zeigte seine Kriminaldienstmarke. Die Ärztin ging völlig unbeeindruckt mit schnellen Schritten weiter, als habe er ihr ein Rabattmarkenheft gezeigt. Er lief neben ihr her. Ohne ihm ins Gesicht zu schauen, sagte sie sichtbar genervt: »Der Mann hat starke innere Verletzungen, besonders im Kopfbereich. Die Notoperation wird im Moment vorbereitet.«

Dann blieb die Ärztin plötzlich stehen, blickte ihm intensiv in die Augen, atmete tief durch und fügte mit einem spitzen Lächeln hinzu: »Und er ist nicht ansprechbar, für den Fall, dass Sie ihn vernehmen wollen.«

»Danke für die freundliche Unterstützung«, rief Fredy ihr nach, aber da war die Ärztin schon in dem Flur zur Station verschwunden. Fredy nahm das Handy aus der Hosentasche und tippte eine Nummer ein.

»Können Sie nicht lesen?«, schnauzte ihn ein älterer Arzt an, der soeben aus der Herrentoilette auf den Flur trat. Er zog noch den Reißverschluss zu.

»Händewaschen vergessen?«, konnte Fredy sich nicht verkneifen.

Der Arzt sah ihn feindselig an und verschwand durch die Tür, die zum OP führte. Fredy ging vor die Tür und wählte die Nummer von Polizeidirektor Bach, dem Dienststellenleiter der Polizeiinspektion 1.

»Hallo, Heinz. Hat Steff dich schon informiert?«

»Ja, war meine Tochter mit dabei?«, fragte Bach.

»Nein, wir hatten sie für die TÜ abgestellt.«

»Das ist gut. Weißt du, ich wollte eigentlich nicht, dass sie zur Polizei geht. Überleg mal, welche Scheiße wir beide im Einzeldienst erlebt haben.«

»Ja, Heinz. Würdest du bitte zwei Beamte für die Bewachung des Mannes ins Krankenhaus schicken?«

»Klar. Sind in einer Viertelstunde vor Ort«, bestätigte Bach und beendete das Gespräch.

Fredy stellte sein Handy auf Vibrationsalarm. Er wartete eine geschlagene Stunde, bis die zwei Kollegen eintrafen.

»Wir sind die Ablösung«, erklärte der ältere Kollege wortkarg und machte aus seinem Missmut über diesen Auftrag keinen Hehl. Der junge Kollege stand irritiert daneben. Die Situation war ihm sichtlich peinlich. Die schlechte Laune des älteren Kollegen verbesserte sich, als Fredy erklärte, warum dieser Mann bewacht werden müsse. Bei einem Angriff auf das Leben eines Kollegen stieg die Solidarität, und es wurden Aufgaben übernommen, gegen die man unter anderen Umständen protestieren würde. Dank der gemeinsamen Ausbildung bestätigte sich nur selten das durch Spielfilme und Romane immer wieder vermittelte Klischee des schlechten Verhältnisses zwischen Schutz- und Kriminalpolizei. Fredy verabschiedete sich und rief Stefan an.

»Kann mich jemand im Krankenhaus abholen?«

»Ecci fährt gleich los.«

»Okay, danke. See you later.«

*

Der schrille Dauerton einer Fanfare durchbrach die Stille in der einsamen Gegend. Der hellgraue VW Touareg mit den schwarzen Scheiben wirbelte eine riesige Staubwolke auf, als sich der Geländewagen auf dem Feldweg mit hoher Geschwindigkeit dem Haus in der Provence näherte.

»Das ist Pierre«, rief Claire sichtlich erfreut, sprang aus dem Korbsessel und rannte zur Toreinfahrt.

Der Geländewagen legte nur wenige Zentimeter vor dem riesigen schmiedeeisernen Tor eine Vollbremsung hin, und der aufgewirbelte Staub verdeckte für Sekunden den Blick auf das Fahrzeug.

Männer. Große Jungs, Imponiergehabe. Mehr fiel Lena zu diesem spätpubertären Verhalten nicht ein. Es gab Männer, die ohne Zwischenphase von der Pubertät in den Altersschwachsinn wechseln. Einige wurden nie erwachsen. Wie Fredy. Umgeben von Staubwolken, stieg ein Mann aus dem Auto und umarmte Claire. Die beiden lagen sich minutenlang in den Armen. Eng umschlungen kamen sie zum Poolhaus.

Lena fixierte den Mann von Weitem. Sah verdammt gut aus. Sein Alter konnte sie schwer einschätzen. So um die dreißig. Plus/minus fünf. Vermutlich jünger als Lena. Und jünger als Claire.

»Darf ich vorstellen. Das ist meine alte Freundin Lena aus Deutschland.«

»Pierre. Bonjour, Lena. Aber sie ist doch nicht alt.«

»Unsere Freundschaft ist alt, du Dummerchen.«

Der Mann streckte die gepflegte Hand aus, ergriff Lenas Hand, verbeugte sich kurz und hauchte ihr einen Kuss auf den Handrücken. So hatte sie noch nie ein Mann begrüßt. Selbst Tom nicht, obwohl er für Lena einer der aussterbenden Spezies von Kavalieren der alten Schule war. Auch emanzipierte Frauen mochten es, wenn man ihnen in den

Mantel half, die Tür aufhielt, sie als Erste in den Fahrstuhl einsteigen ließ und ihnen im Restaurant den Stuhl anbot und noch vieles mehr, wovon viele Männer keine Ahnung hatten.

»Sehr erfreut«, flüsterte Lena mit leiser Stimme und verstand, warum Claire von diesem attraktiven Mann fasziniert war.

Pierre lächelte kurz zurück, drehte sich um und küsste Claire auf die Stirn.

»Wie wäre es mit einem kleinen Pastis*, Chérie?«

»Sofort, Monsieur.«

Claire drehte sich um und hüpfte beschwingt ins Haus.

Der Mann setzte sich an den runden Tisch mit den Mosaiksteinchen und blickte Lena tief in die Augen, ohne ein Wort zu sagen.

»Sie verbringen Ihren Urlaub hier?«

»Ja.«

»Da haben Sie sich ein schönes Fleckchen Erde ausgesucht.«

»Ja«, murmelte Lena und ärgerte sich, dass es ihr die Sprache verschlagen hatte. Kannst du auch noch ganze Sätze sagen, dachte sie, und dann fiel ihr dieser blöde Satz ein.

»Ich brauche zum Leben nicht mehr als wärmende Sonnenstrahlen, einen kühlen Rosé, ein Baguette und ein Stück Käse.«

»Und gibt es einen Mann, mit dem Sie alles teilen?«

Lena versuchte, seinem stechenden Blick auszuweichen.

»Sind Sie oft in Deutschland?«, fragte sie, um das unangenehme Thema zu wechseln.

»Woher wissen Sie das?«

»Hat Claire mir erzählt.«

»Ab und zu.«

»Und welche Geschäfte machen Sie?«

»Sie sind aber neugierig.«

»Berufskrankheit«, schaltete sich Claire ein, die plötzlich hinter ihnen stand und drei Gläser Pastis mit kleinen Eiswürfelchen, eine Karaffe gekühltes Wasser und eine Schale mit Oliven auf den Tisch stellte.

»Das ist bei meiner Freundin berufsbedingt. Sie ist Polizistin, eine echte Kommissarin.«

»Oh, interessant. Woher kommen Sie?«

»Aus Koblenz.«

»Von Coblence in die Provence. Und welche Fälle bearbeiten Sie?«

»Meine Freundin war in der Mordkommission. Die Gendarmerie in Eygalières hat vor einiger Zeit das Haus eines Deutschen durchsucht. Der Mann soll in Koblenz eine Polizistin erschossen haben. Kennst du zufällig einen Deutschen, der in Eygalières mit Antiquitäten handelt?«

»Nein, in der Ecke kenne ich mich nicht so gut aus.«

»Sagt Ihnen der Name Paul Schleicher was?«, fragte Lena und fühlte sich plötzlich wieder wie eine toughe Vernehmungsbeamtin.

»Nein, nie gehört. Wer soll das sein?«

»Na, der Mörder, du kleines Dummerchen«, lachte Claire laut und küsste Pierre auf die rechte Wange.

Lena hatte das Gefühl, so etwas wie Verlegenheit in Pierres Gesichtszügen zu erkennen, als er Claires Redefluss unterbrach: »Ich kenne viele Antiquitätenhändler, aber diesen Namen habe ich noch nie gehört. Meine Kontakte gehen eher in Richtung L'Isle-sur-la-Sorgue.«

»Soll ich dir ein Baguette machen?«, fragte Claire.

»Nein, danke.«

Pierre erhob sein Glas, prostete den beiden Damen zu und trank seinen Pastis in einem Zug. Dann stand er auf und stützte beide Hände auf die Tischplatte. »Es tut mir leid, aber ich muss heute direkt weiter.«

»Bleibst du nicht über Nacht?« Claire war sichtlich enttäuscht.

»Nein, heute nicht.«

»Ich hoffe nicht, dass es an mir liegt«, lächelte Lena.

»Nein, das Haus ist doch groß genug«, erwiderte Pierre.

»Du würdest uns nicht hören«, warf Claire ein.

Pierre errötete leicht, und Lena fragte sich wieder, ob Claires Anmerkung wohl der Auslöser war.

Pierre gab Lena die Hand zum Abschied.

Ein kurzer Händedruck. Ein stechender Blick.

»Au revoir«, flüsterte er mit sonorer Stimme.

»Au revoir, ich freue mich auf ein Wiedersehen«, antwortete Lena und zog ihre schmale Hand schnell wieder zurück.

Pierre grinste, drehte sich um und nahm Claire in den Arm. Claire schmiegte sich an ihn. Pierre blickte an Claires Kopf vorbei.

»Ich habe heute noch einen wichtigen Termin.«

Ein neutraler Betrachter dieser Szene hätte nicht erkannt, an wen dieser Satz gerichtet war.

»Ich hätte mir so sehr gewünscht, dass du heute Nacht hier schläfst«, flüsterte Claire und knabberte an Pierres Ohr.

Pierre verabschiedete sich mit einem flüchtigen Kuss und ging zu seinem Auto. Er hupte bis zum Ende des Feldwegs, bog hinter dem kleinen Wäldchen auf die chemin de la cabane ab und verschwand so schnell, wie er gekommen war.

*

Fredy beobachtete vor dem Haupteingang des Krankenhauses die Patienten in Jogginganzügen und Bademänteln, die vor dem großen Steinaschenbecher gierig an ihrer Zigarette zogen, als sei es die letzte. Wer weiß? Menschen mit besorgten Gesichtern kamen mit Taxen an oder fuhren ab. Manche von ihnen hatten Tränen in den Augen, einige hielten Blumensträuße in der Hand oder trugen Stofftüten. In manchen Gesichtern las Fredy Verzweiflung, in anderen wiederum glaubte er, Hoffnung zu erkennen. Wie so oft im Leben verschoben sich die Prioritäten, wenn Schicksalsschläge Menschen einen Strich durch die Zukunft machten. In einer Sekunde konnte alles vorbei sein. Er dachte an den schweren Unfall am vergangenen Samstag, als bei einem Frontalzusammenstoß auf der Brücke der Ortsumgehung Neuborn drei Generationen einer Familie ausgelöscht wurde. Großvater. Tochter. Enkel. Nichts würde für die Hinterbliebenen so sein wie noch am Tag zuvor.

»Brauchst du 'ne Extraeinladung?«, riss ihn Eccis Stimme aus seinen Gedanken. Der Kollege beugte sich über den Beifahrersitz und hatte bereits die Tür geöffnet. Fredy stieg ein.

»Wieso ist der Kerl plötzlich abgehauen?«, fragte Ecci.

»Weiß nicht. Was meinst du?«

»Klaus sagt, der Typ habe ihn irgendwie irritiert. Er hat wohl den richtigen Riecher gehabt, denn der Mann hat etwas zu verbergen.«

»Ja, das scheint mir auch so.«

»Fragt sich nur, was.«

»Werden wir schon rausbekommen.«

»Habt ihr ihn abdrängen können?«

Fredy berichtete Ecci kurz von dem Verkehrsunfall und den Rettungsmaßnahmen. Ecci klatschte in die Hände und steuerte mit den Knien.

»So, und nun machen wir uns noch einen netten Abend.«

Fredy griff mit der linken Hand in das Lenkrad.

»Konzentrier dich besser auf die Fahrbahn und sieh zu, dass du mich unverletzt ablieferst und wir nicht noch einen Dienstunfall melden müssen. Die Nummer bringt nur Gitte.«

»Und bestimmt noch andere Nümmerchen«, grinste Ecci.

»Wenn sie das hört, legt sie dich flach.«

»Das wäre mein innigster Wunsch.«

»Quatsch, nicht, was du denkst. Ausnahmsweise meine ich mal was anderes. Du bist doch höchstens so ein Ersatzpapa wie Tom. Ihr alten Böcke solltet kein Pferd satteln, das ihr nicht reiten könnt. Nein, sie legt dich beim Judotraining flach und überhört dein Abklopfen, wenn sie von deinen Sprüchen erfährt.«

»Oh bitte, verrate mich nicht! Ich mach mir schon vor Angst in die Hose.«

Fredy grinste. Dann blickte er auf die Fahrbahn.

»Brauchst du jetzt schon in deinem Dienstbezirk ein Navi? Wo fährst du eigentlich hin?«, fragte er, als Ecci nicht zur Dienststelle der Autobahnpolizei abbog.

»Ach, das habe ich dir ja noch gar nicht gesagt. Wir haben uns bei Gunni noch halbe Flattermänner bestellt.«

»Gute Idee. Ich liebe Gummiadler, spätestens seit BSE.«

»Wieso so ängstlich? Du kannst dir trotzdem weiter deine Steaks zwischen die Zähne schieben, Männer bekommen keinen Rinderwahnsinn.«

»Wieso?«

»Weil Männer Schweine sind, sagt Gitte doch immer.«

»Haha.«

»Aber mit der aktuellen Schweinegrippe ist nicht zu spaßen. Da müssen wir aufpassen«, sagte Ecci.

»Lässt du dich denn impfen?«

»Nein, ich halte es mit der Aussage unseres Kripochefs: Abwarten, welche Probleme die Menschen bekommen, die sich haben impfen lassen. Und du?«

»Immer schön die Hände waschen«, murmelte Fredy und spürte das Loch in seinem Magen. Seit Stunden hatte er nichts mehr gegessen.

Ecci lenkte den Dienstwagen auf den Parkplatz vor dem *Oehlinger Brauereiausschank* in der Nähe der Autobahnpolizeistation. Hier hatten sie schon manches Fass geleert. Gunni, ein ehemaliger Kollege der Schutzpolizei, hatte nach seiner vorzeitigen Versetzung in den Ruhestand, die Gaststätte gepachtet und engagierte sich nun als Gastronom mehr, als er es im aktiven Berufsleben jemals getan hatte. Von wegen Burn-out. Lena, die hatte ein echtes Burn-out-Syndrom. Aber Gunni? Im Leben nicht. War halt ein guter Schauspieler und hatte selbst den Amtsarzt seinerzeit überzeugt. Das wäre heute nicht mehr so einfach möglich. Bei Polizeidienstunfähigkeit wurde eine Verwendung in der Verwaltung angestrebt, und dann wurden manche ganz schnell wieder gesund. Und dennoch hatte die Behörde anscheinend eine Reaktivierung des Beamten nie in Erwägung gezogen. Niemand schien den Grund seiner Frühpensionierung zu kennen. Manche behaupteten, er habe keine grünen Uniformen mehr sehen können. Ob er wieder reaktiviert würde, weil die Polizei jetzt mit blauen Uniformen ausgestattet wird?

»Geh mit rein. Ich pack die Kartons allein nicht.«

Fredy stieg aus. Ecci öffnete die schwere Eichentür zum *Hähnchen-Keller*, hielt sie geöffnet, verbeugte sich vor Fredy mit einer einladenden Geste.

»Hast du nicht mehr alle Tassen im Schrank?«, fragte Fredy, und plötzlich sang ein Männerchor, nicht melodisch, aber tierisch laut.

»Happy birthday to you, happy birthday to you, happy birthday, dear Fredy, happy birthday to you.«

Fredy schlug sich mit der flachen Hand gegen die Stirn. Heute war sein einunddreißigster Geburtstag.

»Hoch soll er leben, hoch soll er leben, drei Mal hoch!«

Gitte bewegte brav ihre Lippen. Fredy wusste, dass Gitte sich für deutsches Liedgut nicht so recht begeistern konnte. Er hasste das Älterwerden. »Geburtstag ist für mich kein Grund zum Feiern.« Mit diesem Spruch hatte Fredy in den letzten Jahren kategorisch eine Geburtstagsfeier abgelehnt, war aber meist der letzte Gast, wenn andere ein Jahr älter wurden. Aber was wäre die Alternative? Darüber wollte er jetzt nicht nachdenken. Gittes herzerfrischendes Lächeln faszinierte ihn. Er wäre jetzt lieber mit ihr allein. Wie damals mit Lena, Franca und den anderen Frauen, deren Namen er schon wieder vergessen hatte. Aber Gitte war eine harte Nuss, und je mehr sie ihm zu verstehen gab, dass sie kein Interesse an einer Beziehung habe, umso mehr stachelte es ihn an.

»Danke, Gitte. Danke, Jungs, echt 'ne starke Überraschung«, sagte er mit einem gequälten Lächeln und schaute in die Runde. Dann wandte er sich an Stefan: »Können wir feiern, während Klaus im Krankenhaus liegt?«

»Klaus hat sogar darum gebeten. Wir sollen für ihn mittrinken. Er hat nur Prellungen und keine ernsthaften Verletzungen. Dank der perfekten Judorolle ist er nicht auf den Kopf gefallen«, erwiderte Stefan und reichte Fredy einen vollen Bierkrug. Dann nahmen sie an dem reservierten Tisch Platz, schlugen die Krüge gegeneinander und grölten ihren Prolotrinkspruch: »Auf dass diese edle Jauche Wellen schlag in unserm Bauche, morgen wird der ganze Mist wieder an die Wand ge… prost.«

Der Gerstensaft in den Literkrügen verschwand auf ex in ihren Kehlen. Gitte nippte lustlos an dem Getränk. In diesem Moment fühlte sie sich in dieser grölenden Männerrunde völlig fehl am Platze und konnte verstehen, warum sich nur wenige Kolleginnen für diesen Job beworben hatten.

»Vorsicht. Heiß und fettig«, ertönte plötzlich eine helle Männerstimme. Gunni balancierte mit einer Hand die riesige Brauereipfanne durch den Gang. Mit der anderen hielt er den Griff fest und stellte die gusseiserne Pfanne auf das Holzbrett in der Mitte des runden Holztisches.

»Was ist mit euren Karren?«, fragte Gunni und schlug das zweite Fass an. Er selbst war in seiner aktiven Zeit bei einer Routinekontrolle betrunken am Steuer erwischt worden. 2,4 Promille. Tagesbester an der Kontrollstelle. Der Suffkopf der Woche.

»Die stehen bei der Autobahnpolizei. Die Kollegen haben einen Fahrdienst organisiert. Hättest du damals besser auch gemacht«, lallte Axel, der sich mit einem Sturztrunk schneller als die anderen von dem anstrengenden Tag verabschiedete.

»Und jetzt erhöhen wir die Schlagzahl«, schlug Tom vor.

»Wer früher voll ist, kann länger schlafen«, rülpste Ecci.

»Was ist mit Gregors Wohnung? Wir wollten doch die Freaks abfangen, wenn sie ihren Stoff holen wollen, oder?«, flüsterte Fredy seinem Chef ins Ohr.

»K3 aus Montabaur hat das übernommen. Die kennen ihre Pappenheimer und werden sie gebührend in Empfang nehmen. Die Kokser werden staunen und brauchen 'ne verdammt gute Ausrede, warum sie Gregor besuchen wollen.«

»Aber …«, wollte Fredy einwerfen, doch Stefan unterbrach ihn.

»Morgen ist ein neuer Tag.«

Und dabei betonte er das *Morgen* unmissverständlich und tippte mit dem Zeigefinger gegen Fredys Brust.

»Jetzt wird gefeiert. Ich will heute kein dienstliches Gespräch mehr führen. Dienst ist Dienst. Und Schnaps ist Schnaps. Okay?«

*

Das ockerfarbene Landhaus lag im strahlenden Glanz der Sonne, die sich langsam von dem heißen Tag verabschiedete. Der leicht auffrischende Wind verdrängte die Schwüle des Tages, und eine fast unheimliche Ruhe legte sich über die Landschaft. Die Traktoren der Bauern standen in den Schuppen, die Kühe dösten im Schatten der Bäume, und die Hunde bellten nicht mehr.

Claire war sichtlich enttäuscht von Pierres kurzem Besuch und erntete Oliven im hinteren Bereich des Grundstücks. Lena saß in dem alten Korbsessel unter der weit ausladenden Platane und blickte in den Himmel. Die Sterne waren zum Greifen nah. Wie jeden Abend genoss sie den Blick in die Landschaft, die seit ewigen Zeiten künstlerisch begabte Menschen zum Malen, Schreiben und Gestalten inspiriert hatte. Genies wie Cézanne, van Gogh und Matisse waren von dem unvergleichlich intensiven Licht dieser uralten Kulturlandschaft angezogen worden, und viele ihrer Gemälde spiegelten das Farbenspiel des Südens wider mit dem Gelb der weiten Ginsterfelder, dem Grün der zahlreichen Zypressen, den blauviolett blühenden Lavendelfeldern, den unzähligen Olivenhainen und den ockerfarbenen Felsen, besonders in der Gegend des Roussillon. Eine fast himmlische Ruhe weit ab vom Lärm der Großstädte und vom beruflichen Stress als Polizistin.

»Bonne anniversaire, Fredy«, flüsterte Lena, und ihre Augen folgten der Sternschnuppe. »Ich wünsche mir, dass ich nie wieder an ein so selbstverliebtes Arschloch wie dich gerate.«

Lena hörte plötzlich wieder das vertraute Geräusch am Himmel. Wie so oft um diese Uhrzeit. In unterschiedlich großen Formationen kehrten die Wasservögel von ihrem Tagesausflug zurück und flogen Richtung Camargue. Faszinierende bewegliche Dreiecke am Himmel, die zur Spitze hin zwei gerade Linien bildeten, als habe man die Form mit einem Lineal gezogen. Lena würde gern im Schutz einer solchen Formation fliegen. Aber wo würde sie sich einreihen wollen? Wäre sie vorne die treibende Kraft, oder würde sie nach hinten zurückfallen, weil sie Schwierigkeiten hätte, den Anschluss an die Gruppe zu finden? Wie war das im Kommissariat? Nur nicht drüber nachdenken. Keine falschen Vergleiche ziehen. Keine voreiligen Schlüsse. Nur relaxen. An nichts denken. Nur die Seele baumeln lassen.

Am Himmel schoben sich immer mehr schmale Wattebäuschchen vor die rötlich glühende Sonne, die langsam am Horizont verschwand. Eine echte Postkartenidylle. Die Dämmerung breitete sich langsam über das von der Sonne verwöhnte Fleckchen Erde aus, aber unter dem sternenklaren Himmel wurde es nie richtig dunkel. Unzählige Glühwürmchen flimmerten vor der noch stark aufgewärmten Wand des Poolhauses. Die Unterwasserbeleuchtung des Pools lockte jeden Abend die Fledermäuse aus ihrem Nest unter dem Dach des Poolhauses. Zielsicher stürzten sie sich nach Einbruch der Dämmerung auf alle Lebewesen, die über der Wasseroberfläche des Pools schwirrten. Die kleinen Mücken hatten nicht die geringste Chance, vor ihren Mördern zu fliehen. Gesetz der Natur. Normale Auslese. Der Stärkere siegt. Wie im richtigen Leben. Da siegen auch die Stärkeren und nicht die Guten. Beim eleganten Landeanflug der Fledermäuse bildeten sich auf der Wasseroberfläche kleine Kreisel. Als Claire und Lena gestern Abend in den Pool gesprungen waren, hatten die nachtaktiven Tiere ihre Luftangriffe kurz unterbrochen.

Lena griff nach der Karaffe mit dem gekühlten Rosé, goss sich ein neues Glas ein und flüsterte nochmals: »Bonne anniversaire, Fredy.«

»Wem gratulierst du denn zum Geburtstag?«, fragte Claire.

Lena erschrak. Sie hatte nicht bemerkt, dass Claire neben ihr stand. Dann lächelte sie. Leicht verbittert.

»À la votre, Fredy, du Arschloch!«

»Wer ist Fredy?«

»Ein Verflossener.«

»Ach ja, erzähl.«

»Da gibt es nichts zu erzählen. Ich sage nur: ein Kollege. Und ein Arschloch.«

»Erzähl.«

»Nein, Claire, habe keinen Bock.«

»Gibt es denn noch einen anderen?«

»Ich glaube schon, aber er weiß es noch nicht.«

»Wenn du so redest, weißt du es selbst nicht, oder?«

Lena zuckte mit den Schultern.

»Bist du verliebt?«, fragte Claire.

»Leider kann ich diese schwierige Frage nur mit einem entschiedenen ›vielleicht‹ beantworten, liebste Freundin.«

»Denkst du oft an ihn?«

»Jeden Tag.«

»Dann bist du verliebt.«

»Und du? Wie ist das mit Pierre?«

»Rein sexuell. Gefühle werde ich nicht mehr investieren. Zumindest nicht mehr in Männer. Da bin ich zweimal auf die Schnauze gefallen. Das reicht. Ich habe keinen Bock mehr auf Enttäuschungen.«

»Ja, du hast recht«, flüsterte Lena.

Das war auch ihre Angst und der Grund, warum sie nach der Nacht mit Tom auf seine Annäherungsversuche so abweisend reagiert hatte.

*

Kurz vor Mitternacht kutschierte ein Kollege von der Nachtschicht Stefan und sein Team zur Autobahnpolizeistation Mendig. Gitte, die nur ein Bier getrunken hatte, hatte Eccis Dienstwagen übernommen.

»Morgen acht Uhr, Frühstück, schräg gegenüber bei McDoof«, beendete Stefan seine letzte Anordnung mit einem Bäuerchen.

»Starke Leistung. Super Körperbeherrschung. Sollte bestimmt ein Schlaflied werden. Jeder andere hätte gekotzt«, kommentierte Mike.

»Danke für den Spruch des Tages«, reagierte Stefan mit einem weiteren Rülpsen. Jeder suchte sich eine Liege in den Gewahrsamszellen oder einem leeren Zimmer. Gitte legte sich auf die Couch im Büro des Leiters der Polizeiautobahnstation.

Dienstag

Bereits kurz nach sieben Uhr duschten die Männer in den Nasszellen der Polizeiautobahnstation. Gitte hatte schon eine Runde gejoggt. Um halb acht trafen sie sich zum Frühstück bei McDonald's. Stefan verteilte die Arbeitsaufträge wie immer kurz und bündig.

»Tom und Ecci, ihr kümmert euch um den großen Unbekannten. Sollte der Typ nicht transportfähig sein, muss der Richter den Haftbefehl am Krankenbett verkünden. Auch wenn ihm das nicht gefällt. Und ab diesem Zeitpunkt muss sich die Justiz um die Bewachung kümmern. Wir haben wichtigere Dinge zu erledigen.«

Die beiden nickten mit vollem Mund.

»Axel.«

»Hier bei der Arbeit.«

»Wir beide werden Dzelski vorführen. Die Kollegen der

Autobahnpolizei haben ihn in Koblenzer Gewahrsam gebracht. Finde ich übrigens nett, dass sie gestern in der Hektik den Gefangenentransport übernommen haben.«

»Dann sollten wir uns auch mal bedanken«, schlug Tom vor.

Stefan nickte zustimmend.

»Fredy, du fährst ins Krankenhaus zu Klaus. Erledigst die Formalitäten mit Dienstunfall und so weiter.«

»Wieso soll ich diese Scheißformulare ausfüllen? Das liegt mir doch gar nicht«, protestierte Fredy gegen seinen Auftrag.

»Eben, damit du es lernst. Tut dir ganz gut, wenn du nach deiner Arbeit als VP-Führer* auch mal das Bürokratische kennenlernst.«

»Danke für das nachträgliche Geburtstagsgeschenk.«

»Geburtstag war gestern. Heute ist wieder grauer Berufsalltag«, erwiderte Stefan und beendete die Diskussion.

»Gitte durchsucht mit Weller vom Erkennungsdienst und einem Hundeführer beide Fahrzeuge. Weller und die Diensthundestaffel wissen schon Bescheid und wollten gegen neun hier eintrudeln.«

»Und ich?«, meldete sich Mike zaghaft.

»Du wirst deine Riesenlauscher an die TÜ legen. Und ...«

»... und was?«

»Die Akte abschließen.«

»Allein?«

»Ganz allein, damit auch du es mal lernst«, ermutigte Stefan Mike und klopfte ihm auf die Schulter.

»Und wenn wir bei McDoof unser Frühstück beendet haben, geht's ab an die Arbeit!«

*

Herr Hinken ist nicht vernehmungsfähig«, antwortete der junge Assistenzarzt.

»Sind Sie sicher, dass dies sein richtiger Name ist?«, fragte Ecci.

»Wieso? Wir haben doch seinen Personalausweis«, entgegnete der Arzt erstaunt.

»Den kann man fälschen.«

»Wie meinen Sie das?«

»Wie ich es gesagt habe. Wir haben mehrere Personalausweise mit seinem Bild gefunden. Können wir nicht kurz mit ihm sprechen?«

»Auf keinen Fall. Mir sind die Umstände, unter denen der Mann hier eingeliefert wurde, bekannt. Aber aus medizinischen Gründen muss ich eine Vernehmung zum jetzigen Zeitpunkt ablehnen. Sein Zustand ist noch nicht so stabil, dass er sich quälenden Fragen stellen könnte.«

»Wir wollen ihn nicht quälen, wir wollen ihm gratulieren, weil er dem Tod von der Schippe gesprungen ist.«

Mit seinem unwiderstehlichen Charme hätte Ecci vielleicht eine Ärztin überreden können, aber nicht diesen hanseatisch kühl wirkenden Stationsarzt, dem dieser Satz nur ein leicht verächtliches Lächeln entlockte.

»Meine Herren. Sie entschuldigen mich? Ich habe noch mehr Patienten.« Er tippte sich mit der Hand zum Abschied an die Stirn, grüßte, als bedecke eine Polizeimütze seinen kahlen Kopf, und verschwand hinter der breiten Automatiktür zum OP-Bereich.

»Scherzkeks. Hat wohl einen Clown zum Frühstück verschluckt«, zischte Tom. Dann setzten sich beide wortlos auf die schmale Bank vor der Milchglastür zur Intensivstation. Sie hatten den beiden Kollegen, die zur Bewachung abgestellt wurden, eine Pause in der Cafeteria gegönnt. Bei jedem Geräusch der sich automatisch öffnenden Pendeltür blickten Tom und Ecci auf, als könnten sie

Jo Hinken bei einem Fluchtversuch auf frischer Tat erwischen. Die Tür öffnete sich zum wiederholten Male.

»Und?«, fragte Tom. Er hatte seinen Kopf auf den gefalteten Händen abgestützt und blickte auf den Boden.

»Eine verdammt attraktive Ärztin«, flüsterte Ecci.

»Versuch es noch mal«, murmelte Tom, ohne seinen Kopf zu heben. Dann hörte er Eccis einschmeichelnde Stimme.

»Frau Doktor? Kripo Koblenz. Entschuldigen Sie, wir würden uns gern nach dem Zustand von Herrn Hinken erkundigen und …«

Die Frau unterbrach seinen Redeschwall: »Ich weiß, und Sie beide möchten ihm gern gratulieren.«

Ecci starrte die Ärztin mit offenem Mund an.

»Sie können Ihren Mund wieder schließen und ruhig atmen«, reagierte die Frau in dem weißen Kittel schlagfertig. »Die Kommunikation zwischen Ärzten funktioniert besser, als Sie annehmen. Wie war noch mal Ihr Name? Kripo Koblenz? Ein merkwürdiger Name.«

»Entschuldigung. Macht der Gewohnheit. Mein Name ist Eccarius, Elmar Eccarius«, stotterte Ecci.

»Na, geht doch«, erwiderte die Stimme, die Tom so bekannt vorkam, auch wenn er sie schon lange nicht mehr gehört hatte.

»Was ist denn mit Ihrem Kollegen? Schläft der etwa im Dienst?«

Neugierig öffnete Tom die Augen. Und sie stand direkt vor ihm. Margot. Mit einigen Jahresringen mehr um die großen braunen Rehaugen. Unverwechselbar. Wann hatte er sie das letzte Mal gesehen? Auf dem kleinen Schild stand in fetten Buchstaben **Dr. Borsig.**

»Margot?«, fragte er dennoch vorsichtig, aber er zweifelte keinen Augenblick: Seine Jugendliebe Margot Mühlhausen stand vor ihm.

»Tom?«

Ihre Reserviertheit wich einem fröhlichen Lächeln. Sie breitete die Arme aus. Tom sprang auf, und sie umarmten sich.

Ecci staunte, wie sich Menschen in Bruchteilen von Sekunden ändern können.

»Was machst du denn hier?«

Blöde Frage, dachte Tom im gleichen Augenblick in Anbetracht ihrer Arbeitskleidung. Sie lachte lauthals.

»Das könnte ich eher dich fragen …«, erwiderte sie und nahm ihn spontan an der Hand. »Ich habe Zeit für eine kleine Pause und lade dich in die Cafeteria ein.«

Dann drehte sie sich kurz zu Ecci um. »Sie müssen ja auf den Herrn aufpassen. Aber keine Angst. In seinem jetzigen Zustand kann der Mann sich nicht ohne fremde Hilfe bewegen. Sie können auf der Bank also beruhigt ein kleines Nickerchen machen. Herr Koblenz, Sie sehen müde aus.«

»Wie witzig«, murmelte Ecci.

*

In der hintersten Ecke der Kantine fanden sie einen freien Tisch. Die beiden Schutzpolizisten grüßten kurz.

»Mensch, Tom, wie lange haben wir uns nicht mehr gesehen?«

»Das ist schon ein paar Jährchen her, als du mit der roten Uschi und dem lahmen Gerhard in der WG gewohnt hast und ich auf der Altstadtwache am Münzplatz war.«

»Ja, mein kleiner Wachtmeister. Damals wolltest du Sozialpädagogik studieren und bist offensichtlich doch bei der Trachtengruppe geblieben. Bist du denn immer noch im Schichtdienst?«

»Nein, ich habe zur Kripo gewechselt. Da ist der Dienst interessanter, aber auch stressiger.«

»Noch stressiger? Man sieht es. Nicht jede Falte eine schöne Erinnerung, oder?«

Margot Borsig legte die Fingerspitzen der rechten Hand zaghaft unter Toms Augen.

»Und du? Wohnst du in Koblenz?«, fragte Tom.

»Ich bin erst seit sechs Monaten hier im Kemperhof. Es ist heutzutage selbst für Mediziner nicht einfach, einen geeigneten Job zu finden. Aber ich bin ganz zufrieden.«

Es klang fast wie eine Entschuldigung. Margot hatte früher von einer kleinen Landarztpraxis geträumt. Tom verspürte das dringende Bedürfnis, die Jugendfreundin zu berühren.

»Und du? Auch zufrieden mit deinem Werdegang?«

»Na ja, mal so, mal so.«

»Du wolltest doch immer helfen. Ich habe nie verstanden, warum du damals nicht Sozialpädagogik studiert hast.«

»Ein Polizist kann manchmal mehr helfen als ein Sozialarbeiter. Es heißt doch: die Polizei, dein Freund und Helfer.«

»Kommt auf die Perspektive an. Frag mal Menschen, die schon mit der Polizei zu tun hatten.«

»Meinst du die mit den schlechten Erfahrungen?«

»Gibt es auch andere?«

»Allerdings, und wesentlich mehr, als ihr Halbgötter in Weiß euch vorstellen könnt.«

»Ach, Tom, lassen wir das. Jetzt führen wir unseren Streit von damals fort. Das möchte ich nicht. Hauptsache, man hat dich nicht deiner Illusionen beraubt. Wechseln wir am besten das Thema, bevor wir uns wieder wegen dieser blöden Sache in die Haare kriegen.«

»Ja, das wäre schade. Zurück zur Tagesaktualität. Geht

es unserem Patienten wirklich so schlecht? Ein kurzes Gespräch wäre sehr wichtig für uns.«

»Ist er auch *dein* Patient? Hast du eine Nebentätigkeit als Heilpraktiker oder Therapeut? Was hat er denn angestellt?« Margot lächelte. Dieses verschmitzte Lächeln hatte in all den Jahren nichts an Faszination verloren.

»Amtsverschwiegenheit«, brummte Tom.

»Ärztliche Schweigepflicht«, konterte Margot.

»Schlagfertig wie eh und je. Aber Margot. Im Ernst. Es kann sein, dass der Mann aus uns momentan noch unbekannten Gründen zur Festnahme ausgeschrieben ist und die beabsichtigte Kontrolle des Kollegen bei ihm eine Kurzschlusshandlung auslöste. Wir wissen überhaupt nichts von ihm. Der Name ist falsch. Aber in erster Linie geht es um das versuchte Tötungsdelikt an meinem Kollegen.«

Margot blickte ihm tief in die Augen. Hörte sie ihm überhaupt zu? Sie schien an etwas anderes zu denken.

»Ist was, Margot?«

»Ich bin überrascht, dich zu sehen.«

»Freudig überrascht?«

Margot legte die Hände auf seinen Arm.

»Sehr freudig überrascht. Sehr, sehr freudig«, lächelte sie.

»Und du?«

»Auch. Ehrlich.«

Margot rieb mit Daumen und Zeigefinger kurz seine Nasenwurzel, so wie sie es früher immer getan hatte.

Tom spürte das Glühen seiner Wangen, und die Situation war ihm irgendwie peinlich.

»Süß, wenn Männer im fortgeschrittenen Alter noch erröten«, flüsterte Margot.

Tom atmete tief durch, spürte Schmetterlinge im Bauch und hatte unter dem Einfluss dieses unerwarteten Wiedersehens fast den wahren Grund seines Aufenthaltes hier vergessen.

»Dodi?«

Ihr Kosename, als sie sich mit Strohballen ein Haus gebaut und darin erste Zärtlichkeiten ausgetauscht hatten.

»Ja?«

Dieses betörende Lächeln. Margot, die heimliche Liebe seiner Kindheit. Margot, die allen den Kopf verdreht hatte. Auch ihm.

»Kannst du mir einen Gefallen tun?«, hörte er sich fragen.

»Kommt drauf an, welchen«, antwortete sie mit einem verführerischen Lächeln. Vermutlich interpretierte er es falsch. Es hatte sicherlich nicht die Bedeutung, die er sich gewünscht hätte. Männer projizierten oft Wünsche in weibliche Verhaltensweisen, die nichts zu bedeuten hatten.

»Sag mir, wenn Hinken was erzählt. Auch im Traum.«

Erst jetzt bemerkte er, dass er sich im Ton vergriffen hatte. Er saß nicht in einer Vernehmung.

Margots Lächeln gefror.

Kalt wie Eis.

Eiskalte Augen.

»Das würde mir im Traum nicht einfallen. Wir Ärzte sind weder der verlängerte Arm der Strafverfolger noch das Sprachrohr unserer Patienten über Sachverhalte, die sie uns anvertrauen. Du solltest die ärztliche Schweigepflicht kennen und auch akzeptieren«, erwiderte sie mit schneidender Stimme.

»Margot, ich muss wissen, wer der Mann ist, verstehst du?«

»Tom, er liegt im Koma. Fraglich, ob er überlebt. Wenn es um Menschenleben geht, ist alles andere unwichtig.«

Sie griff sich mit beiden Händen in die Haare. Und dann lächelte sie ihn wieder an.

»Ich kann dich verstehen, aber es geht nicht.«

Ihr Lächeln berührte Tom auf angenehme Weise, durchdrang seinen Körper wie wärmende Sonnenstrahlen, und er hatte das Gefühl, als sei die Zeit stehen geblieben. Lenas Gesicht tauchte plötzlich vor ihm auf. Die beiden Frauen sahen sich sehr ähnlich. Das war ihm bislang nicht bewusst gewesen. Hatte er sich deshalb in Lena verliebt, weil er seine Jugendliebe nie vergessen hatte? Würde er Lena vergessen, wenn er mit Margot ein neues Leben beginnen könnte?

Die unwirkliche Stille wurde jäh unterbrochen. Plötzlich schrie eine krächzende weibliche Stimme aus Margots Arztkittel: »Dr. Borsig! Dr. Borsig! Dringend zum OP.«

Margot sprang auf, hauchte Tom einen Kuss auf die rechte Wange und lief nach einer flüchtigen Umarmung aus der Kantine. Sie drehte sich noch einmal um, bevor sie in dem Fahrstuhl verschwand.

»Es scheint Komplikationen zu geben. Du kannst mich bis acht Uhr auf der Station erreichen, wenn du noch was wissen möchtest«, rief sie über den Flur.

Sie hatte ihm weder ihre private Telefonnummer verraten noch Andeutungen zu ihrer familiären Situation gemacht. Margot war vermutlich glücklich verheiratet, hatte zwei oder drei Kinder und lebte in einem kleinen Haus mit einem großen Bauerngarten irgendwo in der Eifel, im Hunsrück, im Westerwald oder im Taunus. Bei dieser Vorstellung sehnte Tom sich wieder nach einer stabilen Beziehung. Einem Ort, an dem er sich zu Hause fühlen konnte. Manchmal wäre er gern ein Spießer. Wie wäre sein Lebensweg verlaufen, wenn er Margot damals nicht mit ihrer besten Freundin betrogen hätte?

Ecci war inzwischen wieder von den Kollegen abgelöst worden und wartete vor dem Haupteingang.

»Was hast du mit deiner alten Freundin besprochen?«

»Das geht dich einen Scheißdreck an«, zischte Tom.

»Oh, Herr Hauptkommissar klingen gereizt?«, hörte er Eccis Worte wie aus weiter Ferne.

»Leck mich.«

»Heute abend bei Vera an der Theke?«

»Nein, nicht schon wieder.«

»Nur einen kleinen Absacker.«

»Okay, aber dann beim Winzer Wagner im Mühlental. Und nur eine Flasche Weißburgunder.«

»Versprochen ist versprochen!«

Sie schlugen die Hände ineinander und stiegen in den Dienstwagen.

»Wollen wir Klaus einen kurzen Krankenbesuch abstatten?«

Tom nickte.

*

Das Anrufsignal des Autotelefons störte Toms Erinnerungen an die Jugendzeit mit Margot. Er drückte auf die grüne Taste und meldete sich mit »Hallo!«.

»Tom?«

»Ich glaube schon. Und du? Wer bist du denn?«

»Hör auf mit dem Quatsch. Wo treibst du dich rum?«

»Ach, Harald, du bist es. Ecci und ich fahren zu Klaus ins Krankenhaus.«

»Und? Wie geht es ihm?«

»Er hat echt Glück gehabt.«

»Dann richte ihm liebe Grüße von der Mordkommission aus. Wir wären alle froh, wenn wir ihn nicht als neuen Fall behandeln müssten. Haben ja genug zu tun.«

»Du meinst als Leichensache. Ich könnte dich umbringen, wenn du so makaber redest.«

»Dann hätten wir zumindest einen aufgeklärten Fall. Es wurden schon Leute aus geringeren Beweggründen um die Ecke gebracht. So wird man mit der Zeit. Sarkastisch. Aber alles nur Galgenhumor. Wie willst du die Scheiße hier sonst ertragen?«

»Aber du rufst mich nicht an, weil du bedauert werden möchtest, oder?«

»Nein, aber ich habe Neuigkeiten.«

»Leg los.«

»Nicht am Telefon.«

»Was soll das? Hast du Angst, wir werden abgehört?«

»Weiß man das?«

»Das ist doch nicht dein Ernst? Mensch, Harald, erzähl schon. Was gibt es Neues? Ich hab vor Ecci keine Geheimnisse.«

»Nein, das hat nichts mit Ecci zu tun.«

»Komm, sag, was los ist.«

»Nein, ich möchte, dass du dir bis morgen Gedanken machst, welche Verdachtsmomente im Mordfall Sabine Laube noch auftauchen könnten. Du weißt, man kann nie so schräg denken, wie es wirklich passiert ist. Also, reg deine grauen Zellen an.«

»Harald, jetzt hör mal gut zu, wenn … Scheiße.«

Harald hatte ihn einfach weggedrückt.

Tom schlug mit der Handfläche auf das Armaturenbrett.

*

Ich würde heute Abend gern nach Marseille fahren.«

»Super«, erwiderte Lena sichtlich erfreut.

»Ich muss dich enttäuschen. Ich hatte andere Pläne …«

»Das heißt, du möchtest allein …?«

»Ja.«

»Oh, là, là. Zu Pierre? Das war gestern ’ne blöde Situation, nicht wahr?«

»Stimmt.«

»Kann ich gut verstehen, dass du heute Abend zu ihm fahren willst.«

»Ich wusste, dass du mir nicht böse bist, wenn ich dich eine Nacht hier allein lasse.«

»Aber klar. Es kribbelt wohl in deinem Unterstübchen?«

Claire lachte, griff nach Lenas Händen und forderte sie zu einem Tänzchen auf. Die beiden Frauen tanzten auf der Wiese.

Claire sang: »Voulez vous coucher avec moi, ce soir, voulez vous coucher avec moi, ce soir, voulez vous coucher …«.

Dann unterbrach sie abrupt den Tanz.

»Lena, hast du denn keine Angst?«

»Quatsch, Claire. Du wohnst schon so lange hier und hast mir versichert, dass hier Tag und Nacht alle Türen und Tore geöffnet bleiben könnten. Also, mach dir keine Gedanken um mich und amüsier dich gut.«

»Und du, meine Liebe, pass gut auf dich auf!«

»Was soll mir denn hier schon passieren, wo sich Hase und Igel gute Nacht sagen.«

»Komm, lass uns noch ’ne Runde schwimmen.«

»Nein, ich war heute schon zu lang im Wasser. Mir wachsen demnächst Flossen wie einer Meerjungfrau.«

»Jungfrau?«

Claire lachte, gab Lena einen kleinen Schubs, und sie stürzten beide mit ihren geblümten Sommerkleidern in den Pool.

*

Um vierzehn Uhr traf sich das komplette Team in der Trattoria *Adria* in der Rheinstraße. Um diese Uhrzeit hatten Antonio und seine Schwester Gina die Mittagsgäste aus den umliegenden Justizbehörden bereits »abgefüttert«. Das Team konnte sich ungestört unterhalten, ohne von neugierigen Strafverteidigern an den Nachbartischen belauscht zu werden. Antonio war zwar neugierig, aber in entscheidenden Situationen schwieg er wie ein Grab. Tom behauptete, der Italiener würde die besten Spaghetti Carbonara zwischen Neapel und Rostock servieren. Mario Adorf, Thomas Anders, Rudi Gutendorf und weitere Promis hatten sich mit dicken Edding-Stiften und Fotos an der Wand bei Antonio verewigt und sich auf diese Art für seine gute Küche bedankt. Gitte hingegen bevorzugte in Bellegrinis *La Gondola* den Loup de mer auf Oliven mit frischem Blattspinat und Kartoffeln. Fredy wiederum genoss lieber im *Novum* bei einem trockenen Rosé und einem Lammkotelett den herrlichen Blick über die Stadt und die Ausläufer des Hunsrücks, und Steff liebte besonders *Cofones* Pasta und dessen hervorragende Weine. Geschmäcker sind halt verschieden.

»In dem A 8 wurde nichts gefunden, was unseren Mann identifizieren könnte. Nur weitere Ausweispapiere auf den Namen Bernd Maier mit dem Bild von Hinken, ein Dossier über Dzelski und eine 357er Magnum. Auch wenn wir im Moment nicht wissen, wer der Mann ist, besteht kein Zweifel, dass er Dreck am Stecken hat«, fasste Stefan das aktuelle Ermittlungsergebnis zusammen.

»Vielleicht ist er der Mörder von Sabine Laube«, unterbrach Tom.

»Das wäre mehr als nur ein Zufall«, erwiderte Stefan.

»Aber eine Erklärung, warum er flüchten wollte.«

»Wir werden es nach der ED-Behandlung wissen, aber lass uns nicht auf einen Nebenschauplatz geraten.«

Stefan hatte den Satz kaum ausgesprochen, da sprang Tom wie von der Tarantel gestochen auf, stützte sich mit beiden Händen auf die Tischplatte und beugte sich so weit vor, als wolle er Stefan eine Kopfnuss verpassen.

»Du bezeichnest Sabines Ermordung als Nebenschauplatz? Das ist ja voll der Hammer!«, schrie er so laut, dass Gina vor Schreck einen Teller fallen ließ und aus vollem Hals fluchte.

Gitte legte die Hand auf Toms Unterarm.

»Tom, beruhige dich«, beschwichtigte sie ihn.

Von einer auf die andere Sekunde veränderte sich Gittes Gesichtsausdruck, und sie warf Stefan einen verächtlichen Blick zu. Stefan atmete tief durch.

»Okay. Vorstellung beendet? Darf ich jetzt weitermachen?«

»Und wieso nach der ED-Behandlung? Haben wir Fingerabdrücke von dem Phantom?«, bohrte Tom nach. Er schäumte vor Wut. Es dauerte lange, bis er wütend wurde. Aber wenn man ihn auf die Palme gebracht hatte, war er kaum noch zu bremsen.

Stefan hob besänftigend die Hände.

»Okay, ich meine natürlich nach der DNA-Analyse.«

»Und das kann dauern. Aber es ist ja nur ein Nebenschauplatz. Nicht so wichtig, ob Kommissar Zufall uns den Mörder von Sabine Laube frei Haus liefert. Da haben wir alle Zeit dieser Welt.«

Tom redete sich langsam in Rage, und wieder legte Gitte die Hand auf seinen Arm. Die anderen beobachteten mit Unbehagen den verbalen Schlagabtausch zwischen Stefan und seinem Stellvertreter.

»Okay, sorry, es tut mir leid, aber lasst uns bitte bei dem aktuellen Fall bleiben«, lenkte Stefan ein. Tom schnaufte tief durch, lehnte sich im Stuhl zurück, und Stefan berichtete weiter über den aktuellen Sachstand. »Gregor wird morgen in die Justizvollzugsanstalt Mainz verlegt. Er hat weder Lieferanten noch Abnehmer genannt. Den Koffer mit dem Kokain müsse ihm jemand unbemerkt in den Kofferraum gelegt haben. Eine dümmere Ausrede hatte er nicht parat. Wir haben ihm ein Foto von Hinken vorgelegt. Er behauptet steif und fest, diesen Mann nicht zu kennen.«

»Hast du was anderes erwartet?«, fragte Axel.

»Nein, aber ich hatte irgendwie das Gefühl, es stimmt.«

»Stefans kriminalistischer Instinkt«, frotzelte Tom.

»Wenn du willst, ja. Und bei euch, Fredy?«, fragte Stefan, ohne auf Toms erneuten Seitenhieb zu reagieren.

»Die Staatsanwaltschaft hat Haftbefehl gegen Jo Hinken, Bernd Maier, oder wie immer der Mann heißen mag, beantragt. Unser Unbekannter ist nach Auskunft der Ärzte nicht transportfähig. Er liegt immer noch im Koma. Der Richter muss den Haftbefehl am Krankenbett verkünden, wenn er aufwacht.«

»Das wird ihn aber nicht erfreuen.«

»Das soll nicht unser Problem sein. Da niemand weiß, welche Verbindung zwischen Dzelski und Hinken besteht, wird Hinken nach seiner Genesung in die Justizvollzugsanstalt Koblenz auf der Karthause eingeliefert, damit er keinen Kontakt zu Gregor aufnehmen kann. Nun schauen wir mal, wer welche Aufgabe übernimmt, es gibt viel zu tun«, schloss Stefan seinen Bericht über die aktuelle Lage.

»Es gibt viel zu tun. Lassen wir es sein«, kommentierte Mike.

»Ja, ja. Die Devise unseres alten Kripochefs. Immer wieder nett, an den alten Bittner erinnert zu werden. Aber die Zeiten haben sich geändert, mein Lieber«, erwiderte Stefan.

»Ja, ja, alles ist besser geworden, nur die Moral ist schlechter geworden. Manchmal sehne ich mich zurück nach Bittners Zeiten. Der war wenigstens noch ehrlich. Den konnte man einschätzen. Da wusste man, woran man war«, erinnerte sich Axel.

»Wie meinst du das?«, fragte Gitte, die den alten Kripochef nicht mehr kennengelernt hatte.

»Das war noch einer vom alten Schlag. Auf den konnte man sich im Ernstfall verlassen. Der hat sich bei einer Beschwerde hinter uns gestellt. Hat sich immer zuerst beide Seiten angehört.«

»Hinz steht doch auch hinter uns«, nahm Gitte den Leiter der Kriminalpolizei in Schutz. Zu ihr war er immer nett gewesen.

»Ja, aber mit dem Dolch in der Hand, aus lauter Schiss, man könnte ihm an den Karren pissen und eine Beschwerde würde seiner Karriere schaden. Der ist nicht nur vom Aussehen blass.«

»Okay, ist jetzt gut mit dem Lästern«, wollte Steff die Diskussion beenden, aber Tom ging wieder auf Konfrontationskurs.

»Wo wir sind, klappt nichts, aber wir können nicht überall sein, war Bittners Spruch, wenn er mal gut drauf war. Wenn er wollte, konnte der alte Knacker richtig lustig sein.«

»Und Hinz geht zum Lachen in den Keller«, ergänzte Ecci.

»Wenn überhaupt«, bemerkte Axel.

»Noch einen Espresso für die Kommissare?«, fragte Antonio, wischte sich die Hände an der roten Schürze ab und streichelte seinen Bauch.

Alle nickten. Antonio bestellte lautstark bei seiner Schwester Gina, die irgendeinen italienischen Fluch murmelte, denn eigentlich hatte die Trattoria schon geschlossen. Gina hatte sich mit ihrer Freundin Lollo verabredet, die im *Al Giardino* bei Antonios Schwager Alberto in Neuborn arbeitete und heute ihren einzigen freien Nachmittag hatte.

»Was ist mit Klaus?«, fragte Gitte.

»Klaus geht es außer den Prellungen gut. Er hat wahnsinniges Schwein gehabt. Am meisten bedauert er, dass er nicht mitfeiern kann«, berichtete Fredy von seinem Krankenhausbesuch bei dem Kollegen.

Ein kurzes Schweigen erfüllte den Raum. Immer wieder verdrängten sie nach einem einschneidenden Ereignis, bei dem in oft vordergründig banalen Kontrollsituationen Polizistinnen oder Polizisten getötet wurden, viel zu schnell die alltäglichen Gefahren. Erst wenn bei einem Einsatz etwas passierte, erinnerten sie sich an die Grundsätze der Eigensicherung, um sie jedoch Tage später bereits wieder sträflich zu vernachlässigen.

»Fredy, Gitte und ich werden Andrea Linke einen Besuch abstatten. Und danach treffe ich mich in Montabaur mit den Kollegen, die in Gregors Wohnung die Abnehmer in Empfang genommen haben«, unterbrach Stefan die Schweigeminute.

»Wer ist Andrea Linke?«, fragte Fredy.

»Die Freundin von Dzelski. Bis jetzt haben wir auf der TÜ keinen Hinweis, dass sie an seinen Geschäften beteiligt ist oder zumindest davon weiß. Aber ich kann mir nicht vorstellen, dass sie vollkommen unbeleckt ist«, erklärte Stefan.

»Unbeleckt ist gut«, grinste Fredy und blickte Gitte mit einem lüsternen Blick an.

»Lass es sein, Fredy, unser Thema Nummer eins ist heute ein anderes. Die Linke hat zwar keine Erkenntnisse, aber selbst wenn sie nicht an den Geschäften beteiligt ist, so kann sie uns vielleicht doch die eine oder andere Auskunft geben. Frauen vermuten manchmal Dinge, ohne sie wirklich zu kennen«, zischte Gitte.

»Auh, wie schlau! Weibliche Intuition?«, flüsterte Fredy.

»Du hast keine Ahnung von Frauen und denkst doch nur in einer Kategorie. Eigentlich arm«, konterte Gitte und streckte Fredy den ausgestreckten Mittelfinger entgegen.

Stefan signalisierte mit einer kurzen Handbewegung, dass er weiterreden wollte.

»Andrea Linke wohnt in Ettig. Da Dzelski sich oft bei seiner Freundin aufhalten soll, hat Staatsanwalt Neiser einen Durchsuchungsbeschluss für die Wohnung erwirkt. Gitte, ruf den King an. Er soll seinen Hund ins Auto stecken, und vereinbare mit ihm einen Treffpunkt in der Nähe der Wohnung.«

Gitte nickte, griff zu ihrem Handy und wählte die Kurztaste mit der eingespeicherten Telefonnummer von Diensthundeführer Ginger.

»Die meisten Menschen glauben übrigens, die Rauschgiftsuchhunde seien süchtig. Apropos, was machen unsere beiden Oldies?«, fragte Fredy.

»Ecci und Tom sind anderweitig beschäftigt. Ecci muss zum Zahnarzt. Wer es noch nicht bemerkt hat, ihm ist eben eine Zahnbrücke in die Lasagne gefallen.«

Alle grinsten, nur Ecci nicht.

»Muss Tom mit ihm zum Zahnarzt?«, hakte Fredy nach.

»Tom hat morgen bei Harald einen Termin. Es könnte sein, dass er wieder zur Soko *Deutsches Eck* abgeordnet wird.«

»Ach, haben die Herren Kommissariatsleiter schon über mich gesprochen?«, fragte Tom.

»Klar.« Stefan grinste breit.

Dann wurde sein Gesichtsausdruck ernster. »Ich befürchte, dass ich dich bald wieder an die Soko abgeben muss.«

»Weißt du Näheres?«, fragte Tom.
»Nein, aber ich vermute, dass was in Bewegung kommt.«
»Hoffentlich.«
»Hoffentlich auch in die richtige Richtung.«

*

Wo er sich wieder herumtreiben mochte? Wie lange würde sie das noch aushalten? Immer war er unterwegs. Vielleicht hatte er eine andere. Das war jedenfalls nicht die Art von Beziehung, in der sie ihr Glück fand, das sie bislang vergeblich im Internet gesucht hatte. Sie lag auf der Couch und dachte über ihr Verhältnis zu diesem Mann nach. Warum rief er nicht an?

Seit drei Tagen hatte sie ihn nicht mehr gesehen. Eine dunkle Vorahnung tauchte in ihr auf, wieder das schmerzhafte Gefühl, die Beziehung zu diesem Mann beenden zu müssen. Aber sie liebte ihn. Und gegen Liebe war kein Kraut gewachsen, hatte Oma Gertrud gesagt. Und wider jede Vernunft blieb sie an diesem Typen hängen, der noch nicht einmal gut aussah. Aber was sollte sie machen? Es stimmte: Gegen Liebe war kein Kraut gewachsen. Auch kein Cannabiskraut.

Das schrille Läuten der Klingel riss sie aus ihren Gedanken. Wie von Sinnen sprang sie auf und rannte zur Haustür. Endlich! Er hatte nicht vergessen, dass sie heute ihre Schwester besuchen wollten. Ihr Herz schlug schneller. In freudiger Erwartung öffnete sie die Tür, und gleichzeitig gefror ihr das Lächeln auf den Lippen. Zwei Männer und eine Frau standen vor der Tür. Dann hörte sie das Hecheln. Sie trat einen Schritt in den Hausflur und blickte nach unten. Auf der Treppe stand ein Polizist mit einem großen Schäferhund.

Sie trat wieder einen Schritt zurück, lehnte sich mit der rechten Hand am Türrahmen an und versuchte, ruhig zu bleiben. Aber ihre Stimme zitterte, als sie fragte: »Was wollen Sie?«

Der kleine Mann zeigte eine goldene ovale Kriminaldienstmarke.

»Carsten. Kripo Koblenz. Frau Linke?«

Sie nickte.

»Dürfen wir reinkommen?«

»Warum?«

»Wollen wir das hier im Treppenhaus besprechen, damit die Nachbarn alles mitbekommen?«

»Nein, aber alle vier?«, fragte sie ungläubig.

Der Mann nickte.

»Alle fünf. Unser vierbeiniger Freund auch«, sagte die Frau.

Du Zicke, dachte Andrea und zischte: »Darf ich Ihren Ausweis sehen?«

»Aber gern«, erwiderte die blonde Frau mit einer falschen Freundlichkeit und zückte einen Dienstausweis. Andrea machte widerwillig eine einladende Handbewegung. Die vier zwängten sich an ihr vorbei und warteten zunächst in dem schmalen Flur. Der Polizist in Uniform zog die Tür hinter sich zu. Der Hund schnupperte an der Kommode.

»Können wir uns irgendwo hinsetzen?«, fragte die Kommissarin.

»Ja, hier im Wohnzimmer. Ich habe noch nicht aufgeräumt.«

»Macht nichts«, lächelte die Polizistin und setzte sich auf die Couch.

»Nehmen Sie doch auch Platz, Frau Linke«, forderte der weibliche Rambo sie auf.

»Oh, danke. Sehr freundlich, mir in der eigenen Wohnung eine Sitzgelegenheit anzubieten. Muss ich ablehnen, ich bleibe lieber stehen.«

»Frau Linke, Sie sind mit Gregor Dzelski befreundet.«

Sie nickte.

»Wissen Sie, wo er sich im Moment aufhält?«, fragte die Kommissarin.

»Nein, ich habe heute mehrfach versucht, ihn auf dem Handy zu erreichen.«

»Haben Sie auch in seiner Wohnung angerufen?«

»Nein, das möchte er nicht.«

»Warum?«

»Weiß nicht. Er ist meistens unterwegs. Wollte einen Freund in der Eifel besuchen und gegen Abend bei mir ...«

Dann stockte sie und rang nach Luft, als habe sie jetzt erst registriert, dass ihm etwas zugestoßen sein könnte.

»Ist ihm etwas passiert?«, fragte sie mit angstvoll aufgerissenen Augen, wie alle Personen, die von der Polizei über einen schrecklichen Schicksalsschlag informiert werden.

»Wie man's nimmt«, erwiderte die Frau und überreichte ihr wortlos den Durchsuchungsbeschluss. Sie überflog das amtliche Papier und wurde ganz blass.

»Das gibt es doch nicht. Gregor und Drogen. Nein, das glaube ich nicht«, kommentierte sie die Begründung für den Erlass des richterlichen Durchsuchungsbeschlusses.

»Wir werden uns trotzdem umschauen«, sagte die Frau entschlossen.

»Ja, bitte«, stammelte Andrea Linke und breitete beide Hände theatralisch aus. »Sehen Sie überall nach. Stellen Sie mir die Bude auf den Kopf. Hier werden Sie nichts finden.«

Eine Weigerung würde die Polizisten mit Sicherheit nicht an der Vollstreckung des Durchsuchungsbeschlusses hindern.

»Sollen wir einen neutralen Zeugen hinzuziehen, den

Hausbesitzer oder eine Nachbarin?«, fragte die Kommissarin, als wollte sie ihr ein Kleid verkaufen.

»Nein, danke. Sehr aufmerksam. Zu gütig. Darauf kann ich gut verzichten.«

»Wie Sie möchten«, säuselte die Kommissarin.

»Warum grinsen Sie so blöd? Mir ist wirklich nicht zum Lachen zumute. Sie kommen hereingeplatzt und tun so, als seien Sie meine beste Freundin. Mit Ihnen möchte ich nichts zu tun haben«, schluchzte Andrea, gestikulierte wild mit den Armen und schrie: »Sagen Sie mir! Was ist mit Gregor? Was ist passiert?«

Der Kommissar mit den langen schwarzen Haaren fasste sie sanft am Arm. »Frau Linke, beruhigen Sie sich. Wir gehen nach nebenan und unterhalten uns in Ruhe.«

»Wollen wir die Dame nicht vorher durchsuchen?«, fragte die Kommissarin.

»Wie bitte? Willst du mich anmachen, oder was?«, schrie Andrea Linke.

»Ich glaube, das ist nicht nötig«, lenkte der nette Kommissar ein. Der Typ könnte ihr gefallen.

»Das möchtest du lieber selbst erledigen«, vermutete die Kommissarin schnippisch und streifte sich graziös Einweghandschuhe über ihre schlanken Finger.

Die beiden Männer blickten sich kurz an. Der kleine Kommissar nickte, und der Schwarzhaarige führte sie in das zweite Zimmer.

*

Fredy blickte sich kurz um. Der Raum war leer. Kein einziges Möbelstück. Es roch nach frischem Anstrich. Ein neuer Teppichboden war erst kürzlich verlegt worden. Die Holzleisten waren noch verpackt.

Fredy erklärte Andrea Linke in ruhigem Ton, dass Gregor wegen des Verdachts des Rauschgiftschmuggels in die Justizvollzugsanstalt Mainz eingeliefert worden sei. Andrea Linke atmete schwer, ließ sich auf den Fußboden sinken und lehnte sich mit dem Rücken an die Wand. Fredy öffnete die Balkontür und warf einen kurzen Blick auf den Balkon. Hier standen nur Farbeimer und Anstreichermaterialien.

»Das sind Farbreste. Können Sie gern alle ausschütten und nachsehen, ob ich Drogen versteckt habe«, zischte die junge Frau, und ein verbittertes Lächeln breitete sich auf ihrem blassen Gesicht aus. Sie blickte kurz auf. Dann vergrub sie ihr Gesicht zwischen den Armen. Fredy hockte sich vor sie. Andrea Linke hatte den Schneidersitz eingenommen, und sie schien zu meditieren. Dann blickte sie Fredy an. Tränen flossen über ihre Wangen. Fredy reichte ihr wortlos ein Tempotaschentuch.

»Frau Linke, wenn Sie über Gregors Geschäfte informiert sind, sollten Sie es sagen, um nicht später in den Verdacht einer Mittäterschaft zu gelangen. Hat er hier irgendetwas gebunkert?«

Andrea Linke schüttelte heftig den Kopf.

»Der Hund findet den Stoff, egal, wo er versteckt wurde. Lobo reißt Sessel kaputt und zerlegt Lautsprecherboxen. Der macht vor nichts Halt, was auch nur ansatzweise nach Drogen riecht. Selbst wenn früher hier Drogen gelagert wurden. Der intensive Farbgeruch wird ihn nicht ablenken«, warnte Fredy.

»Ich weiß nicht, was Sie von mir wollen. Ich kenne Gregor noch nicht lange. Manchmal übernachtet er hier. Diesen Raum wollten wir uns als Schlafzimmer einrichten.«

Sie zeigte mit der Hand in den leeren Raum. Verzweiflung spiegelte sich in ihren Augen.

»Er ist arbeitslos. Was er sonst macht, weiß ich nicht und will es auch gar nicht wissen«, schluchzte sie.

»Aber Ihnen muss doch aufgefallen sein, dass er sehr oft Besuch hat. Haben Sie sich nie gefragt, wie er sich von seiner Sozialhilfe den Porsche und das Apartment leisten kann?«

»Weiß nicht. War nicht oft in seiner Wohnung. Meistens treffen wir uns hier. Er will nicht, dass ich ihn auf dem Festanschluss anrufe, sondern immer nur auf dem Handy.«

»Finden Sie das nicht merkwürdig?«

»Doch schon, aber eigentlich habe ich mir keine Gedanken darüber gemacht.«

»Haben Sie einen Schlüssel zu seiner Wohnung?«

Andrea Linke starrte Fredy an, als habe er eine unmögliche Frage gestellt. »Aber nein, wo denken Sie denn hin?«

»Das wäre doch nicht ungewöhnlich, oder?«

Die junge Frau verschränkte die Arme vor der Brust, schlang die Hände um den Kopf, als wollte sie nichts mehr hören. Dann legte sie ihren Kopf auf die angewinkelten Knie.

War das eine Verlegenheitsgeste? Oder ahnte sie wirklich nichts, und es stürzten Dinge auf sie ein, die sie nicht verstand? Sie streckte ihre Beine aus und rutschte mit dem Rücken noch tiefer an der Wand hinunter, als wollte sie im Boden versinken.

»Andrea, lass dich nicht in eine Sache hineinreißen, die du später bereust. Du kannst ihm nicht mehr helfen, sondern nur etwas für dich selbst tun. Wenn bekannt werden sollte, dass du was mit der Sache zu tun hast, sieht das im Nachhinein immer schlecht aus«, sagte Fredy mit leiser Stimme.

Manchmal konnte durch den Wechsel der Ansprache vom *Sie* zum *Du* im richtigen Moment eine Verbrüderung zwischen einem anscheinend verständnisvollen Strafverfolger und einer Person, deren Rolle in dem Verfahren noch unbekannt war, stattfinden. Besonders in den Fällen, wenn man den Gesprächspartner davon überzeugen konnte, die Fragen zu beantworten. Ob sie wahrheitsgemäß beantwortet wurden oder nicht, spielte zunächst keine Rolle. Aber in diesem Fall blieb das polizeiliche Gegenüber – wie sie die Person geschlechtsneutral bezeichneten – stumm. Andrea Linke kauerte wie ein Häufchen Elend auf dem neu verlegten Teppichboden. Fredy empfand eine Spur Mitleid mit der verzweifelten jungen Frau, aber war er auch wirklich von ihrer Unschuld überzeugt? Auf der Polizeischule hatte er gelernt, dass sich gute Ermittler selbst bei Mordfällen weder von falscher Trauer noch gespielter Überraschung täuschen lassen.

Die bleierne Stille in dem kleinen Raum wurde unterbrochen, als Polizeihauptmeister Ginger die Tür öffnete. Der bullige Diensthund wollte seinen Führer mit der Leine in das Zimmer ziehen. Fredy machte eine abweisende Handbewegung.

»Hier ist alles clean. Gönne deinem Wuff mal ’ne Auszeit.«

Der Hund knurrte. Sein Führer blickte Fredy irritiert an. »Bist du sicher?«, fragte Otmar Ginger mit zweifelndem Blick. Der Hund zerrte an der Leine und wollte unbedingt in das Zimmer.

»Klar, wo soll denn hier was liegen?«

Fredy breitete die Arme aus. Wie lange mache ich diesen Job schon und soll mich immer noch belehren lassen, dachte er.

Der Diensthundeführer schloss die Tür wieder von außen.

Kurze Zeit später betrat Stefan das Zimmer.

»Wir haben alles durchsucht. Außer ein paar Krümeln Shit und einem Kokainbesteck haben wir nichts Relevantes gefunden. Und hier?«

»Alles clean«, erwiderte Fredy.

Stefan zeigte Andrea Linke die in Plastiktütchen verpackten Gegenstände.

»Wem gehört das?«

»Mir nicht.«

»Sie müssen sich die Sachen schon anschauen, bevor Sie antworten.«

Stefan hielt Andrea Linke das Asservatentütchen direkt vor die Nase. Andrea hob nur kurz den Kopf. »Nein, nie gesehen.«

Stefan überreichte ihr das Durchsuchungsprotokoll.

»Würden Sie bitte hier unten unterschreiben?«

Andrea Linke streckte die Hand aus, riss Stefan das Formular aus der Hand, presste das Blatt mit wenigen Handgriffen zu einem Ball und warf das Papier wie ein trotziges kleines Kind ins Zimmer.

»Ich unterschreibe nichts!«, schrie sie. In ihren unruhigen Augen lasen die Beamten viele Fragen. Aber nur eine sprach sie aus. »Was kann ich für Gregor tun?«

»Wäsche, Zahnbürste an der Gefängnispforte abgeben«, antwortete Stefan seelenruhig und hob das Papierknäuel wieder auf.

»Warum abgeben? Darf ich Gregor nicht sehen?«

»Besuchen kannst du ihn nicht. Bevor wir die Sache nicht geklärt haben, wird der Staatsanwalt keine Besuchserlaubnis ausstellen«, erklärte Fredy.

»So, das wär's für heute. Ich bin sicher, dass wir uns wiedersehen«, sagte Stefan leise und öffnete die Tür.

»Darauf lege ich keinen gesteigerten Wert!«, schrie Andrea, sprang plötzlich auf und schlug die Tür hinter Stefan zu. Dann lehnte sie sich mit dem Rücken an die Tür, streckte die Arme aus, als wollte sie verhindern, dass Fredy den Raum verließ.

Fredy ging langsam auf die junge Frau zu und reichte ihr die Hand.

»Du bist ein guter Bulle«, flüsterte sie und öffnete die Tür.

Fredy grinste.

»Würdest du das meinem Chef sagen?«

Erstmals flog ein Lächeln über ihr Gesicht.

»Dem Gartenzwerg da draußen? Mit dem werde ich kein Wort mehr wechseln, aber es war nett, *dich* kennenzulernen.«

»Unter anderen Umständen wäre es besser gewesen.«

»Was nicht ist, kann ja noch werden«, murmelte Andrea Linke und blickte Fredy tief in die Augen.

Er erwiderte ihren Blick, grinste und ließ sie mit ihren Gedanken allein zurück.

*

Nach der Durchsuchung trennte sich Stefan von den anderen und fuhr zur Polizeidirektion Montabaur. Dort traf er sich mit Karl vom örtlich zuständigen Rauschgiftkommissariat, dessen Team sich Zutritt zu Gregors Wohnung verschafft hatte.

»Wir haben einige aus unserer Kartei getroffen. Die meisten von ihnen waren sprachlos. Manche erstarrten. Einigen blieb das Wort im Hals stecken. Konnten noch nicht mal weglaufen. Volker hatte sich nochmals die Gespräche auf der TÜ angehört und Gregors Stimme in einer sprachlichen Glanzleistung imitiert«, erklärte Karl und berichtete über den Ablauf des ungewöhnlichen Einsatzes.

»Auf die stereotype Frage *Ist was da?* hat Volker – wie Gregor auch immer – mit *Ja, kannst vorbeikommen* geantwortet und eine Uhrzeit genannt. Sie kamen in Scharen. Bis kurz vor Mitternacht. Gott sei Dank nicht alle auf einmal. Volker hatte das gut getimt. Die Kollegen der Schutzpolizei haben uns beim Gefangenentransport tatkräftig unterstützt. Hatten einen regelrechten Pendelverkehr organisiert und sogar Beamte vom Geschäftszimmer eingesetzt, um die Schicht personell zu entlasten.«

»Für einige von denen ist es gut, dass sie mal wieder auf die Straße kommen. Manche wissen doch nicht mehr, dass es nachts draußen dunkel ist. Und während sich die im Schichtdienst den Arsch aufreißen, sind die Innendienstler die Ersten, die bei der nächsten Beförderung ›Ich‹ schreien«, ärgerte sich Stefan.

»Und auch noch bevorzugt werden, aber dennoch sollte man die Unterstützung auch mal lobend erwähnen«, entgegnete Karl.

»Na klar, das ist dein Part. Ist bei den Vernehmungen was rumgekommen?«, fragte Stefan.

»Leider nein. Alle haben dichtgehalten. Die sind dreimal chemisch gereinigt.«

Karl zog die Schultern hoch, als wollte er sich für die unbefriedigenden Ergebnisse entschuldigen.

»Waren auch Promis dabei?«

»Wenn du Pouce oder einen Abgeordneten meinst, der sein Koks im Landtag auf den Toiletten reinzieht, dann muss ich dich enttäuschen.«

»Trotzdem vielen Dank«, bedankte sich Stefan und verabschiedete sich vom Leiter des Rauschgiftkommissariats.

*

Axel und Mike hatten einen Bierkasten Königsbacher, mehrere Kringel Fleischwurst und Brötchen bereitgestellt.

»Die Logistik ist immer wichtig«, lobte Ecci die beiden in dem Moment, als Stefan den Besprechungsraum betrat.

Alle nickten mit vollem Mund. Die Uhrzeiger zeigten halb acht.

»Zeit läuft noch?«, fragte Mike mit einem kurzen Seitenblick auf Stefan.

»Zeit läuft bis acht, und dann will ich keinen mehr hier sehen.« Stefan grinste und kippte das Bier, als wollte er den Stress der letzten beiden Tage hinunterspülen. Jeder im Team hatte mehrere Hundert Überstunden angesammelt, und in Ermangelung einer Möglichkeit durch Freizeitausgleich mussten sie sich mit dem Stundensatz einer Reinemachefrau zufriedengeben. Die Anordnung des Ministeriums, wonach keine Überstunden mehr geleistet werden durften, konnten sie nicht erfüllen, denn dieser Dienstvorschrift fehlte jeglicher Bezug zur Realität des beruflichen Alltags. Aus besonderen Anlässen sollte es Ausnahmeregelungen geben: Ihr dienstliches Leben war ein ständiger Ausnahmezustand.

Stefan berichtete kurz von dem Gespräch mit Karl und endete mit dem Satz: »Und ab sofort wird nichts Dienstliches mehr gesprochen.«

Gitte stand auf und wünschte »einen feuchten Feierabend«. Sie wusste, wer nun für Gesprächsstoff sorgen würde, und das musste sie sich nicht antun. Kaum hatte sie die Tür hinter sich zugeworfen, berichtete Fredy wie auf Kommando von seinem letzten One-Night-Stand. Während die anderen lachten, dachte Tom mit Wut im Bauch daran, wie Lena von Fredy behandelt wurde. Und nun wohnte Lena in Südfrankreich bei ihrer Freundin Claire. Wie ein wehrpflichtiger Bundeswehrsoldat zählte Tom heimlich an einem Metermaß die Tage bis zu ihrer Rückkehr. Er spürte eine tiefe Sehnsucht. Würde gern mehr mit ihr teilen als nur den Büroraum wie damals in der Soko. Und während die anderen Fredys aktuellem Bericht über Sex an ungewöhnlichen Orten lauschten, hing Tom seinen Gedanken nach.

Lena. Wie geht es dir? Ich wäre so gern in deiner Nähe. Wo bist du in diesem Moment?

Sicher sitzt sie mit ihrer Freundin am Pool. Vielleicht buhlen einige scharfe Südfranzosen um ihre Gunst. Sie wird ihnen schöne Augen machen, und wenn sie abends in die Stadt fahren, trägt sie vermutlich das sündhafte kleine Schwarze, das sie bei Laubes Vernehmung angezogen hatte, um ihn so richtig heißzumachen. Und es hatte funktioniert. Bei Laube. Und bei ihm. Er darf nicht darüber nachdenken, mit welchem Südfranzosen sie sich im Moment vielleicht amüsiert. Schlimmer noch, wenn sie in Frankreich den Mann fürs Leben finden und nie wieder nach Deutschland zurückkehren würde.

Dann erinnerte er sich an das Gespräch mit Margot, ging ins Nebenzimmer und wählte die Nummer vom Krankenhaus Kemperhof.

»Frau Dr. Borsig, bitte.«

»Moment, ich verbinde.«

Die Musik in der Warteschleife nervte.

»Borsig.«

»Margot, ich bin's. Hast du mit ihm gesprochen?«

»Moment, ich leg das Gespräch in mein Büro. Bleib dran.«

Tom wartete voller Spannung. Würde er nun nähere Informationen über den Unbekannten erhalten? Nach fast einer Minute war Margot wieder in der Leitung.

»Tom?«

»Ja, ich höre.«

»Ich habe keine guten Nachrichten.«

Tom hielt den Atem an.

*

Tom berichtete seinen Kollegen von dem Telefonat mit Margot Borsig, radelte nach Hause, öffnete eine Flasche Rotwein und beobachtete vom Deck der *Albatros*, wie die rote Kugel am Himmel langsam hinter den Hügeln verschwand. Er dachte über sein Leben nach, sehnte sich nach vergangenen Tagen und kam zu dem Ergebnis, dass seine besten Jahre vorbei seien. Nicht nur die Jahre mit der kleinen Familie. Die Vergangenheit war wie ein fernes Land, in das man die Reise nur mit dem Zug der Träume antreten kann. Sehnsüchtig dachte er an jene Zeit zurück und fragte sich, was er hätte anders machen können. Er fiel in eine depressive Phase, wie immer, wenn er seine Sorgen in ein Glas Wein schüttete. Besser gesagt in eine Flasche. Auch der körperliche Abbau machte ihm zu schaffen. Er konnte nicht mehr ungestraft die Nächte durchfeiern. Jeder erkannte an den grauen Schatten um die Augen, den tieferen Falten und der fahlen Gesichtsfarbe die Spuren der vergangenen Nacht. Ganz zu schweigen von Kopfschmerzen, Schwindelanfällen, Magenkrämpfen, Übelkeit und Erbrechen. Damit musste er sich abfinden. Das war der Lauf der Zeit. Warum fiel es ihm so schwer, sich das einzugestehen? Er stellte erneut mit Schrecken fest, wie schnell die letzten Jahre vergangen waren und wie wenig Zeit er in sein Privatleben investiert hatte. Er hatte wegen dienstlicher Einsätze oft die Skatrunde oder den Tennispartnern absagen müssen. Meistens kurzfristig. So kurzfristig, dass kein Ersatz möglich gewesen war. Zum Ärger seiner Freunde. Zu zweit konnte man schlecht Skat spielen, und einer gegen zwei beim Tennismatch machte auch keinen Spaß. Wer sich für den Dienst in einem Ermittlungskommissariat oder in einer Observationsgruppe entscheide, müsse auf eine regelmäßige Freizeitplanung verzichten, hatte Bittner gesagt, als Tom den Durchlauf beim Präsidium angetreten hatte. Das war ihm bei seinem Dienstantritt in der Bereitschaftspolizei in Mainz nicht klar gewesen. Wer sein Privatleben in den Vordergrund seiner Lebensplanung stellte, hatte beruflich die falsche Entscheidung getroffen. Zumindest in bestimmten Einheiten. Fast gleichzeitig mit der Trennung von seiner Frau hatten ihm Skatbrüder und Tennispartner die Freundschaft gekündigt. Dann hatte Tom sich mit neuen Freunden seinen Jugendtraum erfüllt. Er spielte in einer Rockband. Kein Bandmitglied war Musiker, und dennoch begeisterten sie auf der Bühne der Kulturfabrik bei *Angie* oder im *Irish Pub* bei Shay das Publikum Ü 40, das diese Songs noch auf schwarzen Scheiben mit dem Loch in der Mitte abgespielt hatte. Die junge Generation wusste nicht einmal, was eine Schallplatte ist. Dafür wusste er lange Zeit nicht, was ein iPod ist.

Und bei dem Gedanken an die Band fiel ihm plötzlich ein, dass er vergessen hatte, mit Angie den Termin für das nächste Benefizkonzert in der Kulturfabrik zu vereinbaren. Das würde Ärger geben. Am letzten Wochenende hatte er noch mit Roger, Luigi, Michael, Blacky und Pit für diese Veranstaltung geprobt. Davor hatte er einige Termine »aus dienstlichen Gründen« abgesagt. Sie ging wieder los, die alte Maschinerie. Wie damals bei den Tennispartnern und Skatbrüdern. Er durfte das nicht einreißen lassen, aber irgendwie hatte er seit Lenas Abschied nicht mehr das Gefühl, *born to be wild* zu sein. Seine Begeisterung für die Probetermine mit der »ältesten Boygroup am German Corner« hielt sich in Grenzen. Früher hatte er oft Songbook, Stimmgerät, Kabel, Ersatzsaiten, Plektron, manchmal sogar die Gitarre vergessen. Und nun vergaß er, den Termin für das Konzert zu vereinbaren. Das war kein gutes Zeichen. Wie würde die Band reagieren? Aber irgendwie war auch bei den anderen Spielern die Luft raus. Blacky kaufte sich zwar weiterhin teures Zubehör, aber er bemühte sich nicht, die Bedienungsanleitung zu lesen. Luigi nervte es, dass er Blacky ohne Erfolg die Funktionen der diversen Schalter erklären musste. Michael kannte immer noch nicht die Möglichkeiten seines neuen Keyboards. Roger hatte noch mal einen lukrativen Job angenommen und musste häufiger verreisen. Pit, der Tontechniker, spielte mit dem Gedanken, die Band zu wechseln, und die Suche nach einer neuen Sängerin gestaltete sich nach wie vor schwierig.

Olga hatte den penetranten Männerschweißgeruch in dem kleinen Keller nicht ertragen und bei dem ersten Probetermin fluchtartig den Raum verlassen. Beate wurde schwanger – Gott sei Dank vor der ersten Probe –, und Jenny hatte eine Einladung zum Casting erst gar nicht angenommen. Letzte Woche hatte Tom Sabines ehemalige Lehrerin Nina Gelfort nach langer Zeit zufällig bei einer Lesung in der Buchhandlung Reuffel getroffen. Er hatte sich an Ninas Auftritt als Sängerin in der Lehrerband bei Sabines Abifeier erinnert. Das Einzige, was ihm von diesem Abend in Erinnerung geblieben war. Beim Elternsprechtag war er der Lehrerin nie begegnet. Dafür war Brigitte zuständig. Und als Nina nach Sabine fragte, blieb er stumm, wechselte das Thema und hatte sie zu einer Bandprobe eingeladen. Er bereute es bereits, denn sicherlich würde Nina ihn wieder nach Sabine fragen und alte Wunden aufreißen.

In Erinnerung an die Schatten seiner Vergangenheit war Tom in dem Liegestuhl auf dem Deck eingeschlafen. Das leichte Plätschern der Wellen wirkte immer wie eine Meditationskassette. Nur auf der *Albatros* fand Tom Ruhe und Entspannung nach einem hektischen Arbeitstag.

Mittwoch

Bereits Viertel vor acht radelte Tom am Rhein entlang zur Dienststelle. Um elf Uhr würde Harald Sauer ihm neue Erkenntnisse im Mordfall Sabine Laube mitteilen. Tom war neugierig.

Margot Borsig hatte ihm in dem Telefonat mitgeteilt, dass Jo Hinken trotz Notoperation das Zeitliche gesegnet hatte. Die Kopfverletzungen waren schlimmer gewesen, als man bei der ersten Untersuchung vermutet hatte.

Warum war der Mann geflüchtet und hatte sein Leben riskiert?

War er der Mörder von Sabine Laube?

Die DNA-Untersuchung war bereits veranlasst worden. Aber das wäre mehr als ein Zufall gewesen. Andererseits hatte Kommissar Zufall schon oft Fälle gelöst. Tom erinnerte sich an den Vorfall in der vergangenen Woche. Eine Streifenwagenbesatzung hatte bei einer Routinekontrolle im Kofferraum eines Fahrzeugs eine weibliche Leiche entdeckt, die der Ehemann soeben im Rhein entsorgen wollte. Er hatte die ungeliebte Ehefrau in einen Sack gewickelt und Gewichte in den Kofferraum gelegt, damit er das Opfer auch sicher im Fluss versenken konnte. Den Kollegen war zunächst lediglich aufgefallen, dass das Heck des Mercedes auffällig tief hing.

*

Ein Piepston unterbrach die Stille in dem kleinen Apartment. Fredy tastete im Halbschlaf um sich. Auf dem Display seines Handys erschien die Nummer der Dienststelle. Er drückte die Taste mit dem grünen Hörersymbol.

»Ja?«

»Wo bist du?«

»Noch im Bett.«

»Allein?«

»Ausnahmsweise.«

»Bist du krank? Muss ich mir Sorgen machen?«

»Fick dich.«

»Wieso mich?« Mike lachte.

»Was willst du, Fick-Mick?«

»Solange du mich nicht Sperm-Herm nennst, ist es mir egal.«

»Du meinst Hermann von der Sitte?«

»Genau den, aber ich habe dich nicht angerufen, um über Kollegen zu hetzen. Hörst du jetzt zu?«

»Leg los.«

»Wir haben die Freundin von Gregor festgenommen. Die Kleine hängt tief mit drin und hat dich gestern verdammt clever über den Tisch gezogen.«

»In dem Raum stand kein Tisch.«

»Dann hättest du sie vermutlich flachgelegt, oder?«

»Höre ich da Neid in deiner Stimme?«

»Ach, ich bin mit meinem Sexualleben ganz zufrieden.«

»Wollen wir das jetzt vertiefen, oder warum rufst du mich an?«

»Ich dachte nur, ich rede mit dir zuerst über ein erfreuliches Thema.«

»Du Knallkopp. Erzähl jetzt, was los ist.«

»Okay. Aber ich glaube, es wird dir nicht gefallen, was ich dir zu sagen habe. Ich habe heute Morgen die TÜ abgehört. Die Kleine hat aus Gregors Wohnung angerufen, also muss sie entgegen ihrer Aussage wohl doch einen Schlüssel haben. Sie hat offenbar auch keine Achtung vor unserem Dienstsiegel. Hat ihrer besten Freundin erzählt, wie sie dich gestern von ihrer Unschuld überzeugt hat. Es war wohl eine hervorragende schauspielerische Leistung. Macht ihrem Namen alle Ehre. Hat dich echt ganz schön gelinkt, die gute Frau Linke. Sie sollte für den Oscar nominiert werden.«

Mikes Hohn war nicht zu überhören.

»Und wie soll sie mich gelinkt haben?«, fragte Fredy und ahnte im gleichen Moment, was er versäumt hatte.

»Hast du das Zimmer durchsucht?«

»Man beantwortet eine Frage nie mit einer Gegenfrage.«

»Wer hat das leere Zimmer durchsucht?«

»Was gibt es denn da zu durchsuchen. Hatte sie Trips unter dem Teppichboden, Speed hinter der Randleiste, die übrigens noch nicht befestigt war, oder Heroin in der Deckenlampe?«

»Nein, aber ein ganzes Kilo Amphetamin stand auf dem Balkon zwischen den Farbeimern und dem Malerwerkzeug, und genau den Stoff hat sie direkt nach unserer erfolglosen Wohnungsdurchsuchung bei ihrer Mutter auf dem Bauernhof gebunkert.«

Fredy verschlug es die Sprache. Dieses kleine Luder hing voll mit im Geschäft. Hatte zuerst sein Mitleid erregt und ihm dann schöne Augen gemacht. Das war ihm noch nie passiert.

»Wieso hat eigentlich der Hund nicht angezeigt?«, fragte Mike.

»Ich habe King wieder rausgeschickt«, gab Fredy kleinlaut zu. Er holte tief Luft. Dann schrie er in den Hörer.

»Wer mich über den Tisch ziehen will, muss das Echo verkraften können. Wo ist Stefan?«

»Der hat die Kleine in der Boutique festgenommen, und dann sind sie zur Mutter gefahren.«

»Sag Stefan, er soll in jedem Fall auf mich warten.«

»Im Leben nicht«, entgegnete Mike, aber Fredy hatte

schon das Gespräch beendet, sprang in seine Jeans, wusch sich über das Gesicht, zog das T-Shirt über, schlüpfte in die Sandalen und rannte aus dem Haus.

*

»Wo ist Stefan?«

Mike erschrak, als Fredy plötzlich hinter ihm stand und ihm den Kopfhörer von den Ohren zog.

»Ich vermute, dass sie noch auf dem Bauernhof nach der Tüte mit dem Speed suchen.«

»Druck mir die Adresse raus, und gib sie über Funk durch. Ich nehme den 28/12.«

Fredy griff nach dem Fahrzeugschlüssel eines Dienstwagens, der nicht als Observationsfahrzeug eingesetzt wurde, von dem alten Schlüsselbrett und stürzte aus dem Zimmer.

»Operative Hektik ersetzt geistige Windstille!«, schrie Mike ihm hinterher, ein Spruch, den *er* sich ansonsten immer anhören musste.

»28/12 von Mike«, funkte Mike kurze Zeit später den Rufnamen des von Fredy benutzten Dienstwagens an.

»12 hört, komm.«

»Adresse ist Bergschen, Hauptstraße 58.«

»Verstanden. Ende.«

Fredy jagte mit durchgetretenem Gaspedal in Richtung Bergschen. Mit quietschenden Reifen fuhr er bis zum Wohnhaus des aus mehreren Gebäuden bestehenden Bauernhofs und sprang aus dem Auto. Stefan stand mit einer älteren Frau auf dem Hof. Es hatte ihn eine gehörige Portion Überredungskunst gekostet, Andrea Linkes Mutter von der erforderlichen Durchsuchungsmaßnahme zu überzeugen. Fredy sprang aus dem Auto und lief auf die beiden zu.

Stefan trat einen Schritt nach vorne und zog Fredy zur Seite.

»Was willst du denn hier? Was soll dieser Affentanz?«

»Wo ist das Biest?«, brüllte Fredy.

»Auf dem PP*. Hast dich von der Kleinen ganz schön über den Tisch ziehen lassen. Glückwunsch. Nachträglich.«

Fredy schäumte vor Wut.

»Lass mich die Vernehmung machen.«

»Sie wird schon von Gitte und Axel vernommen, und du bleibst jetzt mal ganz cool. Ich glaube, dir würde etwas Ruhe ganz gut tun«, erwiderte Stefan seelenruhig, als sei nichts geschehen.

Er wusste, wie schnell bei Fredy die Nerven blank lagen. Fredy hatte keinen leichten Stand in dem alteingesessenen verschworenen Team. Musste er deshalb ständig mit seinen Frauengeschichten prahlen? Warum wollte er die Aufmerksamkeit auf seine Person lenken? Eigentlich erreichte er nur das Gegenteil. Weshalb musste er vom LKA zum Präsidium wechseln?

»Sorry. Erklär mir bitte, was Sache ist«, bat Fredy.

»Ein Informant hat mich angerufen, die Linke habe ihm von Gregors Geschäften erzählt. Die dummen Bullen, und dreimal darfst du raten, wen sie damit gemeint hat, hätten bei der Durchsuchung nicht die Plastiktüte mit einem Kilo Speed auf dem Balkon entdeckt, weil sie dem Typen die Mitleidstour vorgespielt habe. Und zusätzlich kam das Gespräch über die Leitung. Aber das wird Mike dir ja schon erzählt haben.«

Fredy schlug sich mit der flachen Hand gegen die Stirn.

»Scheiße. Was bin ich für ein Idiot!«, brüllte er.

Stefan nickte.

»Kein Einspruch, Euer Ehren. Wir haben den Speicher auf den Kopf gestellt und nichts gefunden. Selbst Kings

Hund hat nicht angezeigt. Gestern hast du ihm ja auch das Erfolgserlebnis versaut. Erst als wir der Mutter angedroht haben, mit einer Hundertschaft von der Bereitschaftspolizei den ganzen Bauernhof auf den Kopf zu stellen, und dass sie bedenken solle, was denn die Nachbarn davon halten würden, hat sie uns zum Versteck geführt. Das Reizwort Nachbar funktioniert immer wieder. Sie hatte beobachtet, dass ihre Tochter eine Tüte in dem alten Brunnen in einem Mauerloch hinter der Pumpe versteckt und mit Bruchsteinen wieder geschickt abgedeckt hatte. Die Mutter hat natürlich keine Ahnung. Die Alte kennt vermutlich nicht einmal den Unterschied zwischen Cannabis und Cabanossi. Jedenfalls hätten wir den Stoff ohne ihren Hinweis nie gefunden. Und deinen dilettantischen Auftritt vergessen wir ganz schnell. Hat außer uns ja keiner bemerkt.«

Fredy nickte. Er ärgerte sich am meisten über sich selbst. Das war zweifelsohne vollkommen unprofessionell, sich von den Gefühlsausbrüchen der Linke im wahrsten Sinne des Wortes linken zu lassen. Er hatte keinen einzigen Blick auf den Balkon geworfen und King die Durchsuchung verweigert. Peinlich!

»Macht sie denn jetzt Angaben?«

»Nein, die ist stur wie ein Esel. Sie hat unseren speziellen Freund aus der Kanzlei Dr. Möbius mit ihrer Verteidigung beauftragt. Und das Schlitzohr wird sie mit Sicherheit zum absoluten Stillschweigen verdonnern. Da kommt nichts mehr rüber.«

»Ja, das können wir dann vergessen«, murmelte Fredy.

Die Kanzlei Möbius war *die* Adresse für Dealer und Konsumenten. Böse Zungen behaupteten, dass Möbius an den Gewinnen der organisierten Drogenkriminalität beteiligt sei. Dessen Partner war vor drei Jahren von Ecci festgenommen worden, nachdem der Anwalt einem verdeckten Ermittler fünfhundert Gramm Kokain angeboten hatte. Er war von einem seiner Mandanten in Naturalien entlohnt worden.

Fredy zog eine Dose aus der Jeansjacke, öffnete sie und trank den Inhalt mit einem Zug leer.

»Was säufst du denn da für ein Zeug?«, fragte Stefan.

»Sperma light, macht schwanger, aber nicht dick.«

Stefan verzog keine Miene, und Fredy konnte heute über seinen eigenen Witz nicht lachen.

Dann fuhren sie zurück zur Dienststelle.

Dort hatten Gitte und Axel vergeblich versucht, von Gregors Freundin eine Aussage zu erhalten. Andrea Linke stritt alles ab und wartete auf ihren Rechtsanwalt, der sie aber anscheinend vergessen hatte. Als Fredy kurz die Tür zum Vernehmungszimmer öffnete, grinste Andrea Linke ihn nur an.

»Wer zuletzt lacht, lacht am besten«, rief Fredy in den Raum.

»Fick dich in die Kniescheibe«, raunte Andrea Linke kaum hörbar, und nichts in ihren durchdringenden Blicken erinnerte an die zerbrechlich wirkende Frau des gestrigen Abends.

*

Toms Handy vibrierte.

»Ja?«

»Tom, kannst du dich jetzt schon losreißen?«

»Was ist los, Harald? Wir waren doch erst um elf verabredet.«

»Ja, aber ich habe gestern schon mit Hinz und Steff gesprochen. Du musst zurück in die Soko!«

»Okay, ich komme sofort.«

»Sofort? Das sind ja ganz neue Töne. Kenn ich gar nicht von dir. Wo bist du denn?«

»Im Keller. Dienstsport. Auf dem Ergometer im Fitnessraum. Hört man das nicht?«

»Doch, du schnaufst wie eine alte Dampflokomotive.«

»Würde dir auch mal guttun, anstatt dich immer hinter dem Schreibtisch zu verkriechen. Dienstsport ist Pflicht. Hast du das vergessen?«

»Ach, Tom. Was glaubst du, wen das interessiert?«

»Ja, leider. Bis gleich.«

Tom beendete das Gespräch und duschte entgegen seiner sonstigen Gewohnheit nur einige Minuten. Bereits eine viertel Stunde später betrat er Haralds Zimmer. Sie umarmten sich kurz. Harald sah müde aus. Noch blasser als in der Fernsehsendung kurz nach dem Mord an Sabine Laube. Harald war damals den Tränen nahe gewesen, nein, er hatte sogar geweint, als er die Zuschauer um Mithilfe bei der Fahndung nach den Mördern gebeten hatte. Harald war an Darmkrebs erkrankt, hatte aber bereits kurz nach seiner Operation wieder Dienst verrichtet und die Leitung der Soko übernommen. Die beste Ablenkung, hatte er Tom und Lena anvertraut. Nicht immer daran denken, ob der Krebs sich weiter ausbreitet, und zu Hause auf den Tod warten. Wollte sich bei der Bearbeitung von Leichensachen von der Vorstellung lösen, selbst einmal in einer silbernen Wanne abtransportiert und in eine braune Kiste gelegt zu werden. Er stürzte sich in dieser Woche noch mehr in die Arbeit. Am Freitag hatte er den Termin zur Kontrolluntersuchung.

Harald deutete mit der Hand auf den zweiten Ledersessel vor seinem Schreibtisch.

»Setz dich, Tom. Mach es dir bequem. Fühl dich wie zu Hause.«

»Dein zweites.«

»Dein erstes?«

Harald sah ihn ernst an. Der Ventilator auf dem Schreibtisch sollte den Raum kühlen, aber es gelang nicht so recht.

»Was soll das, Harald? Spann mich nicht auf die Folter.«

»Cappuccino?«

»Okay, schmeiß die Maschine an.«

Während Harald den Kaffeeautomaten auf dem kleinen Regal vor dem Fenster einschaltete, blickte er aus dem Fenster. »Hast du dir Gedanken gemacht, welche Wende der Mordfall Sabine Laube nehmen könnte?«, fragte er, ohne Tom dabei anzusehen.

»Harald, seit Sabine ermordet wurde, vergeht kein Tag, an dem ich mir keine Gedanken mache. Ich träume fast jede Nacht vom Tatort, fahr manchmal morgens vor dem Dienst an dem Kreuz vorbei und lege eine Gedenkminute ein. Heute Morgen bin ich wieder schweißgebadet aufgewacht.«

Harald stellte die Tasse auf den Tisch. »Du schuldest mir übrigens noch fünfzig Euro«, grinste er und streckte die Hand aus.

Tom fragte sichtlich irritiert: »Das ist aber ein teurer Cappuccino. Oder hast du mir Geld geliehen?«

»Ja, heute Nacht.«

»Wie bitte? Spinnst du jetzt?«

»Nein, aber ich war heute Nacht auch am Tatort.«

»Komm, lass deine Witzchen. Wie bist du denn drauf?«

Harald ging um den Schreibtisch herum, setzte sich in den Sessel, lehnte sich zurück und legte die Füße auf den Schreibtisch. Seine heitere Miene war verschwunden.

»Ja, meinst du etwa, KHK Tom Schneider ist der Einzige, der nachts von Sabines Tod träumt? Wir haben alle das tragische Ereignis noch nicht verkraftet.«

»Okay, lassen wir das. Was wolltest du mir verraten?«

»Tom, wer sind für dich die Täter?«

»Nach wie vor Max und Paul Schleicher und das Phantom.«

»Obwohl wir von Paul Schleicher keine DNA-Spur gefunden haben?«

»Er hat weiter weg Schmiere gestanden oder das Fluchtfahrzeug gefahren und sein Auto nicht verlassen. Vielleicht haben wir auch den Tatort nicht weiträumig genug abgesichert.«

»Und immer noch das gleiche Motiv?«

»Klar. Mutterliebe. Die Brüder waren fest davon überzeugt, dass Sabine mit dem Verhältnis zu ihrem Vater die Familie zerstört und die Mutter in den Wahnsinn getrieben hat. Gemeinsam mit dem unbekannten Dritten haben sie Sabine Laube getötet.«

»Dann hätten sie viel früher eine andere der zahlreichen Freundinnen ihres Vaters umbringen müssen. Das wäre einfacher gewesen, als eine Polizistin in ihrem Streifenwagen zu erschießen. Also, warum ausgerechnet Sabine?«

»Vielleicht war es zwischen beiden wirklich die große Liebe gewesen. Und die Brüder haben gespürt, dass sich diese Beziehung von den vorherigen Liebschaften ihres Vaters unterschied.«

Tom stand auf, stützte sich auf die Fensterbank, blickte hinüber zum Löhr-Center, und Lenas Gesicht tauchte vor seinem geistigen Auge auf. »Wenn wir keinen von ihnen fassen, werden wir vermutlich nie klären, warum sie es getan haben«, flüsterte er, als spräche er mit sich selbst.

»Und es wird auch ein Rätsel bleiben, warum Sabines Onkel am Tatort war.«

Tom drehte sich um.

»Richtig. Wollte Dr. Alfred Laube, der saubere Politiker mit der schmutzigen Weste, seine Nichte umbringen, oder war es reiner Zufall, dass er dort war, weil er sich mit den kleinen Mädchen auf dem Straßenstrich amüsieren wollte?«

»Die waren dem Kinderficker doch zu alt.«

»Meinst du wirklich, er wollte mit Sabine sprechen, damit sie ihm bei dem Verfahren wegen der Verbreitung von Kinderpornografie aus der Klemme half?«

»Das halte ich für unwahrscheinlich. An diesem Ort und in dieser Situation im Beisein eines Kollegen. Und woher wollte er denn wissen, dass sie mit dem Streifenwagen auf dem Parkplatz stand?«

»Vielleicht hatte er wirklich die Schleichers mit dem Mord beauftragt, um den Missbrauch zu verdecken.«

»Alle hatten ein Interesse, dass Sabine Laube aus ihrem Leben verschwand. Und zwar für immer.«

»Aber wozu drei Täter?«

»Sie mussten immerhin zwei bewaffnete Polizisten überwältigen.«

»Okay, könnte möglich sein, dass die Schleichers sowohl im Auftrag von Laube als auch in eigenem Interesse gehandelt haben. Ein mörderisches Quartett mit einem Unbekannten. Laube hatte ja immerhin eine politische Karriere zu verlieren. Seine Wahlkampfplakate hingen überall in der Stadt. Und wie der aktuelle Fall des Bundespolitikers beweist, der sich nach eigenen Angaben lediglich zur Recherche für eine politische Entscheidungsfindung in dem Kinderfickerportal eingeloggt hatte, gibt es viele Saubermänner, die sich mit schmutzigen Phantasien an den Bildern aufgeilen.«

»Und leider leben manche ihre Phantasien auch aus.«

»Selbst Nonnen und Priester.«

»Ja, leider. Die aktuell bekannt gewordenen Fälle über den Missbrauch von Kindern durch Würdenträger der Kirche, die die Würde der kleinen Menschen nicht nur mit Füßen getreten haben. Ich darf nicht darüber nachdenken.«

»Du hast doch damals selbst erlebt, wie unsere Ermittlungen gegen diesen Pater durch den Orden erschwert wurden. Und wenn unsere Justizministerin den Kirchen vorwirft, sie würden sich nicht ausreichend um Aufklärung bemühen, erhält sie einen Maulkorb.«

»Ich könnte auf diese Scheinheiligkeit kotzen!«

»All diesen Schweinen, die sich an Kindern vergehen, sollte man den Schwanz abschneiden.«

»Ja. Manchmal denke ich das auch. Aber zurück zu Laube. Der hätte sich nie selbst die Hände schmutzig gemacht. Vielleicht wollte er sich nur vergewissern, dass sein Auftrag auch ausgeführt wurde, und war deshalb am Tatort.«

»Von dieser Version war Lena zuletzt fest überzeugt.«

»Ja, ich weiß. Aber unter uns: Weißt du eigentlich inzwischen, warum Lena sich damals so auf Laube als Täter festgelegt hatte? Warum hatte sie ihn so auf dem Kieker?«

»Ich weiß es nicht, vielleicht hat es etwas mit ihrer Kindheit zu tun«, flüsterte Tom, und die letzte Nacht mit Lena tauchte wieder vor seinem inneren Auge auf.

»Wer hat eigentlich in jener Nacht auf Laubes Wahlplakate mit roten Edding-Stiften KIFI* geschrieben, und das in fast allen Stadtteilen?«

»Woher soll ich das wissen?« Toms Stimme klang gereizt.

»Tom. Wir beide ahnen es. Lena kennt viele Leute in der Stadt und kann innerhalb kürzester Zeit Menschen mobilisieren und für ihre Ideen und spektakulären Aktionen begeistern, selbst illegal oder zumindest am Rande der Legalität.«

Tom nickte. Seine Gedanken aber waren ganz woanders. Wanderten an einen imaginären Ort, dorthin, wo Lena jetzt war. Wo immer das in diesem Moment sein mochte.

»Tom? Ist was?«

»Nein. Ich denke nur nach. Wir sind bisher immer davon ausgegangen, dass der Anschlag Sabine galt und …«, Tom stockte mitten im Satz, »… wie geht es eigentlich Bernd?«

»Ich war gestern in Neuborn. Er kann sich noch immer nicht an die Tat erinnern, und wir sollten ihn nicht mehr mit den sich ständig wiederholenden Fragen quälen, bis sein Therapeut uns grünes Licht gibt. Morgens wird Bernd von seiner Frau im Rollstuhl in den Garten gestellt, mittags gefüttert und abends wieder ins Haus gerollt. Er ist nur bedingt ansprechbar. Es ist schrecklich. Wir haben aus dem Polizeifonds eine Spende gezahlt, aber es ist nicht mehr als eine Geste der Anteilnahme. Vielleicht müssen sie das neue Haus wieder verkaufen«, berichtete Harald von seinem Besuch bei dem Kollegen Bernd Müller.

Tom atmete tief durch: »Darf ich gar nicht drüber nachdenken. Und die Kinder?«

»Ja, die Kinder. Sie geben die Hoffnung nicht auf, dass der Papa irgendwann wieder der Alte sein wird. Aber nichts wird mehr so sein wie früher. Es kann jeden von uns treffen, Tom. Wir riskieren jeden Tag unser Leben.«

»Ja, leider. Und manchmal frage ich mich, für wen oder was. Schau dir die Millionenbetrüger und Steuerhinterzieher an, die nicht in Haft gehen. Und wir buchten den Ladendieb ein, der einen DVD-Player in einem Großmarkt klaut, der vielleicht mit Geldern der organisierten Kriminalität finanziert wurde. Manchmal könnte ich reinkotzen«, ereiferte sich Tom.

»Ja, alle sind gleich, nur manche sind gleicher. Wie lange bist du bei der Polizei, Tom?«

»Zu lang, Harald!«

»Okay, lass uns noch mal über den Fall reden. Es spricht

alles dafür, dass der Anschlag Sabine galt. Kann sein, muss nicht sein. Wenn wir aber rein hypothetisch in eine andere Richtung denken und uns von dem nahe liegenden Motiv der Brüder Schleicher entfernen, so könnte das Attentat auch beiden gegolten haben. Kein persönlicher Racheakt, sondern ein Angriff auf Vertreter des Staates. Ein erstes Zeichen einer neuen RAF. Denk mal an den versuchten Mordanschlag auf die zwei Schutzpolizisten in Köln.«

»Und rein zufällig haben sich die Brüder Schleicher als Gotteskrieger oder Terroristen ausbilden lassen? Nein, Harald, das ist mir zu konstruiert. An so viele Zufälle glaube ich nicht. Bei der Vernehmung in Köln haben sich die jungen Männer auf den Dschihad berufen und Deutschlands Engagement in Afghanistan angeprangert. Wir haben nach Sabines Mord nie einen Bekennerbrief erhalten. Noch nicht mal einen einzigen Trittbrettfahrer erwischt«, widersprach Tom.

»Stimmt auch wieder.«

»Vielleicht steckt noch was anderes dahinter? Vielleicht kennen wir das wahre Motiv überhaupt nicht. Max Schleicher ist eine undurchsichtige Gestalt. Der kann überall seine schmutzigen Finger drin haben.«

»Er hat aber außer seinen Jugendsünden keine aktuellen Erkenntnisse. Paul Schleicher ist sogar ein unbeschriebenes Blatt.«

»Und beide sind seit der Tat wie vom Erdboden verschwunden. Nein, das kann kein Zufall sein. Und dass Paul Schleicher keine polizeilichen Erkenntnisse hat, muss überhaupt nichts bedeuten.«

»Das stimmt. Wir erfahren immer weniger, was in kriminellen Kreisen abgeht. Das Dunkelfeld ist größer, als wir uns vorstellen können.«

»Harald, warum hast du mich nun wirklich gerufen?

Um mit mir über statistische Zahlen zu diskutieren, eine Statistik, die selbst derjenige nicht glaubt, der sie gefälscht hat? Also, lass die Katze aus dem Sack!«

»Bis gestern dachte ich auch, dass Max und Paul Schleicher gemeinsam mit dem Phantom Sabines Ermordung geplant haben, ob im Auftrag von Laube oder nicht, spielt primär keine Rolle. Das macht Sabine auch nicht lebendig.«

»Und was ist gestern geschehen, dass du deine Meinung geändert hast?«

Harald atmete tief ein, nahm seine Füße vom Tisch, setzte sich wieder aufrecht hin und blätterte in einer roten Akte, die auf seinem Schreibtisch lag.

»Das wird dich vom Stuhl hauen.«

»Los, sag schon. Ich sitze fest. Was ist passiert?«

»Die Franzosen haben Paul Schleichers Leiche gefunden, und wir haben bereits das Obduktionsergebnis.«

»Und weiter?«

»Jetzt kommt der eigentliche Hammer. Paul Schleicher war schon tot, als Sabine ermordet wurde.«

Tom starrte Harald ungläubig an.

»Mach den Mund wieder zu. Es gibt Durchzug.«

»Warum ist er dann geflüchtet?«, fragte Tom.

»Wieso geflüchtet?«

»Na, weil er Schmiere gestanden hat und somit an der Tat beteiligt war.«

»Mensch, Tom! Kapierst du nicht. Er war schon tot. Wieso sollte er flüchten? Tote können sich nicht bewegen. Tom, hast du nicht zugehört? Paul Schleicher war zum Zeitpunkt der Tat bereits tot!«

»Und wenn die Franzosen sich irren?«

»Ausgeschlossen. Hier steht es schwarz auf weiß. Das Untersuchungsergebnis ist eindeutig.«

Harald reichte ihm die Akte. Tom blickte kurz in die

entscheidende Passage des Obduktionsberichtes und betrachtete die Fotos von der verwesten Leiche am Fundort. Er konnte es einfach nicht glauben. »Die schmeißen doch unsere ganze Theorie mit einem Schlag über Bord.«

»Ja, genauso ist es. Das ist ein harter Schlag. Ein Rückschlag im wahrsten Sinne des Wortes. Aber manchmal verschwinden Menschen, die gar nicht verschwinden wollen.«

»Was willst du damit sagen, Harald?«

»Wir waren fest davon überzeugt, dass Paul Schleicher einer der Täter ist. Sein Fahrzeug wurde kurz vor der Tatzeit bei der Radarkontrolle erfasst, aber er selbst war zu dem Zeitpunkt schon tot. Verschwunden von dieser Welt. Nicht, weil er vor uns flüchten wollte, sondern einfach so.«

»Einfach so. Wurde er umgebracht?«

»Das steht noch nicht eindeutig fest, vermutlich Genickbruch. Jedenfalls sind Fundort und Tatort nicht identisch. Er wurde zum Fundort transportiert.«

»Mit seinem Auto?«

Harald zuckte mit den Schultern.

»Unser Tatfahrzeug ist bis heute trotz internationaler Fahndung noch immer nicht aufgetaucht. Aber Schleichers Papiere, seine Klamotten. Seine Koffer. Alles im Haus. Nichts deutet auf einen geplanten Auszug hin.«

»Wo wurde seine Leiche gefunden?«

Harald blätterte in der Akte, zog aus der Klarsichtfolie eine Landkarte des Departements Bouches-du-Rhône*, breitete die Karte vor Tom aus und tippte mit dem Zeigefinger auf ein rotes Kreuz.

»Das ist der Leichenfundort. Mitten im Wald.«

»Und wo ist Schleichers Haus?«

»Hier.«

Haralds Finger wanderte zu einem roten Kreis.

»Also nicht weit vom Fundort der Leiche entfernt?«, stellte Tom fest.

»Na ja. Ist relativ. Sind schon ein paar Kilometer. Wenn Schleicher in seinem Haus ermordet wurde, wofür wir allerdings keine Anzeichen haben, muss die Leiche mit einem Auto zum Fundort transportiert worden sein.«

Tom strich mit beiden Händen durch sein dichtes Haar und schüttelte verständnislos den Kopf.

»Aber Schleicher war doch auf dem Video der Radarkontrolle bei der Geschwindigkeitsüberschreitung in der Koblenzer Innenstadt. Wieso behaupten die Franzosen jetzt, Paul sei schon tot gewesen. Das stinkt doch alles zum Himmel.«

Harald schaute Tom nachdenklich an. »So langsam mache ich mir Sorgen um dich. Leidest du wirklich an Gedächtnisschwund?«

»Ja, ich vergesse in letzter Zeit immer mehr. Manchmal fallen mir selbst die Namen von Kollegen nicht mehr ein. Aber nur, wenn ich sie länger nicht gesehen habe. Ich arbeite jetzt auch nebenberuflich für die Hamburg-Alzheimer-Versicherungen, und du heißt Matthias, richtig?«

»Hör auf mit dem Quatsch und versuch, dich zu erinnern. Wegen der schlechten Bildqualität konnten wir seinerzeit nicht eindeutig feststellen, wer von den beiden Brüdern am Steuer saß. Also dürfte nun eindeutig feststehen, dass die Person auf dem Foto Max Schleicher war und er das Auto seines Bruders benutzte. Und wie der Teufel es wollte, hatte sich der Beifahrer im Moment, als die Kamera auslöste, gebückt.«

»Unser Phantom.«

»Vermutlich. Deshalb haben wir auch bis heute kein Bild von unserem dritten Mann.«

»Jetzt unser zweiter.«

»Gut kombiniert. Richtig.«

»Eigentlich fangen wir wieder bei null an.«

»Wenn man erkennt, dass man ein Hemd von oben falsch zugeknöpft hat, muss man alle Knöpfe öffnen und wieder neu beginnen. Knopf für Knopf.«

»Das heißt für uns, Spur für Spur neu überprüfen.«

»Nicht wirklich alle, aber einige.«

»Dann hat also Paul Schleicher weder die anderen Straftaten begangen, noch war er an dem Mord an Sabine Laube beteiligt.«

»So ist es. Alle Straftaten wurden von dem unbekannten Dritten begangen.«

»Und wenn doch deine ursprüngliche Theorie stimmt, dass die Spur nicht von dem Täter gelegt wurde, sondern bei der Laboruntersuchung Fehler gemacht wurden?«

»Du meinst diese Wattestäbchengeschichte?«

»Ja, genau.«

»Es wäre wertvolle Zeit vergangen, wenn die Spur tatsächlich von verunreinigten Wattestäbchen hergerührt hätte. Bereits als dieser Verdacht zum ersten Mal auftauchte, haben wir überprüft, ob die Wattestäbchen bei der Verpackung verunreinigt wurden, ob sie für eine DNA-Analyse geeignet waren oder einer der Verpacker eine Spur hinterlassen hat. Alles negativ. Die benutzten Wattestäbchen wurden von verschiedenen Firmen geliefert, die Untersuchungen von mehreren Labors durchgeführt, und es war natürlich auch nicht in allen Fällen derselbe Beamte von der SPUSI* am Tatort. Wir haben in achtzehn Jahren an insgesamt siebenundvierzig Tatorten diese DNA gefunden, und die unterschiedlichen Tatbegehungsweisen passen in kein Schema. Vom Diebstahl eines Gartenzwergs bis zum Mord. Das haben wir vor einem Jahr schon mal alles durchgekaut. Ich habe allerdings noch immer keine Erklärung gefunden«, resümierte Harald, stand auf, stützte sich mit den Händen auf den Tisch und wippte mit den Zehen. Dann öffnete er die Schublade und stocherte mit seinem Reinigungsgerät in der Pfeife, die er schon seit drei Jahren nicht mehr benutzt hatte.

»Vielleicht hat Max seinen Bruder umgebracht?«, vermutete Tom, nachdem er lange über die aktuelle Situation nachgedacht hatte.

»Wäre möglich, und dennoch suchen wir einen zweiten Mörder, den wir nicht kennen und der eine Spur des Verbrechens hinter sich gelassen hat.«

»Von dem wir anfangs gehofft hatten, Paul Schleicher wäre der Spurenleger.«

»Tja, aber das war die falsche Spur.«

»Irgendwann werden wir dem Phantom ein Gesicht geben.«

»Hoffentlich. Wir wissen heute nur drei Dinge mit Sicherheit. Erstens: Paul Schleicher hat nichts mit dem Mord zu tun.«

»Nicht direkt, indirekt vielleicht doch.«

»Okay, aber Tote können keinen umbringen. Paul war vielleicht an der Planung, aber mit Sicherheit nicht an der Tatausführung beteiligt. Zweitens: Max Schleicher hat die Tat nicht alleine begangen. Und drittens wissen wir, dass es einen dritten beziehungsweise einen zweiten Täter gibt, den wir nicht kennen und der in achtzehn Jahren mindestens siebenundvierzig Straftaten in Deutschland und im benachbarten Ausland begangen hat und der in keinem einzigen Fall als Tatbeteiligter ermittelt werden konnte.«

Tom streckte beide Arme nach oben und schaukelte mit dem Stuhl hin und her.

»Du wiederholst dich ständig, Harald. Aber es ist wirklich unglaublich«, murmelte er vor sich hin.

»Unglaublich, aber leider die Wahrheit. Laut Gutachten von Dr. Rau hat nur ein Täter geschossen.«

»Also hat entweder Max Schleicher oder unser Phantom geschossen.«

»Stimmt.«

»Das war's?«

»Leider nicht.«

»Wie bitte?«

»Du erinnerst dich doch sicher an die Streitigkeiten zwischen zwei verfeindeten Sintifamilien in der Pfalz?«

»Nicht mehr so genau. Worum ging es dabei?«

»Um die Familienehre. Der Patriarch einer Großfamilie wurde erschossen, der Schütze wurde noch am Tatort festgenommen. Der Fall war eindeutig.«

»Okay, Harald, und was hat dieser Fall mit Sabines Ermordung zu tun?«

»Bei der Untersuchung der Patronenhülsen konnte ein fast vollständiges DNA-Muster unseres Phantoms gesichert werden. Bislang war übrigens nicht bekannt, dass DNA auch an Patronenhülsen gesichert werden kann.«

»Das heißt, unser Phantom hat Patronen aus dieser Waffe in der Hand gehabt. Aber er war nicht am Tatort. Und auch nicht an der Tat beteiligt.«

»Richtig, Tom. Er könnte die Waffe geladen haben. Nur wann? Die aktuellen Ermittlungen brachten keine Klärung, woher die Waffe stammte.«

»Wie gelangten die Patronen mit der DNA-Spur unseres Täters in die Waffe?«

»Vielleicht hatte er vorher die Waffe benutzt und sie verkauft. Da der Fall eindeutig war, wurde damals nicht weiter ermittelt.«

»Dann wurde der Mord begangen, nachdem unser Mann die Patronen in das Magazin eingeführt hatte.«

»Ja, Tom, so könnte es gewesen sein.«

»Könnte. Könnte. Könnte. Immer wieder könnte und die alles entscheidende Frage: Wann hat er die Patronen berührt. Kurz vor der Tat? War er wirklich nicht am Tatort, oder wird er geschützt? Er musste nicht an den Schüssen beteiligt gewesen sein, hat jedoch die Patronen in der Hand gehabt. Irgendwann.

»Wir können leider immer noch nicht den Zeitpunkt bestimmen, wann eine DNA-Spur gelegt wurde. Das ist unser Problem.«

»Aber genau das ist die entscheidende Frage bei allen Tatorten: War unser Mann auch wirklich zu den tatrelevanten Zeiten an diesen Orten? Oder vorher beziehungsweise danach?«

»Alles ist möglich. Aber es kommt noch dicker.«

»Hör auf, viel kann ich nicht mehr ertragen«, stöhnte Tom, raufte sich die Haare und lehnte sich im Sessel noch weiter nach hinten.

»Wir haben in Frankreich eine Vergleichsuntersuchung veranlasst. Es ist dieselbe Waffe, aus der die tödlichen Schüsse auf den Wachmann bei dem Überfall auf den Geldtransporter in Salon abgefeuert wurden.«

»Das wird ja immer unglaublicher.«

»Ja.«

»Warum erkennen wir die Wahrheit nicht?«

»Wenn ich das wüsste, würde ich mit Bundesverdienstkreuzen überhäuft. Jedenfalls führt eine Spur über die Herkunft der Tatwaffe zu einer Zigeunerfamilie nach Les-Saintes-Maries-de-la-Mer. Dort haben die französischen Kollegen auf unser Rechtshilfeersuchen erneut ermittelt.«

»Und?«

»Ohne Ergebnis.«

»Dieses Les-Saintes-Maries-de-la-Mer ist nicht weit von Salon entfernt.«

»Eine knappe Stunde. Keine große Entfernung in Frankreich.«

»Ja, und jetzt soll ich nach Frankreich reisen und ermitteln?«

»Ich würde dir eine Dienstreise in den Süden und ein Wiedersehen mit Lena gönnen, aber Hinz will den Sachverhalt an das BKA weiterleiten.«

»Klar.«

»Hast du eigentlich noch Kontakt zu Lena?«

»Nachdem sie vergeblich versucht hat, mehr über Paul Schleicher zu erfahren, habe ich nur einmal bei ihrer Freundin in der Provence angerufen, weil ich selbst klären wollte, ob Lenas Freundin Paul Schleicher kennt. Damit es nicht so aussieht, als würde Lena die Gastfreundschaft ihrer Freundin missbrauchen. Das war ja negativ. Reiner Zufall, dass das Kennzeichen von einem Twingo in Bel Air entwendet wurde.«

»Was heißt Zufall. Vielleicht hatte Schleicher Kontakte nach Bel Air. Sein Haus liegt doch von dort nur einige Kilometer entfernt.«

»Okay, aber warum hat Schleicher sein Haus verlassen? Ohne Papiere, Zahnbürste und so weiter. Er hätte genügend Zeit gehabt, seine Koffer zu packen. Da stimmt irgendwas nicht.«

»Ja. Aber was?«

»Das ist nur eine von vielen ungeklärten Fragen. Von zu vielen. Ich wäre inzwischen froh, wenn wir wenigstens auf eine einzige die Antwort fänden. Mensch, Tom, hast du echt keine verfluchte Idee, egal wie verrückt sie ist? Ich werde wahnsinnig. So viele offene Fragen habe ich bisher in keinem anderen Mordfall gehabt. Und wenn ich mein Beamtenhirn noch so quäle, ich erinnere mich an keinen einzigen Fall, bei dem wir so lange im Dunkeln getappt haben.«

Tom legte die Hand auf die Nasenwurzel und dachte nach. Tatsächlich war keine der zahlreichen Mordkommissionen unter der Leitung von Harald Sauer mit diesem

Fall zu vergleichen. Obwohl die Ermittler mit übermäßig engagiertem Einsatz über ein Jahr lang Tag und Nacht Spuren verfolgt hatten, um den Mord an der Kollegin aufzuklären, lag der wahre Hintergrund immer noch im Dunkeln. Es musste ihnen gelingen, einen der beiden Tatverdächtigen festzunehmen oder zumindest die Identität des Phantoms festzustellen.

»Apropos im Dunkeln getappt. Wie kommt ihr im Mordfall an der Taxifahrerin aus Andernach weiter?«, fragte Tom.

»Erinnere mich nicht daran. Nicht so viele offene Fragen, aber auch immer noch keine heiße Spur. Und der Mord an der jungen Amerikanerin, die wir unterhalb der Festung Ehrenbreitstein gefunden haben, ist auch noch ungeklärt.«

»Da hatte Lena auch Dr. Laube in Verdacht.«

»Ja, aber Fredy hat in dem Verfahren auch eine undurchsichtige Rolle gespielt.«

»Ich erinnere mich, aber das konnten wir ja klären.«

»Wirklich? Es leben noch viele Mörder unerkannt unter uns. Übrigens haben gestern unbekannte Täter in einem Vorort von Paris einen Polizisten mit zwei Kopfschüssen getötet. Zwei weitere Projektile haben ihn in der Brust getroffen.«

»Wo leben wir eigentlich?«

»Es geschah am helllichten Tag auf offener Straße. Ob der Kollege unbeteiligt in einen Streit geraten war oder in einen Hinterhalt gelockt wurde, ist noch unklar. Aber ich werde auch in diesem Fall am Ball bleiben und die Ermittlungsakte über EUROPOL* bei den Franzosen anfordern.«

»Glaubst du an einen Zusammenhang mit unserem Fall?«

»Ich glaube gar nichts mehr. Man weiß nie! Aber bei der

Vielzahl der DNA-Spuren muss es doch irgendwelche Gemeinsamkeiten bei den Opfern geben. Ein Opferprofil, das uns bisher verborgen blieb. Vielleicht nur eine winzige Kleinigkeit, die wir übersehen haben. Diese Scheiß-DNA-Spur, die in kein kriminalistisches Raster passt. Tausend Fragen und keine Antwort.«

»Vielleicht nur auf den ersten Blick. Wir haben bisher nur nicht den Schlüssel gefunden. Vierhundert Teile des Puzzles liegen vor uns, wir müssen sie nur richtig zusammensetzen.«

»*Nur* ist gut. Wenn das so einfach wäre. Manchmal fürchte ich, dass wir diesen Fall nie lösen werden.«

»Du bist doch sonst immer voller Zuversicht.«

»Ja, aber manchmal denke ich daran, in Altersteilzeit zu gehen, mich hier zu verabschieden, bevor der da oben mich abruft.«

»Ach, Harald, ich denke, deine Operation war erfolgreich?«

»Ja, aber das Krebsgeschwür im Kopf; diese Gedanken kannst du nicht so einfach ausradieren. Vielleicht bin ich inzwischen auch zu alt für diesen Job und sollte den Weg für Jüngere freimachen.«

»Red keinen Stuss. Du bist der fähigste Todesermittler, den ich kenne.«

Harald lehnte sich zurück, verschränkte die Hände hinter den Nacken und strich sich dann durch das schüttere Haar, das nach der Chemotherapie langsam wieder dichter wurde.

»Todesermittler? Eine tolle Bezeichnung. Tom, lass uns das Thema wechseln und nicht jammern, wie sehr uns alle Sabines Tod und die unbefriedigenden Ermittlungsergebnisse belasten.«

»Du bist jedenfalls nicht der Typ, der in der Kriminalaktenhaltung versauert, im wahrsten Sinne des Wortes.«

»Schönes Wortspiel.« Harald lachte.

»Okay. Aber was wäre, wenn wir keine einzige Spur gefunden hätten? Vielleicht sollten wir an allen potenziellen Tatorten einen Hinweis für die Täter hinterlassen: *DNA. Da nicht anfassen!* Mit dem Zusatz: *Ihre Polizei. Straftäter und Polizisten: Wir brauchen uns!*«

»Klar, ohne die wären wir doch arbeitslos.«

»Das wird wohl nie passieren, denn das Böse ist immer und überall.«

»Wie der Krebs. Keiner kennt den Tag noch die Stunde! Steht schon in der Bibel«, sagt Harald mit brüchiger Stimme.

»Und das ist gut so.«

»Übrigens kommt noch was dazu.«

»Ach, Harald, was denn noch?«

»In der Pfalz wurden doch die drei russischen Gebrauchtwagenhändler erschossen. Täter war dieser mysteriöse V-Mann des LKA, der Kontakte zu al-Qaida hatte, du erinnerst dich?«

»Klar, aber was hat das mit unserem Fall zu tun?«

»Das LKA hat mitgeteilt, dass in dem Auto, in dem die drei getötet wurden, auch unsere DNA gesichert wurde.«

»Nein, das gibt es nicht.«

»Es kommt noch härter. Weißt du, wer der frühere VP-Führer* war?«

»Nein.«

»Dein Freund Fredy.«

»Der ist nicht mein Freund.«

»Eben, sag ich doch. Und wir haben gut daran getan, ihn nicht in unsere Ermittlungen einzuweihen. Der ist mir zu suspekt.«

»Na ja, er ist irgendwie anders. Und gewiss nicht mein Freund. Ein Kollege. Nicht mehr, aber auch nicht weniger. Ich denke schon, dass er ein guter Polizist ist. Wenn er nur nicht hinter jeder Kollegin her wäre, die bei drei nicht rechtzeitig auf dem Baum ist.«

»Ach, Tom. Das ist eine andere Sache.«

»Ja, lassen wir das.«

»Übrigens wurde die Belohnung inzwischen auf dreihunderttausend Euro erhöht.«

»Leider nur für Personen, die keinen staatlichen Auftrag haben. Also bleiben wir weiterhin arme Schlucker.«

»Hast du nicht bei deiner Vereidigung das Gelübde der Armut abgelegt?«

»Haben Priester bei ihrer Weihe nicht das Gelöbnis der Keuschheit abgelegt? Und was erleben wir zurzeit?«

»Stell dir vor, der Dienstherr würde uns für jede Festnahme ein Kopfgeld überweisen.«

»Was würdest du mit dem vielen Geld machen?«, fragte Tom.

»Weiterarbeiten. Und du?«

»Mir ’ne richtig geile Gitarre und eine neue Persenning für die *Albatros* kaufen. Und Teilzeit beantragen, damit ich mein Schiffchen mehr bewegen kann.«

»Also auch nicht den Job hinschmeißen?«

»Nein, dafür bin ich zu gern Polizist, trotz aller Scheiße, die tagtäglich passiert.«

»Vielleicht sind wir alle zu sehr von unserer Arbeit besessen. Wir schuften uns kaputt, Tag und Nacht, schieben unzählige Überstunden vor uns her, die einige vermutlich in ihrem Leben nie mehr abfeiern können, riskieren, dass Freundschaften in die Brüche gehen und Familien zerbrechen, und haben noch nicht einmal ein Ergebnis vorzuweisen. Nicht sehr befriedigend.«

»Ja, für viele Menschen sind wir der Müllabladeplatz für ihre Schicksale.«

»Für manche aber auch ein Rettungsanker.«

»Manchmal, nicht immer.«

»Wir werden die Welt nicht retten. Jeder ist zu ersetzen, das sollten wir uns öfter vor Augen halten.«

»Ja, Euer Merkwürden. So weit die heiligen Worte. Denk auch selbst mal daran, Harald.«

»Ich bemühe mich, Tom. Aber nun werde ich Hinz bitten, die Soko wieder aufzustocken, und ich würde mich freuen, dich wieder in meinem Team begrüßen zu dürfen.«

»Steff wird nichts dagegen haben. Die Aufklärung von Sabines Mord ist wichtiger als die Sicherstellung von Kilos.«

»Schön, dass du das genauso siehst.«

»Danke für den Kaffee. Und tschüss!«

Tom stand auf, reichte Harald die Hand und verließ den Raum.

Kaum hatte Tom die Tür hinter sich geschlossen, griff Harald zum Telefon. Er musste noch ein dringendes Gespräch führen.

II.

Auf der Rückfahrt von Marseille stellte Claire sich vor, wie sie sich mit Lena bei einer Flasche Rotwein von diesem schönen Tag verabschieden würde. Sie hatte viel zu erzählen. Eine Nacht voller Leidenschaft. Andererseits wollte sie Lena nicht die Nase lang machen, denn bei ihr war es wohl momentan mit Männern nicht so einfach. Heute Morgen war sie mit Pierre nach Marseille gefahren, und sie hatten im *Table au Sud* am alten Hafen hervorragend gespeist. Nachmittags hatte sie sich mit ihrer Freundin Marie zum Power-Shopping in den bekannten Einkaufsstraßen Rue de Rome und Rue Paradis getroffen. Die Flaniermeilen mit teuren Geschäften teilen den nobleren Süden von dem ärmeren Viertel Belsunce, in dem meist Einwanderer aus arabischen Ländern wohnen. Sie genoss, wie immer bei ihren Besuchen in der drittgrößten Stadt Frankreichs, das bunte Völkergemisch und die hektische Geschäftigkeit. Sie liebt diese Stadt, obwohl sie im Verkehrschaos versinkt und immer noch eine hohe Kriminalitätsrate hat. Als sie am späten Nachmittag ihr Auto in der Tiefgarage am Vieux Port starten wollte, hatte der Renault Twingo keinen Ton mehr von sich gegeben. Es hatte lange gedauert, bis der Automechaniker vom Automobilklub den Fehler gefunden hatte. Er hatte den Verdacht geäußert, jemand habe an Claires Fahrzeug manipuliert. Sicherlich war das eine Ausrede dafür, dass er so lange gebraucht hatte. In Marseille wurden jeden Tag Fahrzeuge gestohlen, aber die Zündung zu blockieren, das machte keinen Sinn. Und wer klaute schon einen Twingo. Carnapping in Südfrankreich verlief anders. Der Pannenhelfer hatte eine zu rege Phantasie. Das hatte Pierre auch gesagt, als sie ihn auf dem Handy erreichte.

Sie hatte Lena ihre verspätete Ankunft mitteilen wollen, konnte ihren Gast aber telefonisch nicht erreichen. Sicherlich war sie eingeschlafen. Je weniger man sich bewegte, umso müder wurde man. Darum hatte sie eine Nachricht auf den Anrufbeantworter gesprochen, damit Lena sich keine Sorgen machte, wenn Claire später als erwartet nach Hause kommen würde.

Claire biegt von dem schmalen Chemin de la Cabane, der einzigen asphaltierten Straßenverbindung zwischen den Bauernhöfen, auf den Feldweg zu ihrem Haus ab und freut sich auf einen harmonischen Ausklang des schönen Tages mit ihrer Freundin.

Als die Scheinwerfer nach der letzten Kurve das Grundstück anstrahlen, stockt Claires Atem.

Das schmiedeeiserne Tor steht sperrangelweit offen.

Das Haus liegt im Dunkeln.

Kein Licht brennt.

Claire wirft einen Blick nach oben. Auch die erste Etage ist stockdunkel. Kein einziger Strahl leuchtet zwischen den Lamellen der noch verschlossenen Fensterläden. Normalerweise öffnet man die Volets gegen Abend, damit etwas kühle Luft in die Zimmer wehen kann, und schließt sie erst wieder, wenn man zu Bett geht.

Ob Lena schon schläft und die Volets nach dem Lüften wieder verschlossen hat? Oder hat sie vergessen, die Fensterläden zu öffnen?

Claire öffnet die Fahrertür. Als sie aus dem Auto steigt, spürt sie, dass ihr Herz schneller schlägt. Sie schleicht wie eine Fremde auf das eigene Grundstück.

Jetzt wohnst du schon so lange allein hier und hattest noch nie Angst, redet sie sich Mut zu. Lena sitzt bestimmt im Poolhaus, hat eine Flasche Rotwein geöffnet und überrascht sie mit Baguette, frischem Ziegenkäse, Pesto, getrockneten Tomaten, Oliven und Olivenöl.

Vermutlich will sie Claire einen Schreck einjagen. Lena hatte schon immer verrückte Ideen, wie man anderen Angst einflößen kann. Vielleicht ist sie auch eingenickt. Mit leisen Schritten geht Claire über den Kiesweg der Garageneinfahrt, schleicht auf Zehenspitzen geräuschlos über die Terrasse bis zum etwas nach hinten versetzten Poolhaus. Sie erschrickt, als die Fledermäuse zu ihrem abendlichen Rundflug starten.

Ihr Blick fällt auf das kräuselnde Wasser des beleuchteten Pools.

Wieso ist die Poolabdeckung halb geschlossen?

Es weht kein Mistral. Kein Windhauch ist zu spüren.

Und Lena weiß nicht, wo sich im Technikraum neben dem Poolhaus der Schalter für die automatische Schwimmbadabdeckung befindet.

Langsam wird es ihr unheimlich.

Claire geht zurück zum Haus.

Das Herz pocht ihr bis zum Hals.

Die Haustür ist nicht verschlossen.

Claire schaltet das Licht an.

»Lena?«

Eher ein vorsichtiges Flüstern als ein lautes Rufen.

Vielleicht schläft sie schon?

Auf leisen Sohlen schleicht Claire die Treppen hinauf und lauscht an der Tür.

Kein Atemgeräusch. Dabei ist Lenas Schnarchen nachts nicht zu überhören.

Vorsichtig drückt Claire die Klinke des Gästezimmers hinunter, öffnet leise die Tür und erkennt mit einem Blick, dass Lenas Bett unbenutzt ist. Auf dem Nachttischschränkchen liegt Lenas Handy. Lena ohne Handy ist wie ein Fisch ohne Wasser.

Claire checkt auf dem Handy die Anrufliste. Der letzte Eintrag ist Claires Anruf von heute Abend. Davor nur ein ausgehender Anruf vor zehn Tagen, als Lena auf dem Markt in Pélissanne Claire aus den Augen verloren hatte. Claire rennt in panischer Angst zurück zum Auto, reißt die Fahrertür auf, wirft sich auf den Sitz, verriegelt das Auto, schließt alle Fenster und umklammert mit zitternden Händen das Lenkrad.

Das Herz schlägt immer schneller.

Claire weiß nicht, wie lange sie im Auto gesessen hat, bis sie das Seitenfenster hinunterkurbelt, um die Abendluft tief einzuatmen.

Dann tippt sie eine Nummer in ihr Handy ein.

»Commissariat Salon-de-Provence«, meldet sich die gähnende Stimme eines Gendarmen.

Claire erklärt dem Polizisten den Sachverhalt.

»Wenn Ihre Freundin morgen früh noch nicht aufgetaucht ist, nehmen wir eine Vermisstenanzeige auf.«

»Wieso erst morgen früh? Wir müssen sie jetzt suchen«, protestiert Claire.

»Nein, Madame. Heute werden wir keine Suchaktion mehr starten. Vielleicht ist Ihre Freundin ja morgen früh auch wieder zu Hause. Hat vermutlich einen netten Jungen kennengelernt.«

»Sie ist eine Polizistin aus Deutschland, eine Kommissarin.«

»Auch deutsche Polizistinnen dürfen sich mit französischen Männern treffen.«

»Das ist alles?«

»Oui, Madame! Das ist alles. Die meisten kommen innerhalb von vierundzwanzig Stunden wieder. Bonne nuit.«

Gute Nacht, du Arschloch, denkt Claire. Das würde in Deutschland nicht passieren.

Sie wählt mit zitternden Händen eine Telefonnummer, die Lena in ihrem Handy unter 01 gespeichert hat.

*

Harald Sauer hatte sich ausnahmsweise früh ins Bett gelegt. Am Freitag muss er zur Kontrolluntersuchung. Er ist beunruhigt. Hat eine Beruhigungstablette geschluckt, die seine trüben Gedanken vertreiben soll. Es dauert lange, bis er das Anrufsignal des Telefons hört und schlaftrunken nach dem Hörer tastet.

»Hallo?«

»Harald, ich bin's. Hast du schon geschlafen?«

»Schau mal auf die Uhr. Meinst du, ich mach hier Party? Ich bin froh, dass ich das Leben habe. Am Freitag muss ich zur Kontrolle. Weißt du, was das bedeutet?«

»Nicht wirklich. Tut mir leid, aber es ist wichtig.«

»Ist schon gut. Ich hätte ja den Anrufbeantworter einschalten oder einfach nicht abheben können. Aber der Griff zum Telefon ist Macht der Gewohnheit. Also, was ist los, Tom?«

»Lena ist spurlos verschwunden.«

»Wie bitte?«

Mit einem Ruck sitzt Harald aufrecht im Bett. Gut, dass seine Frau und er getrennte Schlafzimmer haben. Zu oft läutet mitten in der Nacht das Telefon. Entweder werden die meisten Menschen in der Dunkelheit umgebracht, oder die Leichen werden spät am Abend und oft erst am Wochenende gefunden. Am Wochenende meist diejenigen, bei denen natürlicher Tod festgestellt wurde, die aber schon seit einer Woche in der Wohnung lagen. Merkwürdigerweise bemerken die Menschen immer erst am Wochenende den ekelerregenden Geruch und erinnern sich, dass sie den Mitbewohner schon eine Woche nicht mehr gesehen haben.

»Woher weißt du das denn?«

»Ihre Freundin Claire hat mich soeben angerufen.«

Tom berichtet Harald von dem Gespräch mit Claire, in dem sie ihm kurz zuvor in allen Einzelheiten mitgeteilt hatte, was geschehen war.

»Mehr konnte ich nicht erfahren.«

»Und nun?«

»Wenn Lena bis morgen früh nicht auftaucht, wird Claire in Salon eine Vermisstenanzeige aufgeben.«

»Vielleicht hat Lena ja endlich den Mann fürs Leben gefunden, einen schicken Südfranzosen.«

Wenn du wüsstest, wie sehr du mich mit dieser Äußerung verletzt, denkt Tom und erwidert: »Claire sagt, Lena habe außer ihren Freundinnen niemanden kennengelernt, und Lena wäre niemals aus dem Haus gegangen, ohne eine Nachricht zu hinterlassen. Sie wusste, dass ihre Freundin gestern Abend aus Marseille zurückkommen würde. Nein, Harald. Sie ist wie vom Erdboden verschluckt.«

»Wie Max Schleicher und unser Phantom.«

»Ja.«

»Lenas Verschwinden hat nichts damit zu tun.«

»Natürlich nicht, aber wir müssen was tun. Ich setze mich in meine Karre und düse nach Salon.«

»Bist du wahnsinnig. Das sind fast tausend Kilometer.«

»Neunhundertfünfzig.«

»Woher weißt du das denn so genau?«

»Egal.«

»Tom, das ist kopflos. Und was ist, wenn Lena morgen früh gutgelaunt mit einem netten Franzosen bei Claire auftaucht. Quicklebendig und frisch verliebt? Wie kommst du dir dann vor? Du würdest dich bis tief auf die Knochen blamieren. Erspar dir diese Peinlichkeit.«

Tom schweigt. Harald hatte recht.

»Leg dich wieder in die Kiste und schlaf dich aus. Morgen reden wir über alles Weitere, falls es dann noch erforderlich sein sollte. Jetzt überstürzt loszufahren wäre Wahnsinn.«

»Vielleicht. Aber ich kann mich nicht wieder in meine Koje legen und so tun, als sei nichts geschehen. Harald, ich hab über fünfhundert Überstunden, und die zieht ihr mir einfach ab. Ich werde erst zurückkommen, wenn ich Lena gefunden habe. Tot oder lebendig.«

»Was redest du denn für einen Scheiß. Mal den Teufel nicht an die Wand. Vermutlich gibt es eine einfache Erklärung. Sie hat sich allein gelangweilt, ist in die Stadt gefahren, hat einen Mann kennengelernt. Das kann man ihr doch nicht verdenken, oder?«

»Nein, natürlich nicht«, murmelt Tom und spürt den Stich in seinem Herzen. Harald ahnt nichts von der gemeinsamen Nacht. Fredy hätte den One-Night-Stand gleich am nächsten Tag hinausposaunt oder in der *Lupe,* dem Infoblatt der Kriminalpolizei, mit allen Einzelheiten in einem Artikel veröffentlicht.

Dann hört Tom Haralds Stimme nur noch wie aus weiter Ferne.

»Claire weiß das nur noch nicht. Macht sich Sorgen, aber sie hat sich doch auch mit ihrem Freund in Marseille vergnügt und müsste Verständnis haben.«

Tom hört nicht mehr zu, erspart sich seinen Kommentar und spürt den Schmerz in seinem Herzen. Er könnte laut losschreien. Aber er beherrscht sich.

»Harald, ich feiere ab morgen Überstunden ab.«

»Ich bin nicht dein Chef, da musst du Stefan anrufen.«

»Jetzt drück dich nicht vor der Entscheidung. Du hast mich wieder für die Soko *Deutsches Eck* angefordert, also kannst du auch entscheiden, ob ich freimachen kann.«

»Noch hat Hinz nicht endgültig entschieden, dass du wieder zu uns abgeordnet wirst. Du kennst doch den Korinthenkacker. Bis der eine Entscheidung trifft, ist der Grund manchmal schon weggefallen.«

»Harald, in diesem Fall nicht. Jetzt hör auf damit. Du kannst es Stefan erklären. Er wird es verstehen.«

Harald atmet tief durch.

»Warte bitte bis morgen früh. Morgen sieht die Welt wieder anders aus.«

»Glaubst du?«

»Man darf die Hoffnung nie aufgeben. Bei mir kann es am Freitag auch ganz anders aussehen.«

»Sorry, daran habe ich nicht gedacht. Bis morgen. Aber wenn Lena bis morgen nicht wieder aufgetaucht ist, fahre ich los. Notfalls ohne dienstliche Genehmigung.«

»Okay, versuch jetzt zu schlafen, Tom.«

»Du auch, Harald. Gute Nacht.«

*

Es ist Mitternacht. Er liegt in der Hängematte und blickt hinunter auf das endlose Meer, das im Horizont versinkt, sodass die Grenze zwischen Wasser und Himmel nicht zu erkennen ist.

Ich bin wahnsinnig, denkt er, zündet sich ein Zigarillo an, blickt den Rauchkringeln nach und überlegt, ob er für sein nächstes Opfer eine besondere Art des Ablebens wählen soll. Vor seinem geistigen Auge spielen sich mehrere grausame Szenarien ab, die ihn irgendwie faszinierten. Auch sein Angriff vor der Entführung war was Besonderes. Schade, dass die Menschheit nichts von seiner Genialität erfahren würde.

Nach den ersten beiden Morden verspürte er eine gewisse

Befriedigung, die nicht in Worte zu fassen ist. Er konnte das Gefühl nicht beschreiben. Eine lustbetonte Welle durchströmte seinen Körper wie mehrere Orgasmen gleichzeitig, und dann spürte er eine langsam ansteigende Erregung, wenn er an den nächsten Mord dachte. Wie ein Vorspiel, ein Theaterspiel. Der erste Akt baute die Spannung auf. Die Vorfreude stieg stetig an. Der Plan reifte. Er wollte nach dem ersten Punkt diesen Höhepunkt wieder erleben, dieses berauschende Gefühl, diese sexuelle Erregung und diese Ekstase. Vielleicht hatte er seine Droge gefunden. Das hätte aber bedeutet, dass er weitermorden musste. Und wieder spürte er diese Erregung, als er sich vorstellte, wie er sein nächstes Opfer töten würde. Es war nicht einfach gewesen, durch das Dickicht an die Rückseite des Grundstücks zu gelangen, aber alles andere verlief reibungsloser, als er vermutet hatte. Sie konnte nicht ahnen, dass er sie schon lange beobachtet hatte. Ihren wohlgeformten nackten Körper auf der Sonnenliege. Nahtlos gebräunt. Er spürte wieder diese Erregung, aber er musste an seinen Auftrag denken, durfte sich keinen Fehler leisten, sich nicht von Gefühlen leiten lassen. Dann war sie zum Pool gegangen. Es war eher ein Stolzieren gewesen. Stolz wie ein Model auf dem Laufsteg. Graziöse Bewegungen. Nackt, wie irgendein Gott sie erschaffen hatte. Und dieser Gott hatte sich verdammt viel Mühe gegeben. Sie stieg in den Pool, schwamm eine Bahn nach der anderen. Ruhig. Gleichmäßig. Immer im gleichen Tempo. Er konnte genau berechnen, wann sie die nächste Wende machte. Elegant, wie sie Arme und Beine bewegte und ihren schlanken Körper im hellblauen Wasser des Pools aalte. Sie tauchte. Immer zwei Bahnen. Sie musste eine gute Kondition haben. Beim nächsten Tauchvorgang schaltete er im Technikraum den Motor für die Abdeckplane ein. Als sie nach zwei Bahnen wieder auftauchte, war der Pool fast komplett abgedeckt. Bevor sie die gefährliche Situation realisieren konnte, hatte er ihren Kopf unter Wasser gedrückt, bis die Abdeckung eingerastet war. Sie bemühte sich verzweifelt, am Beckenrand zwischen Wasseroberfläche und Plane einzuatmen, aber er drückte immer wieder auf die Stelle, an der ihr Kopf eine runde Erhebung in die Plane drückte, bis sie sich nicht mehr bewegte. Es war fast wie ein Spiel. Für ihn. Für sie nicht.

Er überlegte kurz, ob das Spiel nun beendet war, aber dann siegten die Gedanken über eine Fortsetzung. Die Vorstellung dieser Macht über Leben und Tod faszinierte ihn so stark, dass er augenblicklich einen anderen Plan fasste.

Er war in den Technikraum zurückgerannt, hatte die Schwimmabdeckung halb geöffnet, war in den Pool gesprungen, hatte den leblosen nackten Frauenkörper aus dem Wasser gezogen und der hübschen Kommissarin durch Mund-zu-Mund-Beatmung wieder Leben eingehaucht. Als sich die nassen Körper aneinanderschmiegten, spürte er diesen Erregungszustand wie nie zuvor. Er war der Herr über Leben und Tod. Als sie wieder atmete, legte er sie in die stabile Seitenlage und betäubte sie mit Chloroform, bevor sie die Augen öffnete. Alles andere war kinderleicht. Er kehrte zum Auto zurück, öffnete das Tor, hüllte sie in Decken und legte sie auf den Rücksitz. Dann fuhr er zu dem abgelegenen Ziegenstall. Die Kette hatte er bereits damals präpariert, weil er seinen Opfern keinen schnellen Tod gegönnt hatte, aber dann war es anders gelaufen. Heute konnte er seine Vorstellungen verwirklichen. Ob sie inzwischen aufgewacht war?

Er wusste nicht, wie lange das Chloroform wirkte, hatte kurz darüber nachgedacht, ob er ihr GHB verabreichen sollte. Sie würde sich an nichts erinnern, wenn er sie gevögelt hätte. Filmriss. Sie hätte sogar mitgemacht. Aber er war ein Mörder, kein Vergewaltiger. Die Frauen ließen sich freiwillig mit ihm ein, ohne zu wissen, dass sie mit einem

Mörder schliefen. Wer weiß, vielleicht hätte es einige sogar sexuell erregt, aber er hatte noch nie eine Frau umgebracht, mit der er geschlafen hatte. Ein bestimmter Frauentyp sollte doch dieses Animalische an den Männern lieben. Oder wirklich alle? Nein, Marlene nicht.

Wie lange mochte die Kommissarin ihn gejagt haben? Und nun war sie in seiner Gewalt. Das gejagte Wild hatte die Jägerin überlistet. Die Polizei hatte zur Hetzjagd geblasen. Er war für sie Freiwild. Sie hätten ihn bei der Festnahme vermutlich erschossen und ihm eine Waffe in die Hand gelegt. Wie damals. Es wäre lediglich ein weiterer tragischer Selbstmord in der Familie gewesen und vielleicht der Beweis dafür, dass suizidale Gedanken sich vererben können.

Morgen würde er sie in der Frühe besuchen.

Ob er sich wieder diese Sturmmaske überziehen sollte? Er konnte wählen zwischen George Bush und Helmut Kohl. Oder vielleicht die neue Maske von Barack Obama, dem neuen amerikanischen Präsidenten? Herr, Obama dich unser, war eine Schlagzeile in den Medien. Auch sie würde ihn anflehen, um Erbarmen bitten, aber es würde nichts nützen. Erst vor der Exekution wird er ihr sein wahres Gesicht zeigen. Vielleicht würde sie vor Schreck einen Herzinfarkt erleiden, und es wäre ein natürlicher Tod. Morgen wird er die Sturmmaske anziehen, die er beim Überfall auf den Geldtransporter getragen hatte.

Beim dritten Mord hatte sein Auftraggeber zwar nur den Tod der Polizistin bestellt, aber er hätte zwei auf einen Streich töten können. Leider hatte der Beamte den Kopfschuss überlebt. Nun musste er noch zwei töten. Vorher würde er keine Ruhe finden. Irgendwie war ihm schon klar, dass er krank im Hirn war. Reif für die Irrenanstalt. Unzurechnungsfähig. Unberechenbar. Nach dem Mord in Koblenz hatte er zum ersten Mal den Sinn seines Rachefeldzugs hinterfragt, denn die deutschen Polizisten waren nicht an dem Massaker beteiligt. Aber diese innere Stimme trieb ihn dazu an. Noch zwei, dann konnte sie in Frieden ruhen. Die innere Befriedigung, als er den ersten korrupten Polizisten abgeschlachtet hatte, war überwältigend gewesen. Zum ersten Mal im Leben war er zufrieden gewesen, hatte das Gefühl, etwas Sinnvolles vollbracht zu haben. Die lustbetonte Welle strömte gleichzeitig mit dem Blut, das aus dem Kopf des Polizisten in dem Kühlraum floss, seinen Körper hinunter.

Er war krank. Aber er war es gern für seine Mutter.

Der erste Mord gab ihm die Kraft für den zweiten Anschlag und danach für jeden weiteren. Er musste fünf töten, um ihren Tod zu rächen.

Nummer vier wartete schon auf ihn.

Auf den Tod.

Donnerstag

Früh am Morgen wacht sie schweißgebadet auf. Ihr Kopf schmerzt. Minuten vergehen, bis sie sich an die grellen Lichtstrahlen gewöhnt hat. Immer wieder schließt sie für einige Sekunden die Augen und versucht, sich zu erinnern. Auf ihrem rechten Fuß sitzt wieder diese fette Spinne. Die ursprüngliche Befürchtung, das Insekt würde ihr eine Giftspritze verabreichen, hatte sich Gott sei Dank nicht bewahrheitet. Trotzdem schnippt sie das eklige Tier mit Daumen und Zeigefinger weg, als die Spinne sich wieder an ihren Waden hinaufbewegen will. Sie erinnert sich nun schlagartig an das schreckliche Ereignis des gestrigen Abends. Sie hatte zuvor einen wunderschönen Tag verbracht, war mit Claires Zweitwagen, einem verrosteten alten Citroën Pony, nach Salon gefahren und hatte in dem

Straßencafé am Ringboulevard direkt neben dem grünköpfigen Moosbrunnen gegenüber der Mairie* mit dem Stadttorturm das rege Treiben in der Innenstadt beobachtet. Nach einem Café noir und einem Pastis hatte sie im Supermarché *Géant* Lebensmittel und bei dem freundlichen jungen Franzosen an dem kleinen Markt um die Ecke frisches Obst und Gemüse eingekauft. Ob er wusste, dass sie gestern Abend allein im Haus war? Dann hatte sie auf dem *Mas de la Dame* den gleichnamigen Rotwein eingekauft, war ein paar Runden im Pool geschwommen und wollte nach einigen Tauchrunden für Claire ein kleines Abendessen herrichten. Als sie nach zwei weiteren Bahnen auftauchen wollte, stieß ihr Kopf gegen die Plane. Sie rang nach Luft, tauchte wieder ab und erkannte, dass die Plane den Pool ganz bedeckte. Nur Bruchteile von Sekunden hatte sie die Hoffnung gehabt, dass ein technischer Defekt ursächlich gewesen sein könnte, aber als kräftige Hände ihren Kopf unter Wasser drückten, geriet sie in Panik. Kurze Zeit später verlor sie das Bewusstsein. Sie hatte zuvor weit und breit keine Menschenseele wahrgenommen. Doch mindestens einer musste gestern Abend in der Nähe gewesen sein, denn sonst hätte es ja nicht passieren können. Warum hat man sie entführt?

War es eine Verwechslung mit Claire?

Hatte Claires Mann einen Auftragskiller beauftragt, sie aus der Welt zu schaffen, um mit seiner jungen Geliebten frei von jeglicher finanzieller Verpflichtung zu sein?

Dann musste sie diesen Irrtum schnellstens aufklären. Claire wollte doch früher zurückkommen. Oder war sie auf dem Weg nach Marseille entführt worden? Nein, das konnte nicht sein. Dann hätte Pierre angerufen, denn er hatte sie ja sehnsüchtig erwartet, nachdem er von Lenas Anwesenheit überrascht worden war. Vielleicht wurde Claire auf der Rückfahrt gekidnappt. In Südfrankreich ist

Carnapping en vogue. Letzte Woche war ein Freund von Claire auf der Rückfahrt vom Flughafen Nizza auf einer Nebenstraße von einem Auto gestoppt worden. Männer mit »starken Argumenten in den Händen«, so hatte er die Pistolen bezeichnet, baten ihn freundlich um die Autoschlüssel. Sie hatten sein Handy mitgenommen und ihn dann allein in der einsamen Gegend zurückgelassen.

Aber wer ist schon auf Claires Twingo scharf?

Eher auf Claire.

Blöder Gedankensprung.

Und wer entführt schon Polizisten?

Die sind anderen Gefahren ausgesetzt.

Zum Beispiel Lars, der als verdeckter Ermittler ein Scheingeschäft über eine größere Menge Kokain für eine Million eingefädelt hatte und bei dem Vorzeigen des Kaufgeldes in einem Mannheimer Hotel durch einen Kopfschuss getötet wurde. Oder Martin. Er wurde in seinem Bus erschossen, weil ein Autofahrer mit weit überhöhter Geschwindigkeit in seine Radarkontrolle gefahren war. Und sie denkt an Peter, der bei einem Banküberfall als Geisel ausgetauscht und dann erschossen wurde, weil man die Bedingungen der Gangster nicht erfüllt hatte. Nach diesem tragischen Ereignis hatte die Polizei diesen Einsatz noch einmal aufgearbeitet, und Lena war bei der Polizeiübung »Geiselnahme in einer Bank« mit Tom und drei weiteren Kollegen in die Rolle der Geiseln geschlüpft. Als das SEK den Raum stürmte, war ihr Adrenalinspiegel stark angestiegen. Aber das hier ist keine Übung, das ist eine Echtlage, wie sie es bei der Polizei nennen. Oder doch nur ein schlechter Scherz? Nein! Mit so etwas scherzt man nicht.

Sie zermartert sich den Kopf und findet keine Erklärung auf die Frage nach dem Warum.

Wer würde schon Lösegeld für eine Hauptkommissarin

zahlen, die nicht vermögend ist und am Monatsende auf ihr Gehalt wartet, weil sie nichts mehr auf der hohen Kante hat?

Nein, das kann nur eine Verwechslung sein.

Aber dann schlägt wieder dieser schreckliche Gedanke wie ein Blitz aus heiterem Himmel ein: Er will sie nur töten.

Nur töten!

Ohne erkennbares Motiv.

Warum wurde Sabine Laube in ihrem Streifenwagen getötet?

Sabine war damals Lenas vierte Leiche in vierzehn Tagen gewesen: Das verhungerte Baby, tot im Kinderzimmer. Die aufgeblasene Wasserleiche am Rheinanleger. Der von Maden zerfressene Rest eines unbekannten männlichen Körpers im Stadtwald. Und als vierte Leiche die durch einen Kopfschuss brutal ermordete Sabine. *Wenn in zwei Wochen vier Leichen deinen Weg pflastern, solltest du endlich über dein Leben nachdenken*, hatte sich damals ihre innere Stimme gemeldet. Und plötzlich tauchten die Erinnerungen an ihre Kindheit auf: jener düstere Tag Ende März, an dem sie das erste Mal mit dem Tod konfrontiert worden war. Lena war sechs, als ihr Vater plötzlich und unerwartet nach einem Herzinfarkt starb. Er wurde zu Hause aufgebahrt. Vaters bester Freund Alfred Schmidt hatte die kleine Kinderhand gegen Lenas Willen an den kalten Körper geführt. »Fass ihn ruhig an. Es tut ihm nicht mehr weh«, hatte der Nachbar der kleinen Lena ins Ohr geflüstert und sie fest an seinen schwitzenden Körper gedrückt. Vaters Körper hatte sich wie Pappe angefühlt. Seine Hand war kalt und knochig, und was zu Lebzeiten Haut gewesen war, fühlte sich an wie brüchiges Pergamentpapier. Damals hatte sich die kleine Lena geschworen, nie mehr einen toten Menschen anzufassen.

Sie hat ihren Kinderschwur gebrochen. Oft. Zu oft. Viele Leichen haben ihren beruflichen Weg gepflastert. Zu viele!

Vor Lenas innerem Auge tanzen wieder die Gesichter jener Menschen, denen sie eine schlechte Nachricht überbringen musste. Einer Mutter erklären, dass die Tochter vom netten Nachbarn oder Onkel missbraucht wurde. Eltern die grausame Wahrheit vermitteln, dass sie ihr Kind nie mehr lachen hören würden. Der schwangeren jungen Witwe nach einem tödlichen Verkehrsunfall die grausame Nachricht überbringen. Die richtigen Worte finden, wenn nach einem Flugzeugabsturz eine ganze Familie ausgelöscht wurde.

Und nun liegt sie hilflos in diesem Stall und wartet selbst auf den Tod. Vielleicht würden der oder die Täter sie vorher noch vergewaltigen. Bei dem Gedanken dröhnen die Schreie vergewaltigter Frauen in ihren Ohren, und Bilder tauchen auf: verängstigte Gesichter von Jungen und Mädchen, die auf übelste Art missbraucht wurden. Stumme Blicke vergewaltigter Frauen.

Lena hat keine Vorstellung, wie viel Zeit inzwischen verstrichen ist, als sie Geräusche hört. Schritte, die immer lauter werden. Ein Wanderer in dieser einsamen Gegend. Gott sei Dank.

»Hilfe. Helfen Sie mir. Hilfe, aide moi!«, schreit Lena aus vollem Hals.

Immer verzweifelter klingt ihre Stimme.

Brüchig. Heiser.

Die Schritte kommen näher.

Ein Funke Hoffnung keimt in ihr auf, und für einen kurzen Augenblick klammert sie sich an die Vorstellung, dass man sie aus ihrer Gefangenschaft befreien wird und sie das Schlimmste überstanden hat.

Es hätte schlimmer kommen können, denkt sie voller

Zuversicht, als sich eine menschliche Gestalt auf den Stall zubewegt.

Und es wurde schlimmer.

*

Die *Albatros* dümpelt friedlich im ruhigen Wasser an der Vallendarer Anlegestelle gegenüber der Insel Niederwerth. Tom hatte in der vergangenen Nacht keinen Schlaf gefunden. Seine Gedanken kreisten um Lena. Er hatte sich verschiedenste Horrorszenarien ausgemalt. Die Vögel der Besorgnis schwirrten die ganze Nacht um seinen Kopf, und er hatte keine einzige Minute geschlafen. Dann war er aufgestanden, hatte seinen Koffer gepackt und Reiseunterlagen des ADAC und weitere Straßenkarten aus dem Departement Bouches-du-Rhône zusammengestellt.

Heute Morgen war er schon früh aufgestanden. Präsenile Bettflucht. Er hatte sich gestern die Akte mit den Ermittlungsergebnissen der französischen Polizei kopiert, sitzt nun auf dem Deck der *Albatros* bei einer Tasse Kaffee und liest den Tatortbefundbericht.

Die Nebelschwaden ziehen langsam durch das Rheintal Richtung Koblenz, und die aufgehende Sonne begrüßt den Sommertag als schwach leuchtender Halbkreis, der im Osten immer wieder unter der dünnen Wolkendecke für kurze Zeit verschwindet.

Nachdem er die Akte der französischen Polizei studiert hat, packt Tom seine Sachen und fährt mit dem alten Daimler zum Präsidium. Um diese Uhrzeit findet er noch einen Parkplatz im zweiten Untergeschoss. Kaum hat er sein Büro betreten, klingelt das Handy.

Direkt nach dem Telefongespräch stürzt Tom in Haralds Zimmer.

»Claire hat soeben mitgeteilt, dass Lena immer noch nicht aufgetaucht ist und sie nun Vermisstenanzeige erstatten wird.«

Harald blickt kurz auf. Er hat bei dem gestrigen Telefonat mit der Beratungsstelle erfahren, dass er gute Chancen hat, den Krebs zu besiegen. Aber erst morgen wird er vollkommene Gewissheit haben. Wenn es die überhaupt gibt.

»Okay. Dann genehmige ich dir bis auf Weiteres den Abbau deiner Überstunden. Aber denk daran! Du hast keinen offiziellen Auftrag und bist nur Tourist in Frankreich, ohne vollzugspolizeiliche Befugnisse. Ist das klar?«

Tom nickt, steht auf und geht zur Tür.

»Ist das klar, Tom?«, ruft Harald ihm nach.

Tom hat schon den Türgriff in der Hand. Er dreht sich kurz um.

»Verstanden, Chef.«

»Den Chef kannst du dir irgendwo hinschmieren. Pass lieber auf dich auf, alter Junge. Und ich warne dich. Lass deine Knarre im Safe.«

»Oui, Monsieur.«

»Kannst du denn überhaupt Französisch?«

»Klar, Alter. Nur mit der Sprache hapert es ein wenig.«

Harald schüttelt den Kopf und lächelt.

»Ruf mich an, wenn du angekommen bist. Ich werde mit dem Verbindungsbeamten des BKA Kontakt aufnehmen, um die Sache zu forcieren, und sage dir dann Bescheid. Vergiss nicht, dass du keinen offiziellen Auftrag hast.«

»Ja, ist klar.«

»Und noch was, Tom.«

»Ja, was denn?«

»Mach dir keine Gedanken, es gibt bestimmt eine einfache Erklärung.«

»Glaubst du das wirklich?«

»Ich hoffe es«, murmelt Harald

»Ich auch«, erwidert Tom und verlässt den Raum.

*

Die Ziegen laufen unruhig hin und her. Die kleine Herde in dem Stall wirbelt Staub auf. Durch die Zwischenräume der Holzbretter erkennt Lena die Konturen eines Körpers. Dann öffnet sich die Stalltür. Die Sonne scheint durch die breite Öffnung, und dünne Lichtfäden umstrahlen den Körper eines großen Mannes. Er kommt auf sie zu, umgeben von unzähligen kleinen Staubfäden, die im Sonnenlicht tanzen. Eine gespenstische, irreale Erscheinung. Nur schemenhaft kann sie die Konturen seines Körpers erkennen. Eine kräftige Gestalt. Sie wagt einen kurzen Blick nach oben.

Der Mann trägt eine Sturmmaske.

Er geht langsam auf sie zu, bleibt vor ihr stehen.

Sagt kein Wort, zieht den runden Melkhocker vor dem Ziegengatter an sich heran und setzt sich direkt vor sie. Dann greift er in den Rucksack, den er neben sich abgestellt hat. Er zieht einen Schreibblock und einen dicken Edding-Stift heraus, öffnet die Kappe des Filzstiftes und schreibt, reißt das oberste Blatt ab und hält es vor ihre Nase.

Weißt du, wer ich bin?

Sie schüttelt verneinend den Kopf. Tränen rinnen über ihre Wangen. Sie schluchzt.

Er reißt das Blatt ab, zerknüllt es, wirft es hinter sich und schreibt wieder.

Möchtest du wissen, wer ich bin?

Sie bewegt den Kopf noch schneller hin und her. Nein, natürlich möchte sie nicht wissen, wer er ist, will weder sein Gesicht sehen noch seinen Namen kennen. Wenn eine Geisel den Entführer kennt, wird er das Opfer töten. Vernichtung von Beweismitteln, ein schreckliches Wort für einen heimtückischen Mord.

Und er schreibt wieder.

Du ahnst nicht, wer ich bin?

»Nei…ein. Ich weiß es nicht. Verdammt noch mal. Was wollen Sie von mir?«, schreit sie ihn an und würde ihm am liebsten ins Gesicht spucken.

Dann schreibt er wieder auf den Block, reißt das Blatt ab, und Lena liest die zwei Worte in Großbuchstaben:

DEIN LEBEN!!!

Das Herz schlägt ihr bis zum Hals.

Er formt das Blatt zu einem kleinen Ball und wirft das zerknüllte Papier wieder hinter sich.

»Warum? Was habe ich Ihnen getan?«, flüstert sie mit brüchiger Stimme. Er schreibt wieder.

Nichts

»Man bringt doch niemanden ohne Grund um?«

Er greift zum Edding, hält ihr das nächste Blatt vor die Augen. Ganz nah.

Es gibt einen Grund!

»Werde ich den Grund erfahren, bevor Sie mich töten?«
Er zuckt mit den Schultern.
»Reden Sie mit mir! Bitte! Oder haben Sie Angst, dass ich Ihre Stimme erkenne? Kenne ich Sie?«
Er zuckt wieder mit den Schultern, zieht ein Blatt Papier aus dem Rucksack und drückt es ihr in die Hand. Mit zitternden Händen blickt sie auf das Blatt. Es ist eine von Kinderhand gemalte Skizze, eine Beschreibung des Raums, in dem er sie gefangen hält.
WC steht in blauer Farbe neben dem Balken. Kinderschrift? Das Wort **Essen** wurde in den Trog geschrieben. Davor **Schlafen**.
Die Länge der Kette ist eingezeichnet. Oben rechts ist eine große Wolke, in die in blutroter Schrift das Wort **MAMA** geschrieben steht.
Warum gibt er ihr eine Raumskizze? In diesem kleinen Verschlag kann sie sich nicht verlaufen. Warum hat er »Mama« in die Wolke geschrieben?

Eine unheimliche Stille breitet sich in dem kleinen Stall aus. Er greift zu dem Block, schreibt wieder und hält ihr den Zettel vor die Nase.

DU hast mich gesucht, und ICH habe dich gefunden

Sie erstarrt. Es fällt ihr wie Schuppen von den Augen.
»Paul Schleicher?«, flüstert sie ungläubig.
Er zuckt mit den Schultern.
»Max Schleicher«, hört sie ihre zitternde Stimme.
Er nickt zustimmend.
»Bitte, sprechen Sie. Sagen Sie etwas. Was wollen Sie von mir? Bitte«, flüstert sie und sieht verzweifelt in die Augen, die sie aus den Schlitzen der Sturmmaske anstarren.
Kalte Augen.

Wie Glaskugeln.
Ohne Emotionen.
Tote Augen.
Dieser Mann ist ein eiskalter Mörder. Menschen können mit Worten lügen, aber nicht mit den Augen.
Sie versucht, dem Körper ein Gesicht zu geben.

Das kann nur einer der beiden Schleicher-Brüder sein. Deren Mutter hatte die Liaison des Vaters mit Sabine Laube nicht verkraftet und ist immer noch in stationärer Behandlung in einer Landesnervenklinik. Die junge Polizistin musste sterben, weil sie die Familienidylle zerstört hatte. Und nun muss Lena sterben, weil sie glauben, sie habe den Aufenthaltsort der Schleicher-Brüder entdeckt. Sie hat anscheinend die Spur gefunden, ohne es zu wissen. Wer immer es von den beiden Schleichers sein mag: Er dreht sich um und geht zur Tür. Sie hört nur noch, wie die Kette rasselt und ein Schließmechanismus betätigt wird.

Sie wird den Weg in die ewige Finsternis antreten und diesen Stall nicht lebend verlassen. Würde irgendwann als Leiche in einer silbernen Wanne aus dem Stall getragen. Wenn man sie überhaupt jemals findet. Das kann in dieser Einsamkeit lange dauern. Vermutlich wird man sie nicht mehr erkennen, weil Vögel und Maden ihren Körper zerfressen haben.

Wie viele Menschen würden zu diesem Zeitpunkt in ähnlichen Situationen verweilen und auf den Tod, die Freilassung oder die Zahlung des geforderten Lösegeldes warten?

Warum denkt sie jetzt an fremde Menschen? Sie selbst ist in Gefahr. In tödlicher Gefahr. Bei diesem Gedanken sinkt Lena in einen tiefen Erschöpfungsschlaf.

*

Lena hat das Gefühl für Zeit verloren und weiß nicht, wie lange sie geschlafen hat, als sie eine Hand auf ihrem Unterarm spürt. Eine stark behaarte Hand.

»Ich habe Essen mitgebracht«, flüstert die Stimme.

Er hat gepflegte Hände. Ihre Finger mit den pechschwarzen Rändern unter den Nägeln sind ungepflegter als die ihres Entführers. Klar, wenn man mit den Händen voller Verzweiflung im Sand scharrt, um das Gefühl zu haben, dass man noch etwas spürt. Noch lebt. Aber wie lange noch?

Sie öffnet die Augen. Nur einen winzigen Spalt. Erkennt die Konturen eines Gesichts. Der Mann trägt heute keine Maske. Lena kneift die Augen wieder fest zusammen. Nein, sie will ihn nicht sehen.

Er kniet vor ihr nieder.

Sie spürt seinen heißen Atem.

Erinnert sich an den Ziegenkopf direkt vor ihrer Nase.

Aber sein Atem riecht angenehm.

»Bonjour!«, sagt eine freundliche Stimme.

Lena presst die Augen zusammen.

»Aber, Frau Kommissarin! Wer wird denn so unhöflich sein und seinen Gastgeber nicht begrüßen. Sie wissen doch: Der kürzeste Weg zwischen zwei Menschen ist ein Lächeln.«

Lena stockt der Atem. Er hat sie Kommissarin genannt. Also keine Verwechslung. Alle Argumente, die sie sich zurechtgelegt hatte, sind mit einem Wort zerplatzt. Quatsch, sie hatte schon wieder verdrängt, was er auf den letzten Zettel geschrieben hatte. Sie atmet tief durch.

»Das Lachen ist mir schon lange vergangen. Seitdem ich in diesem Saustall gefangen bin«, haucht sie weinerlich mit geschlossenen Augen.

»Ein Ziegenstall, um korrekt zu sein.«

Die Stimme. Sie kennt diese sanfte Stimme. Woher?

Und von jetzt auf gleich wechselt er die Stimmlage.
»Schau mich an«, fordert er sie auf.
Die Stimme wirkt plötzlich wieder fremd.
Emotionslos.
Befehlston.
Brutal mit unterschwelliger Drohung.

Sie kann nicht ständig die Augen geschlossen halten.
Lena zittert am ganzen Körper.
Dann öffnet sie das rechte Auge, presst das linke fest zusammen. Zaghaft blickt sie in sein Gesicht. Und ihr Verdacht, dass sie diese Stimme schon einmal gehört hat und diesen Mann kennt, bestätigt sich auf schreckliche Weise.
»Nein«, flüstert sie ungläubig mit belegter Stimme und öffnet auch das linke Auge.
»Doch«, flüstert er mit einem Grinsen.
»Ich bin es. Guten Morgen.«
»Ich bin der Mörder ohne Gesicht. Das Phantom. Der Unsichtbare. Bist du nicht froh, mich endlich zu sehen?«
Lena starrt ihn mit zitternden Lippen an. Ihr hat es die Sprache verschlagen.
»Auf diesen Tag hast du doch schon so lange gewartet.«
Dann kniet er sich wieder vor Lena.
»Ich weiß, dass du diesen Tag herbeigesehnt hast, allerdings unter anderen Vorzeichen. Ich als dein Gefangener. Und ihr steht alle um mich herum. Du und dein ganzes Team von Allrounddilettanten, die auf der falschen Spur waren und vermutlich heute noch sind. Aber du bist die Einzige, die mich jemals sehen wird. Leider wirst du dieses Vergnügen nur für kurze Zeit genießen können.«
Lena zittert, obwohl die Sonne auf das Dach des Ziegenstalls brennt und den Raum aufheizt.
»Ich habe dir was zum Essen mitgebracht.«
Er stellt einen Picknickkorb vor ihre Füße. Sie hat kei-

nen Hunger, denn der Unsichtbare hat ihr sein wahres Gesicht gezeigt. Und sie weiß, was das bedeutet: Er wird sie töten, denn sonst hätte er wieder seine Maske aufgesetzt. Doch sie weiß in diesem Moment nicht, was sie mehr verängstigt hätte. »Würden Sie mir etwas zum Anziehen geben?«, bittet sie, und die Tränen fallen auf ihre nackten Beine, die sie im Sitzen übereinandergeschlagen hat, um ihre Scham zu bedecken.

»Warum? Frierst du?«

»Nein, aber ich würde mich wohlerfühlen.«

Er grinst.

»Du musst dich nicht mehr lange schämen. Es rentiert sich nicht mehr, dir Kleidung zu bringen.«

Lena hat das Gefühl, in ein Loch ohne Boden zu fallen. Sie spürt den Schwindel, der sie plötzlich überfällt.

»Darf ich das Papier und einen Stift haben?«, hört sie sich fragen und weiß in dem Moment nicht, warum sie ihn darum bittet.

»Warum? Jetzt, da du mein Gesicht kennst, können wir doch miteinander reden.«

»Ich würde gern einen Abschiedsbrief schreiben, den Sie zensieren können. Ich möchte mich nur von meinen Kollegen verabschieden und mich bei einigen Menschen entschuldigen, wenn ich sie ungerecht behandelt habe.«

»Oh, welch ein ehrenvoller Abgang.«

Er lacht, steht auf, verlässt den Stall und schließt das Tor ab. Und wieder tritt diese Stille ein, die nur von den Geräuschen unterbrochen wird, die die kleine Ziegenherde verursacht.

Lenas Hoffnung auf einen guten Ausgang ist schon lange gestorben.

Ob sie versuchen sollte, eine positive emotionale Beziehung aufzubauen? Das hatte sie bei dem Vorbereitungsseminar für die Geiselnahmeübung doch gelernt und auch praktiziert. War es nicht einen Versuch wert, ihm das Stockholm-Syndrom vorzuspielen? Lena ist eine gute Schauspielerin, aber nicht in dieser lebensbedrohlichen Situation. Als Stockholm-Syndrom bezeichnet man das Phänomen, wenn die Geisel sich mit dem Geiselnehmer verbrüdert, sich mit ihm solidarisiert und sich vielleicht auch in ihn verliebt. Wie soll sie sich aber mit jemandem solidarisieren, der keine Forderungen an ihre Freilassung stellt, sondern sie nur töten will? Er ist kein Geiselnehmer. Er hat sie entführt, um sie zu ermorden und weiterhin seine Spur zu verwischen. Sie würde ihrem Mörder Liebe vorgaukeln, nicht ihrem Geiselnehmer. Und auf der Fachhochschule der Polizei hatte sie auch etwas über das Jolo-Syndrom erfahren: Es soll manchmal vorkommen, dass Täter sich in eine Geisel verlieben.

Soll sie alle Register ziehen?

Wie damals bei der Vernehmung von Alfred Laube?

Aber da war die Rollenverteilung anders gewesen.

Sie will noch nicht sterben. Und wenn der Preis für das Weiterleben auch noch so hoch sein sollte. Sie hatte noch so viel vor. Sie will nicht sterben. Noch nicht. Viele Kollegen planen immer in die weite Zukunft. »Wenn ich erst mal pensioniert bin, dann …« »Wenn nicht jetzt, wann dann?«, hatte sie auf die Zukunftspläne ihrer Kollegen reagiert, aber hatte es selbst nie geschafft, eine glückliche Beziehung mit einem geliebten Mann aufzubauen, mit dem sie ihre Träume hätte verwirklichen können. Wir haben nur dieses eine Leben, hatte Tom gesagt, und sie hatte auf seine Anspielungen über eine gemeinsame Zukunft immer ablehnend reagiert.

Warum eigentlich?

*

Zur gleichen Zeit gibt Stefan seinem Team den aktuellen Erkenntnisstand in dem laufenden Ermittlungsverfahren bekannt.

»Andrea Linke wurde nach Vorführung beim Haftrichter in die Justizvollzugsanstalt für Frauen eingeliefert. Sie hat zur Sache keinerlei Angaben gemacht.«

»Haben wir Näheres über Jo Hinken erfahren?«, fragt Gitte.

»Nein. Laut Recherche im Informationssystem Rauschgift soll ein Mann mit diesem Namen ein Observer des europaweit operierenden Drogenkartells sein, in dessen Auftrag Gregor seine Kurierdienste durchführte. Aber Hinkens wahre Identität spuckt der Computer nicht aus. Er wurde noch nie erkennungsdienstlich behandelt. Es sind nur Aliasnamen registriert.

»Wie bei den israelischen Agenten, die letzte Woche in Dubai den palästinensischen Waffenhändler in dem Nobelhotel ermordet haben. Deren wahre Identität wird auch niemand erfahren.«

»Vielleicht ist unser Mann auch für einen Geheimdienst tätig.«

»Er scheint keine Vergangenheit zu haben.«

»Und nun können wir ihn nicht mehr fragen.«

»Schade.«

»Für wen?«

»Für beide Seiten.«

»Und was steht nun an?«, fragt Mike.

»Wir gönnen uns ausnahmsweise mal ein langes Wochenende. Momentan liegt nichts an, was nicht bis Montag warten könnte.«

»Wenn nicht wieder was dazwischenkommt«, flüstert Axel.

»Das kann man nie wissen, aber in einer Stunde will ich hier keinen von euch mehr sehen. Ich werde die Bereitschaft übernehmen und hoffe, dass ich euch erst am Montag in alter Frische wiedersehe.«

»Wo steckt Tom?«, fragt Gitte.

»Tom wurde wieder zur Soko *Deutsches Eck* abgeordnet und ist heute morgen nach Frankreich gefahren.«

»Warum?«, fragt Gitte.

»Lena ist verschwunden.«

»Wie bitte? Sag das noch mal.«

Gitte und die anderen starren Stefan erschrocken an.

»Ja, sie ist spurlos verschwunden. Gestern Abend hat ihre Freundin bei Tom angerufen.«

»Was hat das mit der Soko zu tun?«, will Fredy wissen.

»Nichts, aber Lena war seine Partnerin, und sie waren ein starkes Team. Tom hat Überstunden eingereicht und ist als Privatmann nach Salon gefahren.«

»Nur weil sie ein Team bei der Soko waren? Wie fürsorglich«, lästert Fredy.

»Stark im Team, nicht intim«, bemerkt Ecci mit einem Seitenblick auf Fredy.

»Lass das, Ecci. Wärme jetzt keine alten Geschichten auf«, fährt Stefan ihn an.

»Okay«, murmelt er ungehalten. Er würde gern noch sagen, dass Fredy sich gegenüber Kolleginnen wie ein mieses Schwein verhält.

*

Tom Schneider hatte mit dem alten Mercedes die schnellste Route in die Provence über Luxemburg, Metz, Nancy, Dijon, Lyon, Montélimar gewählt und fährt bereits gegen neunzehn Uhr von der Abfahrt Salon-Ouest auf die Route Nationale. Er passiert den Supermarché

Géant und fährt im Kreisel Richtung Bel Air. So hatte Claire ihm die Anfahrt beschrieben.

Tom bremst den Mercedes ab, hält neben dem alten Mann am Straßenrand an, öffnet per Knopfdruck das rechte Fenster und lehnt sich über den Beifahrersitz zur rechten Seite.

»Monsieur! Excusez-moi. Où habite Madame Claire Grube?«

»Le nom?«

»Claire Grube.«

»Je ne la connais pas.«

Der alte Mann schüttelt den Kopf, und die Zigarette im Mundwinkel wackelt hin und her.

»Chemin de la Cabane.«

»Ah, oui.«

Der alte Mann gestikuliert wild mit den Händen.

»Le feu, à droite.« Er wedelt mit der zitternden Hand nach rechts.

Tom bedankt sich mit einem »Merci bien« und folgt der Anweisung des alten Mannes. Er fährt an der nächsten Ampel rechts ab und folgt der schmalen Straße, die sich zwischen endlosen Feldern und kleineren Wäldchen, hinter denen vereinzelt Anwesen zu erkennen sind, entlangschlängelt. Die meisten Bauernhäuser liegen versteckt abseits der schmalen Straße. Beim Blick in den Rückspiegel erkennt Tom erst im letzten Moment das ockerfarbene Haus, das sich von den schmutzig grauen Fassaden der alten Bauernhäuser abhebt. Genau so, wie Claire es ihm beschrieben hatte. Die Zufahrt zum Haus in einem spitzen Winkel hinter den riesigen Bäumen ist erst auf den zweiten Blick zu erkennen. Er biegt auf den Schotterweg ein, und nach einigen hundert Metern hält er vor dem mindestens drei Meter hohen schmiedeeisernen Tor, das die Zufahrt zu dem rundum eingezäunten Grundstück versperrt.

Er steigt aus. Sein Rücken ist feucht, das Hemd klebt auf der Haut. Vergeblich sucht er einen Klingelknopf.

Dann sieht er die nackte Frau, die sich ein weißes Leinenkleid überstreift. Das helle Kleidungsstück bildet einen reizvollen Kontrast zu ihrer sonnengebräunten Haut.

»Tom Schneider?«, ruft sie.

»Claire Grube?«

»Ja, wer sonst. Moment, ich hole nur den Schlüssel.«

Mit eiligen Schritten kommt die attraktive Frau ihm entgegen. Die silbernen Kreolen an ihren Ohren funkeln im Abendlicht. Sie hat einen Bundbartschlüssel in der Hand, öffnet damit den rechten Torflügel und reicht Tom die Hand: »Danke, dass Sie gekommen sind. Sie können mit dem Auto reinfahren.«

Dann bückt sie sich und zieht den unteren Riegel des linken Torflügels hoch, um die Hofeinfahrt zu öffnen. Dabei gewährt sie ihm ungewollt einen freizügigen Blick.

»Wenn Sie sich alles angeschaut haben, können Sie das Auto jetzt in den Hof fahren«, schmunzelt sie. Tom errötet leicht und fährt den alten Mercedes vor die Garage.

Claire Grube schließt das Tor wieder ab.

»Sie sind sicherlich erschöpft. Ich habe Ihnen den Rosé gekühlt und etwas zum Essen vorbereitet.«

Tom hatte auf der langen Fahrt nur eine Tankpause eingelegt. Auf den letzten hundert Kilometern waren ihm ein paarmal die Augen zugefallen, und er hatte befürchtet, wieder in einen Sekundenschlaf zu fallen, wie damals bei dem Unfall. Er fühlt sich ziemlich geschafft.

»Fühlen Sie sich wie zu Hause. Lenas Freunde sind auch meine Freunde. Schauen Sie sich noch ein wenig um. Ich werde inzwischen im Poolhaus den Tisch decken«, sagt Claire und zeigt mit der Hand in Richtung des offenen Anbaus neben dem Haupthaus.

Als Claire ins Haus geht, blickt er hinter ihr her. Lena hatte mit der Beschreibung ihrer Freundin nicht übertrieben. Tom erinnert sich an das Gespräch, als er Lena davon überzeugen wollte, dass der Onkel von Sabine Laube nicht als einziger Täter infrage komme und die Familie Schleicher auch dringend verdächtig sei.

»Mensch, Lena. Wir können doch die Beweislage nicht ignorieren, nur weil das alles nicht in deinen Kram passt und Laube vielleicht entlastet. Erinnere dich. Wir haben nicht nur belastendes, sondern auch entlastendes Material zu sammeln. Das ist verdammt noch mal unser Job. Ob dir das nun gefällt oder nicht. Du hast nicht zu richten, sondern Fakten zu sammeln. Du solltest objektiv bleiben, auch wenn Laube ein dreckiges Schwein ist«, hatte Tom sie damals mehrfach darauf hingewiesen, dass sie sich nicht auf Dr. Laube als alleinigen Täter konzentrieren dürfe.

Wieso hatte Lena die Verdachtsmomente gegen Schleicher ignoriert? Tom erinnert sich an seine Worte, als sei es erst gestern gewesen: »Lena, ich wiederhole mich ungern, aber man kann es dir in diesem Verfahren anscheinend nicht oft genug sagen. Wir müssen aufgrund der DNA-Spuren die Ermittlungen ausweiten und Mittäter suchen. Vollkommen egal, ob Laube Täter, Mittäter oder vielleicht wirklich nur Zeuge ist und seine Version stimmt.«

»Zeuge? Opfer der Justiz? Hättest du das gern?«, hatte Lena wie eine angriffslustige Katze gefaucht. Und dann hatte sie sich in den Sessel fallen lassen und war von einer Sekunde auf die andere ein zartes Lämmchen.

»Ach, Tom. Lass uns nicht streiten. Ich habe mich schon gedanklich verabschiedet. Meine Freundin hat mich in die Provence eingeladen. Ich kann bei ihr wohnen, solange es mir gefällt«, hatte sie gesagt und hatte sehr müde ausgesehen.

»Ledig?«, hatte er gefragt.

»Ja.«

»Was für mich?«

»Könnte sein.«

»Wie heißt denn deine Freundin?«

»Claire Grube.«

»Wie? Klärgrube?«

Beide hatten schallend gelacht.

»Ja, hört sich für Deutsche echt komisch an, aber sie ist Französin und hat einen Georg Grube geheiratet. Das heißt, sie hat sich von ihm getrennt. Claire malt Bilder. Nackte Frauen und Stiere.«

Und nun sitzt er in Claires Poolhaus und wünscht sich, er hätte diese attraktive Frau unter anderen Bedingungen kennengelernt. Kurze Zeit später stellt Claire ein großes Tablett mit Brot, Käse, Oliven und frischem Obst auf den runden Mosaiktisch in dem zum Schwimmbad offenen Poolhaus.

Während des Essens erzählt Claire, dass sie heute Morgen in Salon Vermisstenanzeige erstattet habe, sie habe aber irgendwie das Gefühl, dass der Gendarm nicht davon überzeugt war, dass ihrer Freundin wirklich etwas zugestoßen sein könnte.

Nach dem Essen fragt Tom: »Sind Sie damit einverstanden, dass ich unser Gespräch auf Band aufzeichne und wie eine Vernehmung protokolliere? Dann ist es einfacher für mich, die wesentlichen Fakten von den unwesentlichen zu trennen und entsprechend zu bewerten.«

»Wenn es sein muss.«

Tom drückt auf die Aufnahmetaste des ausgesonderten Tischdiktiergerätes, das er früher als verdeckter Ermittler mit den Decknamen Jörg und Garry Wulf benutzt hatte. Mit Beendigung seiner Tätigkeit als verdeckter operierender Beamter hatte er wieder seinen richtigen Namen angenommen.

Claire wiederholt noch einmal alles, was sie Tom bereits am Telefon berichtet hatte. Fast alles, denn eine entscheidende Frage hatte er bei ihrem ersten Anruf nicht gestellt.

»Pierre ist also der einzige Mann, den Lena kennengelernt hat?«

»Richtig. Zweifeln Sie an meiner Aussage, oder spüre ich einen Hauch von Eifersucht?«

»Hat Lena Ihnen was erzählt?«

»Nein, aber ich habe Ohren und Augen, und ich glaube, dass Sie der Mann sind, nach dem Lena sich sehnt und nicht nach irgendeinem Südfranzosen.«

Tom blickt verlegen auf den Boden, schaltet das Aufnahmegerät ab, spielt das Band ein kleines Stück zurück und wiederholt seine Frage.

»Pierre ist also der einzige Mann, den Lena kennengelernt hat?«

Danach drückt er wieder auf REC.

»Ja, das ist richtig«, antwortet Claire.

»Es handelt sich um Pierre Bouillon«, diktiert Tom weiter.

»Mit wem haben Sie an dem Abend noch telefoniert?«

»Ich habe Pierre noch am selben Abend angerufen.«

»Vor mir?«

»Ja, bevor ich die Idee hatte, Lenas Partner anzurufen.«

Ein Lächeln huscht über Claires Gesicht.

»Pierre wollte sogar zu mir kommen, damit ich die Nacht nicht allein im Haus verbringen musste. Ich habe dann aber bei einer Zonta-Freundin geschlafen.«

»Zombiefreundin?«, fragt Tom, und das Fragezeichen scheint auf seiner Stirn zu stehen. In einer anderen Situation hätte Claire schallend gelacht.

»Nicht Zombie. Zonta. Das ist eine Frauenvereinigung. Gibt es in Deutschland auch. So was wie weibliche Rotarier.«

»Ach so.«

»Wie viele Personen kennen Lena?«

»Es sind nicht viele Personen, mit denen ich Lena bekannt gemacht habe. Nur Freundinnen.«

»Erzählen Sie mir mehr über Pierre.«

»Warum?«, fragt Claire erstaunt.

»Bitte. Beantworten Sie meine Frage.«

»Nun gut. Ich weiß nicht viel von ihm. Er ist in Marseille aufgewachsen. Seine Eltern müssen auf tragische Weise ums Leben gekommen sein. Ein Unglücksfall. Er war noch ein kleiner Junge. Den Rest seiner Kindheit verbrachte er bei der Großmutter im Elsass. Er spricht perfekt Deutsch. Mit achtzehn ist er wieder nach Marseille zurück. Handelt mit Autos, Antiquitäten und Immobilien.«

»Sehr vielseitig.«

»Kann man wohl sagen.«

»Hat Lena bei dieser Begegnung den Namen Paul Schleicher erwähnt?«

»Nein, sie nicht. Das war ich. Aber Sie kennen Lena ja, sie hat dann nachgebohrt und ihn nochmals gefragt, ob er eine Person mit diesem Namen kennt.«

»Wie hat Pierre reagiert?«

»Wie soll er reagiert haben? Er hat gesagt, dass er keinen Antiquitätenhändler mit diesem Namen kenne und sich in der Region auch nicht auskenne, weil er sich mehr nach L'Isle-sur-la-Sorgue orientiere. Dieser Ort ist in dieser Region das Zentrum für den Antiquitätenhandel.

»Stimmt das?«

»Was?«

»Dass Pierre sich in der Ecke, in der Paul Schleicher gewohnt hat beziehungsweise wo man dessen Leiche gefunden hat, nicht auskennt.«

»Ja und nein.«

»Was heißt das?«

»Es stimmt, dass in der Ecke wenig mit Antiquitäten oder Autos gehandelt wird. Auch Immobilien sind in dieser Region selten zu verkaufen. Aber Pierres Großvater wohnt in den Alpilles. Insofern kennt er die Gegend.«

»Wissen Sie, wo er wohnt?«

»Ja. Wir haben ihn einmal besucht.«

Tom steht wortlos auf, geht zum Auto, kommt zurück und breitet eine Karte der Region auf dem Tisch aus.

»Was ist das?«

»Das hat die französische Polizei uns gesandt.«

Dann zeigt Tom mit dem Finger auf einen Punkt in der Mitte der Landkarte. »Schauen Sie hier. Wo wir das Kreuz eingezeichnet haben, wurde Schleichers Leiche gefunden.«

Claire studiert die Karte.

»Und hier wohnt Pierres Großvater.«

Claire tippt auf einen Punkt in der Karte, maximal einen Kilometer von der Stelle entfernt, an der man Paul Schleichers verweste Leiche gefunden hatte.

»Beschreiben Sie mir die Gegend.«

»Dort oben ist es ziemlich einsam, und es brennt häufig. Immobilienhaie zerstören die Schönheit einer Landschaft, mit der sie die Leute anlocken wollen. Aber bis sie das vor lauter Geldgier kapiert haben, ist es zu spät«, murmelt Claire in Gedanken versunken.

»Wer macht so was?«, fragt Tom.

»In den Achtzigerjahren waren es besonders an der Côte d'Azur Bodenspekulanten, die Baugebiete planten. Da es aber ein Gesetz gab, dass bewaldete Flächen nicht bebaut werden dürfen, ließen sie rücksichtslos Brände legen, um ihre Bauvorhaben zu verwirklichen, denn andere Flächen durften bebaut werden. Erst später erließ die Regierung ein Gesetz, dass auch nichtbewaldete Flächen nur mit ausdrücklicher Genehmigung und nur nach Einzelfallprüfung bebaut werden dürfen, und die Waldbrände in Küstennähe reduzierten sich. Aber immer noch lösen achtlos weggeworfene Zigarettenkippen verheerende Brände aus. Sogar unter den hier wirklich geachteten Pompiers gibt es schwarze Schafe, Feuerwehrmänner, die selbst Brände legen. 2000 wurde ein Feuerwehrmann überführt, der über mehrere Jahre in den Monts de Maures fast zweihundert Brände gelegt hatte. Und im letzten Jahr wurden Touristen aus einer französischen Großstadt festgenommen. Sie hatten die Brände aus Neid und Missgunst gelegt, weil sie den Bewohnern hier diese schöne Landschaft nicht gönnten. So unglaubwürdig es klingen mag, aber auch solche Menschen gibt es.«

»Das kann ich mir kaum vorstellen.« Tom schüttelt den Kopf.

»Doch, leider. Wenn jemand dies in einem Roman beschrieben hätte, würde man dem Autor eine rege Phantasie unterstellen.«

»Ja, das glaube ich auch.«

»Aber die meisten Brände in den Alpilles werden heute vermutlich durch Unachtsamkeit verursacht. Deshalb ist das Begehen der Waldwege ab Juni generell verboten, in trockenen Wintern sogar manchmal schon ab Februar. Aber die Verbotsschilder werden immer wieder von Wanderern missachtet. Nur dem Einsatz der Canadairs ist es zu verdanken, dass die Waldbrände sich nicht noch mehr ausbreiten.«

»Wer sind denn Canadairs?«

»Das sind Löschflugzeuge, die im Étang de Berre oder an anderen geeigneten Stellen Wasser auftanken und direkt zu den Brandherden zurückfliegen und aus der Luft löschen. Es gibt Tage, an denen fliegen sie von morgens bis abends über mein Grundstück. Aber es gibt auch Ecken in den Alpilles, dorthin verirrt sich kein Mensch. Dort wohnen außer Pierres Großvater nur noch wenige alte Leute, die sich ihren Lebensunterhalt mit der Herstellung und dem Verkauf von Ziegenkäse verdienen. Die Höfe liegen mehrere Kilometer voneinander entfernt. Kein einziges Dorf weit und breit zwischen Eygalières und Maussane. Nur die alten Bauernhäuser und zerfallene Kapellen.«

Tom spürt seine innere Erregung, dieses Gefühl, das immer dann auftaucht, wenn er eine heiße Spur verfolgt.

»Haben Sie ein Foto von Pierre?«

»Eins? Eine ganze Sammlung. Aber warum?«

»Ein gutes Porträtfoto, vielleicht auch von der Seite und einmal in voller Statur.«

Tom grinst. Claire findet es offenbar nicht witzig.

»Sie meinen, wie ein Polizeifoto: einmal von vorn, einmal von rechts, einmal von links, einmal ganz.«

»Genau. Aber verstehen Sie mich bitte nicht falsch.«

»Das sagt man immer, wenn der andere richtig versteht. Und ich habe sehr wohl verstanden.«

»Reine Routine. Wir müssen alle Möglichkeiten ausschöpfen. Pierre ist der einzige Mann, den Lena kennengelernt hat.«

»Ja, aber macht ihn das schon verdächtig?«

»Jeder ist verdächtig, der nicht frei von Verdacht ist.«

»Was ist das denn für ein schwachsinniger Spruch.«

»Hat mal ein bekannter Rechtswissenschaftler in einem Kommentar geschrieben. Habe ich mir als einen der wenigen Sätze gemerkt.«

»Scheint der falsche Satz gewesen zu sein. Es ist einfach lächerlich, Pierre zu verdächtigen.«

»Nichts ist lächerlich, wenn es um Ermittlungen in einem Mordfall geht.«

»Mordfall? Sie tun ja so, als sei Lena schon tot.«

»Lena nicht, aber …«

Claire unterbricht ihn.

»… nochmals zu Pierre. Er wollte mit mir am nächsten

Tag zur Gendarmerie fahren. ›Morgen früh musst du sofort eine Vermisstenanzeige aufgeben. Bestehe darauf. Wenn du möchtest, gehe ich mit dir zur Polizei‹, hat er gesagt. Und diesen Mann verdächtigen Sie? Mein Vertrauen in die französische Polizei ist nicht besonders groß. Aber Ihre Theorie ist geradezu absurd.«

»Claire. Bitte. Wir wollen beide Lena gesund und munter wiedersehen. Vertrauen Sie mir. Wenn ich über das Ziel hinausgeschossen bin, werde ich mich persönlich bei Monsieur Pierre Bouillon entschuldigen. Er wird keine Unannehmlichkeiten haben. Glauben Sie mir. Aber ich würde gern die Fotos sehen.«

Claire schaut Tom verständnislos an und flüstert: »Wenn es Sie weiterbringt.«

Claire geht ins Haus, kommt einige Minuten später wieder, knallt ein Fotoalbum auf den runden Mosaiktisch und öffnet das dicke Buch. »Bitte sehr«, zischt sie.

Tom blättert langsam in dem Album und betrachtet die Fotos. Mit jedem Bild steigen Erinnerungen auf, die er jedoch nicht zuordnen kann. Noch nicht.

»Haben Sie auch digitalisierte Fotos auf dem Rechner?«

Claire nickt, geht wieder ins Haus und kommt mit dem Laptop zurück. Sie öffnet das Notebook, fährt das Programm hoch und öffnet eine Datei mit dem Namen »Fotos Pierre«.

»Hier zu Ihrer freien Verfügung, Monsieur. Könnten aber auch paar anzügliche Fotos dabei sein. Sage ich nur, bevor Sie vor Schreck in Ohnmacht fallen.«

»Ich falle so schnell nicht um, keine Sorge.«

»Blättern Sie bei den Fotos mit erotischer Note einfach schnell weiter. Sie sind nicht fahndungsrelevant.«

Tom sieht sich die Bilder an, auf denen Pierres Gesicht am besten zu erkennen ist. Der Körper des muskulös gebauten Südfranzosen interessiert ihn nicht. Aber nach den

Fotos zu urteilen, hat Claire ein Faible für nackte Männer in erregtem Zustand. Er kann sich die Szenen nach dem Fotoshooting in seiner Phantasie gut vorstellen. Tom rauft sich die Haare.

»Na, gehen nun doch die Phantasien mit Ihnen durch, Herr Kommissar?«, säuselt Claire und nippt an ihrem Weinglas.

»Heute ausnahmsweise nicht. Aber verdammt noch mal, wo habe ich das Gesicht schon mal gesehen? Ich kann mich schlecht an Namen und Orte, aber sehr gut an Gesichter erinnern. Und dieses Gesicht kommt mir bekannt vor«, sagt er mehr zu sich selbst.

»Ist die Vernehmung nun beendet?«

»Ich werde Sie mit Fragen löchern, bis ich weiß, was hier passiert ist«, erwidert Tom mit einem Grinsen auf dem Gesicht.

»Ja, Sie haben recht, aber ich versuche den Gedanken zu verdrängen, dass ihr etwas passiert sein könnte.«

Claires Gesichtsausdruck verwandelt sich in eine ernste Miene. Sie zieht die Knie an den Körper, umfasst sie mit beiden Händen, und Tränen kullern über ihre sonnengebräunten Wangen.

Tom setzt sich neben Claire auf die Bank und nimmt sie in den Arm, bis sie nicht mehr zittert. So sitzen sie fast eine Stunde auf der Bank im Poolhaus und blicken schweigend auf den Pool und immer wieder hinauf zum sternenklaren Nachthimmel.

»Wollen wir uns nicht duzen? Wir haben eine gemeinsame Freundin und verfolgen das gleiche Ziel. Und außerdem finde ich Sie sehr sympathisch! Obwohl Sie mich wie eine Beschuldigte in die Mangel genommen haben«, flüstert Claire.

»Klar, ich bin der Tom.«

»Claire.«

Sie umarmen sich kurz.

Claire küsst ihn auf die rechte und die linke Wange.

»Ich denke, die Franzosen küssen dreimal?«

»Ja, aber nur, wenn sie sich besser kennen.«

Um zwei Uhr gehen die beiden in das inzwischen abgekühlte Haus.

»Gute Nacht, Tom. Schlaf gut. Danke, dass du gekommen bist.«

»Gute Nacht, Claire.«

Freitag

Ki, Sauer.«

»Ich bin's.«

»Gut angekommen?«

»Ja. War gegen sechs schon in Lyon, und von dort sind es noch gut zwei Stunden. Und bei dir? Kontrolluntersuchung? Alles klar?«

»Alles klar.«

»Das freut mich für dich.«

Harald atmet tief durch.

»Mich auch, Tom. Mich auch. Ich bin erleichtert. Es war ein schwerer Gang.«

»So hat jeder sein Päckchen zu tragen.«

»Ja, Tom. Das ist vielleicht das einzig Gerechte auf dieser Welt. Es tut mir leid mit deiner Tochter.«

Mit einem einzigen Satz war sie wieder da, die unerträgliche Angst, seine Tochter niemals mehr im Leben wiederzusehen. Höchstens tot. Wenn er sie in einem Leichenschauhaus identifizieren müsste.

»Lassen wir das, Harald. Kommen wir zur Sache. Ich maile dir ein paar Fotos, auf denen Claires Freund abgebildet ist. Pierre Bouillon. Wohnt in einem kleinen Nest in der Nähe von Marseille. Lass ihn mal durchchecken, zieht euch die Videos von Sabine Laubes Beerdigung rein und vergleicht die Fotos. Es war damals Lenas Idee, den Beweissicherungstrupp der Bereitschaftspolizei anzufordern, damit sie Sabines Beerdigung zusätzlich zu den Fernsehteams dokumentieren, denn sie hatte die Vorstellung, man könne den Mörder unter den Tausenden von Trauergästen erkennen. Zusätzlich hatte sie noch Harry vom Erkennungsdienst gebeten, sich unter die Pressefotografen zu mischen und so viele Gesichter wie möglich zu schießen.«

»Tom, was ist mit dir los? Du verdächtigst doch nicht im Ernst Claires Freund? Spinnst du?«

»Harald, du weißt genau, dass wir nie so schräg denken können, wie Dinge wirklich geschehen. Bouillon ist der einzige Mann, zu dem Lena Kontakt hatte. In dieser Einsamkeit ist seit zig Jahren nichts passiert.«

»Wieso? Paul Schleicher wurde dort gefunden.«

»Ja eben, ein Grund mehr für meinen Verdacht. Ich spüre, dass da was faul ist. Claire war auch nicht begeistert. Aber es ist ein erster Anhaltspunkt. Und irgendwie kommt mir der Typ bekannt vor, aber ich kann sein Gesicht nicht zuordnen.«

»Du verrennst dich, wie Lena damals bei Dr. Laube.«

»Sag nicht ›Dr. Laube‹. Das war ein Kinderficker.«

»Er hat genug gelitten, als ihn die drei Jungs im Knast vergewaltigt haben.«

»Hat er verdient, diese Drecksau! Dann hat er vielleicht den Hauch einer Ahnung gespürt, was er damals seiner kleinen Nichte angetan hat, dieses Schwein.«

»Lass uns keine alten Sachen aufwärmen, und jag die Mail raus. Wir werden das Gesicht in der Menge der Trauergäste suchen. Aber versprich dir nicht zu viel.«

*

Lena presst die Augen fest zusammen. Nein, das ist unmöglich. O Gott, das darf doch nicht wahr sein. Tatsächlich. Es ist Pierre. Claires gut aussehender Liebhaber mit dem gewinnenden Lächeln. In Sekundenschnelle schießen die Gedanken durch ihren Kopf. Pierre konnte sie nicht entführt haben. Er war mit Claire zusammen gewesen. Die beiden hatten sicherlich jede Minute miteinander genossen. Aber warum hat er sie entführen lassen? Dann schlägt ein anderer Gedanke wie ein Blitz ein: Claire ist nicht nach Hause gekommen. Hat er sie auch entführt oder bereits umgebracht?

»Du hast schon bei Claire gespürt, dass mit mir irgendwas nicht stimmt, als du mich nach Paul Schleicher gefragt hast. Stimmt's?«

»Nein, nein. Das habe ich nicht.«

»O doch, das hast du.«

»Was wollen Sie von mir?«

»Du wirst hier keine Fragen stellen. Die Rollen sind vertauscht. *Ich* werde *dich* vernehmen, und du wirst dir anhören, was *ich* zu sagen habe. Ob du willst oder nicht. Und hier gibt es keinen Rechtsbeistand. Vielleicht wirst du verstehen, warum ich das alles getan habe. Ich will kein Mitleid und kein Verständnis und kein Scheißgelaber von wegen schwere Kindheit und so.«

Lena nickt.

»Hast du Kinder?«, fragt er.

»Nein«, antwortet Lena mit brüchiger Stimme.

»Wünschst du dir ein Kind?«

»Willst du mir hier im Ziegenstall eins machen und neun Monate bis zur Niederkunft warten und dann als Josef neben der Krippe zwischen den Ziegen stehen und auf die Heiligen Drei Könige warten?«, zischt Lena und weiß in dem Moment nicht, woher sie die Kraft nimmt, diese Worte auszusprechen.

Er geht nicht näher auf ihren Sarkasmus ein.

»Leben deine Eltern noch?«

»Nein.«

»Meine Eltern sind auch tot. Wie sind deine Eltern gestorben?«

»Wie meinst du das?«

»Es gibt nur eine Möglichkeit, auf diese Welt zu kommen, aber Tausende, sie wieder zu verlassen. Du kannst es dir nicht aussuchen.«

»Sie sind ganz normal gestorben.«

»So. Also ganz normal. Ja, das Sterben ist normal. Willst du wissen, wie meine Eltern gestorben sind?«

Lena nickt.

»Wie alt warst du, als deine Eltern gestorben sind?«

»Als mein Vater starb, war ich sechs, und meine Mutter ist erst vor einigen Jahren gestorben. Ich weiß nicht mehr genau, wann.«

»Sechs ist knallhart.«

Er lacht kurz auf, als er die Zweideutigkeit seines Satzes bemerkt. Aber dann verfinstert sich seine Miene von einer Sekunde auf die andere.

»Ich war zehn«, flüstert er.

»Ist auch viel zu früh.«

»Zehn, als beide starben. An einem Tag. Innerhalb weniger Minuten. Sie wurden erschossen.«

Eine unheimliche Stille breitet sich aus.

»Das tut mir leid«, haucht Lena.

»Lass das. Ich habe gesagt: kein Mitleid«, zischt er wütend.

»Ja, aber ich möchte Sie verstehen«, flüstert sie.

»Warst du noch nie in einer Situation, in der du einen Menschen töten wolltest?«

Sie lächelt still vor sich hin und denkt an Dr. Laube und andere Straftäter, denen sie gern den Hals umgedreht hätte.

Und denkt an Fredy. Den hätte sie damals wirklich umbringen können, als er ihre gemeinsamen Bettgeschichten im Kollegenkreis breitgetreten, per SMS die Beziehung beendet hatte und am selben Abend mit der Kollegin Franca ins Bett gestiegen war.

»Ja«, antwortet sie.

»Ich meine nicht nur Täter«, sagt er, als könne er ihre Gedanken lesen. »Ich meine auch Personen aus deinem privaten Umfeld.«

»O ja, da fallen mir einige ein.«

»Einer würde mir genügen.«

»Einen Kollegen.«

»Warum?«

»Er hat mich betrogen. Ausgenutzt. Liebe vorgegaukelt und mich dann wie ein benutztes Tempotaschentuch weggeworfen und mich bei den Kollegen blamiert.«

»Und du hast ihn geliebt?«

Sie nickt.

»Ich habe sie auch geliebt.«

Für kurze Zeit breitet sich wieder diese unheimliche Stille in dem kleinen Stall aus.

»Wie heißt er?«

»Das ist doch jetzt egal.«

»Eine schöne Frau wie dich verlässt man nicht ungestraft. Also, wie heißt er?«

»Fredy.«

»Und weiter?«

»Fredy Geisen, Kriminaloberkommissar beim Polizeipräsidium Koblenz. Willst du noch seine Adresse und die Nummer der Kriminaldienstmarke, oder was soll das?«

»Soll ich ihn für dich umbringen?«

»Vor mir?«

»Was, du willst, dass ich ihn vor deinen Augen erschieße?«

»Quatsch, ich meine, ob du ihn erschießen wirst, bevor du mich tötest.«

Lena muss lachen.

Das erste Mal seit der Entführung.

Galgenhumor.

Im wahrsten Sinne des Wortes.

Er reicht ihr ein Baguette und gießt ein Glas Rotwein ein. Mit jedem gierigen Schluck spürt sie die Kette an ihrem Körper. In der rechten Hand hält sie das Baguette, das er aufgeschnitten und fast liebevoll mit Ziegenkäse, Pesto, getrockneten Tomaten und Oliven belegt hatte. Ein Mann mit zwei Gesichtern. Sie muss das Gespräch kriminaltaktisch führen. Wie in einer Vernehmung, je nach Situation zwischen Du und Sie wechseln.

»Würden Sie mir bitte die Kette öffnen. Ich laufe nicht weg.«

Er greift in die Hosentasche und öffnet mit dem Schlüssel die Handfessel. Lena zeigt ihm ihr schönstes Lächeln, auch wenn es ihr schwerfällt, aber schauspielerische Fähigkeiten gehören zum wichtigsten Repertoire einer erfolgreichen Ermittlerin.

»Danke, Pierre, und jetzt würde ich gern Ihre Geschichte hören.«

Lena wundert sich, warum sie in dem Moment so ruhig ist. Wo ist die Quelle entsprungen, die ihr in diesem Albtraum die Kraft gibt, als wäre sie in einer Vernehmung. Ist es ihre innere Stimme, die sie vorantreibt, die letzte Chance zu nutzen?

Nach wenigen Sekunden antwortet er ganz ruhig.

»Ehrlich?«

Wie sanft seine Stimme klang.

»Ehrlich«, flüstert Lena, und wieder ist der Anflug eines Lächelns auf ihrem Gesicht zu erkennen.

Sie lehnt sich mit dem Rücken gegen den Trog, und es ist ihr inzwischen egal, dass sie nackt vor ihm sitzt. Sie will, dass er ihr so viel wie möglich erzählt, und sucht nach Gemeinsamkeiten. Sie redet sich ein, sie säßen plaudernd in einer Sauna, denn zumindest die Temperaturen scheinen die gleichen. In Wirklichkeit sitzt sie wie versteinert vor ihm, als wäre sie ein Teil des gemauerten Trogs.

»Willst du wissen, wer sie erschossen hat?«

»Ja.«

»Ein Polizist.«

Lena verschlägt es den Atem.

*

Zur gleichen Zeit betritt Stefan Carsten knapp tausend Kilometer entfernt sein Büro und lässt den aktuellen Sachstand vor seinem geistigen Auge nochmals Revue passieren.

Seine wahre Identität würde der unbekannte Mann mit dem falschen Namen Jo Hinken vermutlich mit ins Grab nehmen. Über das Motiv seiner Amokfahrt konnte nur spekuliert werden. Vermutlich würden sie bei genaueren Recherchen in polizeilichen Informationssystemen benachbarter Länder weitere Anhaltspunkte gewinnen.

Sie hatten auf eine schnelle Auswertung seiner DNA gedrängt, um diese mit der unbekannten DNA abzugleichen. Einige hofften, dass es sich bei dem Mann tatsächlich um den Mörder von Sabine Laube handeln könnte. Den Mörder ohne Gesicht. Das Phantom. Der Mann mit dem falschen Namen. Allerdings glaubte Stefan nicht an solch einen Zufall.

Bislang konnten weder Lieferanten noch prominente Abnehmer von Gregor Dzelski identifiziert werden, aber

Stefan witterte eine Chance, die kriminelle Organisation zu unterwandern und mehr über die Beteiligung von Personen des öffentlichen Lebens zu erfahren.

Wenn Dzelski sich bereit erklären würde, Namen und Strukturen des Kartells zu nennen, könnte man ihn in ein Zeugenschutzprogramm aufnehmen. Man musste nun einen Beamten finden, der fähig wäre, zu Dzelski eine gute Beziehung aufzubauen. Zunächst hatte man an Fredy gedacht, der in der Führung von V-Personen die meiste Erfahrung hatte. Stefan bezweifelte allerdings, ob Fredy wirklich geeignet sei. Warum musste er vom LKA wechseln? Man vermutete, dass sich die Methoden seiner VP-Führung immer am Rande der Legalität bewegten und manchmal auch darüber hinaus. Und nun der Skandal mit dem Mord in einem Fahrzeug, das Fredy für seinen ehemaligen V-Mann angekauft hatte. Aber die einmalige Gelegenheit, prominente Kokser zu identifizieren und zumindest in die mittlere Hierarchie der Organisation vorzudringen, wäre nur mithilfe von Dzelski möglich. Nach dem jetzigen Ermittlungsstand würde das Gericht nur Dzelski und dessen Abnehmer bestrafen können. Die prominenten Kokainkonsumenten würden weiterhin unerkannt bleiben. Und wieder träfe es diejenigen mit der geringsten Beschwerdemacht: die Süchtigen und einen abgewrackten Junkie, der das Geld zur Finanzierung seiner Suchterkrankung als Drogenkurier verdiente. Die wahren Hintermänner würden weiterhin unsichtbar bleiben wie das Phantom.

*

Von einem Polizisten?«, fragt Lena ungläubig.
Er nickt und atmet tief durch.

»Ich wuchs in einem kleinen Dorf bei Marseille auf. Wir waren arm. Unser einziger Besitz war das kleine Haus am Meer, das Vater mit eigenen Händen gebaut hatte. Man konnte es nur zu Fuß oder mit dem Boot erreichen. Wir lebten in einem kleinen Paradies. Ich bin ein Einzelkind. Meine Mutter war Schneiderin und änderte die Kleidungsstücke für die Bewohner der kleinen Dörfer in unserer Gegend. Mein Vater war Fischer. Was ich nicht wusste: Er verdiente sich ein kleines Zubrot als Informant für die Polizei. Was er nicht wusste: Die Polizisten, die er mit Informationen versorgte, waren korrupt. Irgendwann war er wohl dahintergekommen, was im Milieu ablief, und erfuhr immer mehr über die kriminellen Machenschaften dieser kleinen Truppe, die für die Bekämpfung der Straßenkriminalität in Marseille zuständig war. Worum es im Einzelnen ging, weiß ich nicht. Er hatte eine richtige Akte angelegt. Der unwissende kleine Fischer. Ein Dossier mit brisanten Informationen, obwohl er vermutlich nicht wusste, wie Dossier geschrieben wird. Er wollte die Polizeibeamten vermutlich erpressen. Oder auch die Beweise weiterleiten und an den Polizeipräfekten verkaufen. Und deshalb haben sie ihn getötet. Und Mutter.«

Pierre kämpft mit den Tränen.

»Wie ist es passiert?«

»Sie kamen früh am Morgen mit dem Boot. Es waren fünf Polizisten. Sie haben meiner Mutter einen richterlichen Durchsuchungsbeschluss unter die Nase gehalten, wonach mein Vater angeblich Diebesgut in unserem Haus versteckt haben sollte. Schmuck, der einige Tage zuvor bei einem Raubüberfall auf ein Juweliergeschäft in Marseille erbeutet worden war. In Wirklichkeit suchten sie nach der Akte. Vergeblich. Zu dem Zeitpunkt fütterte ich die Ziegen und versteckte mich hinter einem Felsen. Von hier aus konnte ich alles beobachten, aber nicht verstehen, worüber die Polizisten mit meinem Vater auf der Terrasse diskutierten. Sie hatten ihn umstellt und schoben ihn mehrfach zwischen sich hin und her. Dann hörte ich einen Schuss. Mein Vater fiel wie ein gefällter Baum um und blieb leblos auf dem Boden liegen. Meine Mutter rannte aus dem Haus und warf sich auf die Leiche meines Vaters. Er war anscheinend sofort tot. Und dann hat der Polizist meine Mutter mit einem gezielten Kopfschuss getötet. Sie haben Vater und Mutter vor meinen Augen hingerichtet.«

»Wie schrecklich!«

Lena hält sich beide Hände vor den Mund. Glühende Hitze fließt wie ein Lavastrom über ihren Körper. Unzählige Schweißtropfen rinnen über Stirn und Wangen und sammeln sich im Halsbereich. Sie wischt mit dem Handrücken den feuchten Hals ab.

»Nachdem der Polizist meine Mutter erschossen hatte, drückte er Vater die Tatwaffe in die Hand. Es sollte nach einem Familiendrama aussehen. Dann haben sie das Haus durchsucht. Ich hatte mich in dem kleinen Stall in einer Mauernische versteckt, vor die ich eine Spanplatte gestellt hatte.

Sie riefen meinen Namen. ›Hier ist die Polizei. Junge, es ist was Schreckliches passiert.‹

Ich weiß nicht, ob sie wussten, dass ich zu Hause war, oder ob sie sich nur vergewissern wollten. Jedenfalls suchten sie nicht lange nach mir. Als sie unser Grundstück verlassen hatten, bin ich auf die Terrasse gerannt. Mama lebte noch. Aber nur einige Minuten. Als habe sie auf mich gewartet. Und sie hat mir mit ihrem letzten Atemzug den Auftrag erteilt, die Mörder zu töten.«

»Das glaube ich nicht.«

»Was bildest du dir ein, du blöde Kuh. Fünf Polizisten töten meine Eltern, und ich soll ihren Tod einfach so hinnehmen? Es ist eine Frage der Ehre. In Marseille hat die

Ehre der Familie oberste Priorität. Es ist ein ungeschriebenes Gesetz. Im Namen der Ehre darf man jeden töten: den Vergewaltiger der Schwester, den Liebhaber der Frau, denjenigen, der den guten Ruf der Mutter beschmutzt, indem er sie eine Hure nennt, und so weiter. Man muss töten, um die Ehre der Familie wiederherzustellen, erst recht nach dem Tod der Mutter«, schreit er sichtlich erregt.

Eisige Stille breitet sich in dem kleinen Raum aus.

Lena räuspert sich.

»Sie hätten sich doch der Polizei anvertrauen können?«

Er lacht laut auf. Aber sein Lachen klingt nicht echt.

»In welcher Welt lebst du denn? Der Polizei anvertrauen? Wer hätte mir denn geglaubt? Sie hatten doch eindeutige Spuren für ein Familiendrama gelegt. Der Polizist trug Handschuhe. Nur die Fingerabdrücke meines Vaters auf der Tatwaffe: Man hätte mich in eine Irrenanstalt gesteckt, oder sie hätten mich umgebracht. Es wäre ein Unglücksfall gewesen. Bei der Ortsbesichtigung von den Klippen ins Meer gesprungen oder so ähnlich. Ich hatte keine Beweise und wusste auch nicht den Namen des Polizisten, an den mein Vater seine Informationen weiterleiten wollte. Vielleicht war der auch korrupt. Wer hätte einem Zehnjährigen geglaubt? Und wenn ich an einen aus dem Killerkommando geraten wäre? Ich kannte weder ihre Namen noch ihre Dienststelle. Damals. Ich habe sie erst später eindeutig identifizieren können, so nennt ihr das doch, oder?«

Lena nickt.

»Und was haben Sie dann getan?«, fragt Lena und wundert sich über die ruhige Stimme, obwohl sie innerlich wie ein Vulkan brodelt.

»In dieser schwärzesten Stunde meines Lebens habe ich einen Entschluss gefasst, und niemand wird mich davon abhalten, das zu tun, was ich tun muss. Meine innere

Stimme befiehlt es, und ich muss gehorchen, denn diese Stimme ist mir so vertraut. Es ist ihre Stimme. Sie ist gestorben, aber ihre Stimme hat überlebt. Und ich habe immer getan, was sie von mir verlangt hat. Für mich war sie eine Heilige. Sie kann erst in Frieden ruhen, wenn ich fünf Polizisten getötet habe.«

Eine unheimliche Stille breitet sich in dem kleinen Stall aus. Der letzte Satz hängt in der Luft. Sekundenlang.

»Glauben Sie wirklich, dass Ihre Mutter das wollte?«

»Sei still. Lass mich weitererzählen.«

Lena zuckt kurz zusammen.

»Ich bin zu Fuß zu meinem Großvater gegangen. Da war er noch klar im Kopf. Ich wäre gern hier oben in den Bergen geblieben. Hier kenne ich jeden Strauch. Aber meine Großmutter mütterlicherseits wollte, dass ich nicht als Ziegenhirte aufwachse, und so bin ich zu ihr in die Nähe von Colmar gezogen. Sie hat mich damals mit den Worten trösten wollen: »Der da oben nimmt die Menschen am frühesten zu sich in sein Reich, die er am meisten liebt.« Es mag sein, dass ich mich damals an diese Vorstellung geklammert habe, aber meine Rachegedanken konnten diese Worte nicht verdrängen. Ein Gott, der so etwas ungestraft zulässt? Dann muss man die Gerechtigkeit selbst ausüben. Großmutter hatte berechtigte Angst, die Polizisten könnten meinen Aufenthaltsort ausfindig machen. Sie hat mir eine neue Identität besorgt. Ich weiß bis heute nicht, wie sie das geschafft hat, aber in Sorge um den Enkel gelang es ihr wohl, Berge zu versetzen.«

»Und in dieser Sache wurde nie ermittelt?«

»Nein, die Gendarmerie hat den Fall als Familiendrama abgetan.«

»Hat Sie denn niemand vermisst?«

»Mich? In Marseille verschwinden täglich Kinder. Das interessiert niemanden. Erst Monate nach Mutters Beerdigung war ich mit meiner Großmutter zum ersten Mal am Grab meiner Mutter. Dort habe ich wieder geschworen, die fünf Polizisten zu töten.«

Lena erinnert sich an Sabines Beerdigung. Sie hatte wie versteinert vor dem Grab gestanden, die Schaufel in ihrer Hand zitterte, und ihre Kehle war wie zugeschnürt. Dann fragt sie mit brüchiger Stimme: »Und dann?«

»Nach der Schule arbeitete ich bei einem Metzger im Elsass. Ich kannte nur ein Ziel. Wer Tiere töten kann, kann irgendwann auch Menschen töten. Mit achtzehn bin ich wieder zurück nach Marseille und habe am Hafen bei einem alten Freund gewohnt, der kurz zuvor aus dem Knast entlassen worden war. Ich arbeitete tagsüber in einer großen Metzgerei, in der täglich viele Schweine geschlachtet wurden, und abends knüpfte ich immer mehr Kontakte mit der Unterwelt, um die Namen der Mörder zu erfahren. Für Geld bekommst du alles in Marseille, und so gelangte ich an den alten Organisationsplan mit den Namen der Polizisten. Dann begann die schwierige Suche nach ihren Aufenthaltsorten. Aber ich gab nicht auf. Ich hatte zu lange auf diesen Moment gewartet. Drei von ihnen waren inzwischen gestorben. Zwei lebten noch, auch der Polizist, der die tödlichen Schüsse abgefeuert hatte. Ich habe ihn sofort erkannt, als ich ihn das erste Mal gesehen und ihn von der Dienststelle zu seiner Wohnung verfolgt hatte. Er war das größte Schwein, und sein Name hat sich auf immer und ewig in mein Gedächtnis eingebrannt. Kommissar Jean Brunot. Ich habe ihn tagelang beobachtet und dann in eine Falle gelockt. Habe ihn aus einer Telefonzelle angerufen und ihm gesagt, dass ich der Sohn von Jacques Lourmain, so ist mein richtiger Familienname, sei und eine Kopie der Geheimakte meines Vaters besitze und diese einem Redakteur der *Provence* zuspielen wollte. Ich wäre aber bereit, ihm die Akte gegen Bezahlung einer entsprechenden Summe zu übergeben. Brunot fiel auf den Trick rein und traf sich mit mir im Hinterhof der Metzgerei. Ich habe mich unterwürfig gezeigt, als wäre ich mit einer kleinen Summe zufrieden. Er hat mich total unterschätzt. Ich war immer noch ein schmales Handtuch.«

Lena blickt erstaunt auf seinen muskulösen Körper, und er ahnt ihre Gedanken.

»Diesen Body habe ich mir erst später antrainiert. Heute würde ich ihn mit einem Schlag umhauen. Aber damals war ich noch zu schwach. Jedenfalls war er völlig überrascht, als ich ihm das Taschentuch mit dem Chloroform auf die Nase gedrückt habe. Ich habe ihn betäubt …«

»Wie mich«, unterbricht Lena.

»Wie dich, richtig, das wirkt immer … und ihn kopfüber in voller Uniform in den Kühlraum der Metzgerei neben die Schweine gehängt. Abgestochen. Aufgeschnitten. In zwei Teile, und er ist dann ausgeblutet. Neben den Schweinen. Auch diesen mysteriösen Fall hat die französische Polizei bis heute nicht gelöst. Meinen ersten Mord habe ich genau vorbereitet. Ich hatte ja genügend Zeit für die Planung.«

Seine Augen flackern, und er zittert am ganzen Körper. Lena hat Angst, er würde sich jeden Moment auf sie stürzen. Sie atmet tief ein.

»Hat Sie denn niemand verdächtigt?«

»Nein, das hat mich damals auch gewundert, aber ich lebte ja immer noch unter einem anderen Namen. Vielleicht wollten Polizisten in inzwischen einflussreichen Positionen auch vermeiden, dass die alte Sauerei auf den Tisch kam, weil sie früher selbst in diese Affäre involviert waren.«

»Übertreiben Sie jetzt nicht. Sie tun ja so, als sei die komplette französische Polizei korrupt.«

»In Marseille ticken die Uhren anders. Es gibt in der Altstadt mit Sicherheit mehr als fünf Beamte, die man schmieren kann. Bei manchen genügen bereits nette Gefälligkeiten. Getränke umsonst. Eintrittskarten. Eine Nacht mit der Hure seiner Wahl. Und so weiter. Kleine Geschenke erhalten die Freundschaft.«

»Und dann?«, fragt Lena und denkt an den Kollegen, der eine Razzia verraten hatte, weil er in der Disco immer freie Getränkewahl hatte. Er war letztes Jahr aus dem Dienst entlassen worden.

»Der Geldtransportfahrer war der zweite Polizist, der noch lebte. Keiner kam auf die Idee, einen Zusammenhang zwischen den zwei Morden zu sehen. Die erbeutete Summe war ein netter Nebeneffekt. Aber drei fehlten noch in meiner Sammlung.«

»Sie sind krank. Haben Sie auch eine Markierung in Ihrer Waffe wie die Indianer?«

»Schwachsinn. Ich kann bis fünf zählen.«

»Und warum musste die deutsche Polizistin sterben, wenn Sie sich an fünf französischen Polizisten rächen wollten?«

»Das ist eine andere Geschichte und geht dich nichts an.«

»Es geht mich sehr wohl was an, wenn eine junge Kollegin brutal hingerichtet wird und ich weder den Täter noch das Motiv kenne.«

»Jetzt kennst du doch den Täter. Bist du immer noch nicht zufrieden? Du fragst wieder zu viel.«

»Gestatten Sie mir noch eine letzte Frage?«

»Nun gut.«

»Wieso findet die Polizei an so vielen Tatorten Ihre DNA-Spur?«

»Das ist relativ einfach zu erklären.«

»Dann erklären Sie es mir, denn es war für uns schwierig. Wir konnten uns nicht vorstellen, dass in achtzehn Jahren in Deutschland, Österreich und Frankreich bei total unterschiedlichen Delikten ein Mann seine Spur legt und wir ihn nicht ermitteln können. Wir hatten bereits vermutet, dass ein Mitarbeiter im Labor die Spur gelegt hat oder die Polizeibehörden verunreinigte Wattestäbchen benutzt haben, die sich nicht für die Entnahme von DNA-Proben eignen.«

»Aber auf das Naheliegende, nämlich, dass es sich wirklich um eine Person handeln könnte, seid ihr nicht gekommen.«

»Einige schon, aber die Ergebnisse widersprachen jeglicher kriminalistischer Erfahrung.«

»Ihr macht es euch zu schwer. Schwebt in Phantasien und habt dabei das Greifbare vergessen. Warum in die Ferne schweifen, wenn die Wahrheit liegt so nah?«

»Und was haben wir übersehen? Was ist die Wahrheit?«

»Ganz einfach. Ich war elf, als ich zum ersten Mal mit einer jugendlichen Einbrecherbande aus Colmar auf Diebestour gegangen bin. Das war sehr aufregend. Wir stiegen im Umkreis von zweihundert Kilometern in viele Häuser ein. Ich passte durch das schmalste Kellerfenster, habe Bargeld, Schmuck und Schecks geklaut. Wenn die Luft rein war, habe ich die Tür geöffnet, weil die Gruppe in diesen Fällen auch Fernseher und andere größere Gegenstände entwenden wollte. Einmal sind wir sogar mit einem Möbelwagen vorgefahren und haben ein ganzes Haus ausgeräumt. Mitten in der Ferienzeit vor den Augen der Nachbarn, denen ich erzählt habe, dass wir mit unserer Familie dort einziehen würden und die alten Mieter, die sich in Urlaub befanden, eine Firma mit dem Umzug beauftragt hätten. Viele Hände, schnelles Ende. Bin dann mit verschiedenen Leuten durch die Lande gezogen. Den einzelnen Teams wurden von den Hintermännern die jeweiligen Operationsgebiete genannt, und manchmal waren es Zigeuner, die für die Organisation arbeiteten. Sie sagten, wenn ich erwischt würde, könne mir nichts passieren, denn ich sei strafunmündig. Die Zigeuner haben aber meist ihre eigenen Kinder mit auf Diebestour genommen. Einige von ihnen wurden auf frischer Tat ertappt, in ein Heim gebracht, aus dem sie meist am nächsten Tag wieder flüchten konnten. Ich selbst wurde nie erwischt, habe aber an allen Tatorten meine Spuren hinterlassen. Ich war doch noch ein Kind. Wäre nie auf die Idee gekommen, meine Spuren zu verwischen. Darauf habe ich später jedoch geachtet. Nach meinem ersten Mord habe ich das Schlachtermesser ins Hafenbecken am Vieux Port geworfen. Tatwaffen muss man direkt entsorgen. Das sollten Sie wissen, Frau Kommissarin. Die Pistole, mit der ich den Wachmann erschossen habe, und die Patronen habe ich kurze Zeit später an einen Zigeuner aus Deutschland verkauft, und die Waffe aus Koblenz liegt im Alfa Romeo auf dem Grund des Meeres.«

Lena trinkt das Glas Rotwein in einem Zug und reicht ihm das leere Glas.

»Würden Sie mir bitte nachschenken?«

»Gern. Hast du nicht bei Claire gesagt, du bräuchtest zum Leben nicht mehr als Sonnenstrahlen, ein Glas Rotwein, ein Baguette und ein Stück Käse?«

»Und einen geliebten Mann, mit dem ich das alles teilen kann. Richtig, das war mein Traum vom Leben.«

»Streich *geliebten*. *Mann* muss genügen. Das ist deine Henkersmahlzeit.«

Lena trinkt das Glas Rotwein aus und hält ihm das leere Glas vor die Nase.

»Hast du noch einen letzten Wunsch?«

Lena wirft ihm einen wütenden Blick zu. Aber die Wut kann die Verzweiflung nicht verdrängen.

»Aber sag jetzt bitte nicht den blöden Spruch: Ich möchte mein Abitur nachholen«, sagt er.

»Nein, das habe ich ja schon, aber darf ich Sie noch was fragen?«

»Wenn es nicht zu lange dauert?«

»Sie haben mir die schrecklichen Erlebnisse Ihrer Kindheit und die Entwicklung Ihrer kriminellen Karriere bis zu den zwei Morden geschildert, aber kein einziges Wort über den Mord an der jungen Polizistin in Koblenz verloren.«

»Das könntest du mich fragen, wenn die Rollen vertauscht wären und ich in Handschellen gefesselt im Polizeipräsidium sitzen würde.«

»Egal, was hindert Sie daran, mir zu erzählen, wie Sie die Schleichers kennengelernt und den feigen Mord geplant haben.«

»Waren wir nicht schon mal beim Du?«

»Ich glaube nicht, dass ich das möchte.«

»Ihr duzt doch sonst immer alle, die ihr in die Mangel nehmt. Spiel doch hier nicht die Vornehme.«

Er wird wütend. Speichel spritzt aus seinem Mund. Lena zittert, aber sie fordert ihn mit ruhiger Stimme auf.

»Erzählen Sie es. Mein letzter Wunsch.«

»Okay, wenn du es genau wissen willst.«

Er atmet tief durch.

»Mal schauen, ob ich das alles noch zusammenkriege. Also. Im Milieu war sehr schnell bekannt, dass man mich für heikle Aufträge buchen konnte, besonders wenn es sich bei den ausgewählten Opfern um Polizisten, Wachmänner oder Mitarbeiter von Behörden handelte. Ich wäre selbst nicht davor zurückgeschreckt, den französischen Staatspräsidenten zu ermorden, wenn mir einer den Auftrag erteilt hätte. Mit Max Schleicher hatte ich schon seit Jahren in Deutschland gestohlene Autos nach Frankreich verschoben. Max hatte sogar mal einen Wagen an das Landeskriminalamt verkauft. Der Beamte hat sich wohl ziemlich blöd angestellt, aber Max hatte ihn erkannt. Was die mit der alten Gurke wollten, weiß ich nicht.«

»Das heißt, die Polizei hat einen geklauten Wagen von Ihnen gekauft?«

»Ja, so ist es.« Er lachte laut auf.

»Wir haben in Pauls Garage die Fahrzeuge für den Transport nach Afrika präpariert. Fahrgestellnummern manipuliert. Papiere ausgestellt. Das Übliche. Muss ich dir ja nicht erklären.«

»Nein, das müssen Sie wirklich nicht.«

»Claire, die Naive, glaubt wirklich, dass alle meine Geschäfte legal sind.«

»Das war aber nicht der Grund, warum Sie die junge Polizistin umgebracht haben?«

»Max wusste, dass ich ein Killer bin und auch nicht davor zurückschrecke, Polizisten zu töten, wenn das Honorar stimmt. Max hat mir die Story von seinem Vater und der jungen Polizistin erzählt und mit Tränen in den Augen geschildert, wie sehr seine Mutter darunter leidet. Bei mir tauchten die alten Bilder auf. Schon wieder jemand von der Polizei, der eine Familie zerstört. Paul war mit dem Mordauftrag einverstanden. Eigentlich sollte er Schmiere stehen. Uns warnen, wenn was schiefläuft. Aber als ich ihn in seiner Werkstatt abholen wollte, hat er den Schwanz eingezogen. Ein Wort gab das andere. Er hat mich angegriffen. Dann habe ich ihm einen Schlag versetzt, und er ist die Außentreppe hinuntergestürzt. Er hat sich das Genick gebrochen. War sofort tot. Ich wollte ihn nicht umbringen. Hatte doch gar keinen Grund. Aber dann habe ich ihn ja entsorgen müssen. Er liegt ganz in der Nähe. Einige hundert Meter hinter dem Ziegenstall. Vielleicht lege ich dich zu ihm. Ein Doppelgrab. Dann musst du nicht allein liegen.«

»Sie sind grausam.«

»Dazu habt ihr mich gemacht.«

»Ich habe Ihnen nichts getan.«

»Du würdest keinen einzigen Augenblick zögern, mich in den Knast zu stecken.«

Lena nickt. »Richtig, das ist mein Job.«

»Richtig, und genau deshalb bist du hier. Ich denke, du willst wissen, wie die Story des Phantoms weitergeht.«

»Natürlich.«

»Max und ich waren ein gutes Team. Paul hingegen war ein Weichei. Ein Loser. Ein Arschloch. Er hat sogar damit gedroht, die ganze Sache auffliegen zu lassen.«

»Also, haben Sie ihn doch absichtlich umgebracht?«

»Nein, Paul nicht.«

»Wen denn?«

»Na, Max!«

Lena verschlägt es den Atem.

»Max ist auch tot?«

»Musste sein. Ist mit Pauls Alfa Romeo von den Klippen ins Meer gestürzt. Das Meer gibt seine Toten nicht zurück. Max wird nie mehr auftauchen. Ich musste ihn doch töten. Er hätte mich verraten können. Das musst du verstehen.«

»Ich verstehe gar nichts. Sie hatten also von Anfang an geplant, ihn auch zu töten?«

»Ja, nachdem ich das Geld erhalten hatte.«

»Killerhonorar. Schmutziges Geld, sauber gebündelt, mit Blut an den Händen.«

»Max war auch feige, also musste er zahlen. Geld und Leben.«

»Sie sind eine Bestie.«

»Mag sein. Aber niemand traut mir diese Taten zu. Mein Name ist so rein wie die unbefleckte Empfängnis.«

Lena hat das Geheimnis des Phantoms gelüftet. Nun fällt endlich der Vorhang, der die Sicht auf den großen

Unbekannten bislang versperrt hatte. Alles passt zusammen. Die Mosaiksteinchen ergeben ein klares Bild.

Eine plausible Erklärung für die DNA-Spuren in einem großen Zeitraum an den unterschiedlichsten Tatorten. Das Verschwinden der Brüder Schleicher. Das Motiv.

Aber Lena wird ihre Erkenntnisse nicht mehr an die Mordkommission *Deutsches Eck* weiterleiten können, wenn Harald Sauer und sein Team ihre Leichensache bearbeiten. Sie werden die gleichen Gefühle durchleben, die sie selbst beim Anblick von Sabine Laube hatte. Aber sie wird nichts mehr spüren. Lena ist dann nur noch eine Sache. Eine Leichensache. Und der Spurenleger bleibt weiterhin ein Mörder ohne Gesicht. Nur sie allein kennt seinen Namen.

Seit Sabines Ermordung hat sie auf diesen Augenblick gewartet, aber nicht in einer derart unvorstellbaren Situation. Ihr Erkenntnisstand könnte nicht mehr zur Aufklärung eines der mysteriösesten Kriminalfälle beitragen. Im Gegenteil. Die Verwirrung würde beim Auffinden ihrer Leiche noch größer sein.

»Ich möchte gern wissen, warum Sie mich …«

»Um dir den Wunsch zu erfüllen, zu wissen, wer ich bin. Ja, dafür haben wir uns doch an diesem friedlichen Ort getroffen.«

»Wann werden Sie mich umbringen?«

»Wer sagt, dass ich dich töten werde?«

»Ich. Ich kenne Ihr Gesicht. Ich weiß Ihren Namen. Ich weiß, was Sie alles getan haben.«

»Ach? Wirklich? Alles?«

Ein zynisches Grinsen breitet sich auf seinem braungebrannten Gesicht aus, und nichts daran erinnert Lena an das gefällige Lachen bei der ersten Begegnung. Der Mörder ohne Gesicht ist ein Mann mit zwei Gesichtern.

Lena blickt ihn irritiert an.

»Jedenfalls reicht bereits das, was ich weiß, für lebenslänglich.«

»Richtig, aber du wirst mich nicht mehr verraten können, und es wird keine Gerichtsverhandlung geben.«

Lenas Gefühle rasen wie eine Achterbahn durch ihren Körper. Wut. Angst. Todesangst.

»Also werden Sie mich doch umbringen«, stellt Lena mit zitternder Stimme fest.

»Nein, *ich* werde dich nicht töten«, flüstert er fast liebevoll. Er lacht, aber sein Gesicht wirkt wie versteinert.

Er greift in die Gesäßtasche seiner Jeans und wirft ihr ein Foto vor die Füße, dreht sich um und geht durch die Tür, bleibt vor dem Stall stehen und stößt einen tierischen Schrei aus. Dann schließt er die Tür mit der Kette. Die Schritte entfernen sich.

Mit zitternden Händen greift Lena nach dem vergilbten Foto. Sie erkennt darauf eine attraktive Frau und einen etwa zehnjährigen hübschen Jungen mit großen Augen.

Sie lächeln sich zu.

Nein, mehr.

Sie himmeln sich an.

In Lenas Hirn schlägt ein Blitz ein.

Sie kennt diese Frau.

Sie kennt diese Frau sogar sehr gut.

*

Er schließt den Ziegenstall ab und geht zu der Stelle, von der er die Gegend überblicken kann, zündet sich eine Gauloise an und fragt sich, ob sie wirklich nicht bemerkte, wie er kurz zusammenzuckte, als sie Paul Schleichers Namen nannte? Vielleicht hatte er sich das auch nur eingebildet. Claire hatte mit ihrem Einwurf – der Mörder, mein Dummerchen – die Situation für ihn entschärft, ohne es zu ahnen. Wie sollte sie auch. Die attraktive Kommissarin wirkte so unbefangen und fast vertrauensselig. Passte eigentlich gar nicht zur ihrem Job. Sie konnte an jenem Abend nicht ahnen, dass sie sein nächstes Opfer sein würde. Bis zu dieser Begegnung wusste er es selbst nicht. Aber sie suchte den Täter, der die deutsche Polizistin erschossen hatte. Das Angebot der Gebrüder Schleicher konnte er nicht ablehnen, denn fünfzigtausend Euro waren eine Menge Geld. Russische Killer erledigen solche Aufträge bereits für zehntausend Euro.

Ob die Gendarmerie Pauls Leiche hinten im Unterholz schon gefunden hatte? Egal. Wenn sie ihn fänden, würde man auf den ersten Blick nicht erkennen, ob er ein Mensch oder ein Tier war. Die Natur würde ihm dabei helfen. Vielleicht auch ein kleiner Waldbrand, wie er in der heißen Jahreszeit täglich ausbrach. Ob sein Großvater den Stall anzünden sollte? Eine Kommissarin verbrennt inmitten der Ziegen, eine Variante, über die er noch einmal nachdenken sollte.

Er müsste aber auch daran denken, Claire zu trösten. Nicht nur, weil es auffallen würde, wenn er ihr in dieser schwierigen Situation nicht beistände. Aber es würde ihm schwerfallen, denn bei Claires Betroffenheit über Lenas spurloses Verschwinden würde ihn wieder der Schmerz in Gedanken an seine Mutter überwältigen. Und wenn er sich wie ein hilfloser kleiner Junge fühlte, der um den Tod seiner Mutter trauert, wurde er unvorsichtig. Zeigte Gefühle. Es bestand die Gefahr, dass er sich verriet. Weil er alles aus sich herausschreien wollte.

Andererseits würde Claire seine Tränen als Anteilnahme an Lenas Schicksal deuten. Sie kannte ja nicht sein wahres Gesicht.

»Wir sind alle multiple Persönlichkeiten, aber Sie haben

eine Persönlichkeitsstörung«, hatte der Psychoanalytiker gesagt. Und Pierre hatte die Therapie von einem auf den anderen Tag beendet.

Er würde Claire die Hoffnung vermitteln, dass Lena sicher bald wohlbehalten wiederkäme und sich alles aufklärte. Alles würde gut! Mit dieser Botschaft würde er sie morgen wider besseres Wissen beruhigen. Und dieser Kommissar aus Deutschland würde sich als fünftes Opfer anbieten. Dann wäre sein Rachefeldzug endlich zu Ende, und er könnte in die Zukunft blicken und in dem kleinen Haus am Meer seinen Lebensunterhalt als Fischer verdienen. Wie sein Vater. Vielleicht würde Claire mit ihm ans Meer ziehen und mit ihm ein neues Leben beginnen. Die verlorenen Jahre seiner Kindheit mit Claire erleben, obwohl sie nicht ahnen konnte, warum er ihre Nähe suchte und welche Rolle sie spielen sollte. Sie durfte es auch nie erfahren, aber es war noch nicht zu spät, mit Claire gemeinsam die Vergangenheit aufzuarbeiten.

Er kehrte wieder in den Stall zurück.

*

Lena starrt auf das Foto.

Sie kann es noch immer nicht glauben.

Die Frau auf dem Foto sieht aus wie Claire, und mit einem Schlag wird Lena bewusst, warum Claire nur Pierres zweites Gesicht kennt. Sie könnte seine Mutter sein. Claire sieht aus wie Pierres Mutter kurz vor ihrem Tod.

Kurze Zeit später hört sie wieder die Schritte.

Sie muss nicht um Hilfe schreien.

Sie erkennt ihn am Gang.

Er öffnet die Tür und baut sich vor ihr auf.

»Jetzt weißt du, warum ich dich nicht töten kann. Ich

würde meiner Mutter Leid zufügen, und sie hat wahrlich genug gelitten. Es würde mir das Herz zerreißen, weil ich daran denken müsste, dass Claire um dich trauert.«

Lena atmet erleichtert aus. Spürt wieder diesen kleinen Funken Hoffnung, den sie bis zum Schluss nicht verloren hat. Und wenn du glaubst, es geht nicht mehr, kommt von irgendwo ein Lichtlein her, war eine der Wahrheiten ihrer Großmutter. Doch dann verfinstert sich seine Miene.

»*Ich* werde dich nicht umbringen, sondern mein Großvater.«

Lena spürt den Schwindel in den Kopf steigen.

Gleich wird sie wieder kollabieren.

»Mit einem Bolzenschussapparat, mit dem man Tiere tötet.«

Seine Worte dringen durch das Summen in Lenas Kopf nur noch verzerrt zu ihren Ohren.

»Es geht ganz schnell. Nur ein kurzer Druck auf die Stirn, und du bist tot. Du wirst nicht leiden. Das verspreche ich dir. Ich werde ihm sagen, das kleine Zicklein sei krank.«

»Du bist krank«, flüstert sie mit letzter Kraft.

»Es geht doch mit dem Duzen, Frau Kommissarin.«

»Den Teufel siezt man nicht.«

Er grinst sie an, verschließt wieder ihre Handfessel, streichelt ihr über das Haar und flüstert: »Das Zicklein darf jetzt auf meinen Großvater warten.«

Samstag

Das Anrufsignal des Telefons durchbricht die Stille in dem einsam gelegenen Haus inmitten der Provence.

»Tom, deine Dienststelle«, ruft Claire Grube und läuft mit dem Handapparat in den Garten. Er steigt aus dem Pool. Sie reicht ihm ein Badehandtuch.

»Hallo?«, ruft Tom in den Hörer und trocknet sich mit der freien Hand ab.

»Harald hier. Oh, seid ihr schon beim Du?«

»Ja, nach der gestrigen Nacht.«

»Wie bitte? Du bist aber von der schnellen Truppe.«

»Quatsch. Heiße ich Fredy, der auf alles hüpft, was sich bewegt, und jede Gelegenheit schamlos ausnutzt?«

»Nein, entschuldige. War blöd von mir.«

»Wir haben die ganze Nacht zusammengesessen und uns Gedanken gemacht, wie wir Lena finden könnten, und haben zwei Flaschen Wein getrunken. Bei der gemeinsamen Sorge um einen geliebten Menschen kann man sich auch näherkommen. Es muss nicht immer um das Eine gehen.«

»Ja, Entschuldigung, Tom. Wir haben auch die ganze Nacht durchgearbeitet und haben die Bilder von Pierre Bouillon mit den Videoaufnahmen und Fotos von Sabines Beerdigung verglichen.«

»Und?«

»Tom?«

»Ja, mach es nicht so spannend, Scheiße. War einen Versuch wert.«

»Von wegen Scheiße. Volltreffer, Tom. Volltreffer!«, schreit Harald in das Telefon.

Tom schlägt sich mit der flachen Hand gegen die Stirn. Das Handtuch fällt in den Pool.

»Nein, echt?«

»Ja, echt. Kommissar Maigret ist nichts gegen dich!«

»Er war tatsächlich auf der Beerdigung?«

»Ja, wir haben ihn einwandfrei identifiziert. Aber er hat keine einzige Vorstrafe. Ich habe über den BKA-Verbindungsbeamten in Marseille alles Weitere veranlasst. Du musst dich um nichts kümmern.«

»Ich darf mich um nichts kümmern, wäre die genaue

Formulierung, denn ich habe ja keinen dienstlichen Auftrag.«

»Richtig.«

»Aber ich würde gern dabei sein, wenn sie den Dreckskerl festnehmen!«, schreit Tom in den Hörer.

Er merkt vor lauter Aufregung nicht, dass Claire hinter ihm steht und fassungslos zuhört.

»Was habe ich dir gesagt? Eigentlich weiß keiner, dass du da unten schon ermittelst. Hinz reißt mir den Arsch auf, wenn er erfährt, dass ich davon wusste.«

»Keine Angst, ich nehme alles auf meine Kappe. Gib mir die Adresse.«

»Ja, meinst du, die hätte ich schon?«

»Okay, vergiss es. Claire hat sie ja.«

Tom dreht sich um und sieht in Claires angstvoll aufgerissene Augen. Sie kann es noch nicht fassen.

»Tom, du bleibst da weg! Das ist eine dienstliche Anordnung. Das BKA wird die Festnahme als seinen Erfolg verbuchen, obwohl du das Bundesverdienstkreuz verdient hättest. Doch dein Hinweis wird unter ›Wie soeben dienstlich bekannt wurde …‹ laufen und nicht mehr. Verstanden?«, sagt Harald.

»Das ist mir scheißegal. Ich will kein Bundesverdienstkreuz, und Kopfgeld darf man mir ja auch nicht zahlen. Obwohl? Eigentlich bin ich ja als Privatperson hier. Könnte die dreihunderttausend gut gebrauchen.«

»Das sollte man ernsthaft prüfen.«

»Wichtiger ist, dass wir Lena lebend aus den Klauen dieses Pierre befreien.«

»Natürlich.«

Claire wird bleich, ringt nach Luft, und als sie der Schwindel überfällt, lässt sie sich in den Korbsessel unter der Pergola fallen.

»Wir müssen Lena finden. Das hat höchste Priorität!«,

schreit Tom und rennt mit dem Mobiltelefon am Ohr auf dem Grundstück auf und ab.

»Vielleicht hält er sie ja in seinem Haus gefangen«, vermutet Harald.

»Umso wichtiger, dass ich mit dabei bin.«

»Tom, die Aktion läuft schon in vollem Gange. Du brauchst mindestens eine Stunde bis nach Marseille.«

»Ich kann doch direkt in dieses Dorf fahren, da bin ich schneller.«

»Nein, nein und nochmals nein! Du hältst dich da raus!«, brüllt Harald ins Telefon.

»Wenn Lena was passiert, dreh ich dir den Hals um!«, schreit Tom zurück.

»Ich dreh mir den Hals dann selbst um, da musst du dich nicht mehr bemühen«, erwidert Harald Sauer mit ruhiger Stimme.

»Rufst du mich an, sobald du was erfährst?«

»Du bist der Erste, den ich informieren werde.«

»Danke, Harald. Und nichts für ungut.«

Tom beendet das Gespräch und setzt sich neben Claire an den kleinen runden Holztisch auf der Terrasse unter der Pergola mit den Rebstöcken.

»Du hast es gehört?«

Claire starrt ihn entsetzt an.

»Er war tatsächlich auf der Beerdigung der getöteten Polizistin?«

Tom nickt.

»Ich kann es nicht glauben. Das muss alles ein großer Irrtum sein. Pierre könnte keiner Fliege was zuleide tun. Er ist ein so sensibler und fürsorglicher Mensch.«

Tom springt auf.

»Wo hast du Pierres Bilder hingelegt?«

»Ins Büro.«

Tom rennt in das kleine Arbeitszimmer hinter der Küche.

Er starrt auf das Porträtfoto von Pierre Bouillon, und es fällt ihm wie Schuppen von den Augen. Jetzt erinnert er sich, wo er diesem Mann schon einmal begegnet ist. Kein Zweifel. Er geht zurück zu Claire auf die Terrasse.

»Claire?«

»Ja, was ist?«

»Ich habe Pierre am Montagmorgen in Koblenz gesehen. Er saß auf einer Bank am Rhein und fütterte die Tauben. Hat er dir gesagt, dass er in Koblenz war, als er dich kurz besuchte?«

»Pierre ist mir keine Rechenschaft schuldig.«

»Er war noch einmal am Tatort, kam direkt von Koblenz zu dir, war überrascht, Lena anzutreffen, und du sagst ihm noch, wer Lena ist. Er weiß, dass sie aus Koblenz kommt, und sagt nicht, dass er am selben Tag in ihrer Heimatstadt gewesen war. Was wollen wir denn noch mehr an Verdachtsmomenten?«

»Spinnst du, ich war doch bei Pierre, als Lena entführt wurde. Er kann es also gar nicht gewesen sein.«

»Wieso? Du warst doch nachmittags noch mit einer Freundin shoppen.«

»Ja, aber ...«

»Nichts aber. Wie lange fährt man von Marseille bis Salon?«

»Eine gute Stunde.«

»Und wie war das mit deinem Auto? Und was hat der Mann vom Pannendienst gesagt?«

»Er meinte, da habe jemand an meinem Twingo manipuliert. Was genau, das habe ich nicht verstanden.«

»Mensch, Claire, das passt alles zusammen. Du hast dich von Pierre in Marseille verabschiedet, bist dann mit deiner Freundin zum Shoppen. Pierre hatte alle Zeit dieser Welt, nach Salon zu fahren. Vermutlich hat er dein Auto lahmgelegt und den Pannenhelfer bestochen.«

»Quatsch, dann hätte der nicht diesen Verdacht geäußert.«

»Stimmt auch wieder. Aber selbst wenn das reiner Zufall wäre. Er hatte genügend Zeit, während deines Einkaufsbummels nach Salon zu fahren.«

»Sei still! Ich will das nicht mehr hören!«, schreit Claire verzweifelt.

»Was willst du denn?«

»Ich will, dass alles nur ein böser Traum ist und ich gleich aufwache.«

Tom schlägt sich mit der flachen Hand gegen die Stirn. Dieses Mal so fest, dass er den Schmerz verspürt.

»Ich Idiot! Hätte ich ihn am Rheinufer festgenommen, wäre Lena jetzt nicht in seiner Gewalt.«

»Tom, wenn das alles stimmt. Keiner konnte es ahnen und daher auch nicht verhindern, was geschehen ist. Du konntest ihn nicht erkennen. Er war doch für euch das Phantom. Unsichtbar. Wie du selbst gesagt hast. Und Unsichtbare kann man nicht sehen.«

»Und jetzt hat der Unsichtbare einen Namen: Pierre Bouillon.«

»Und ich habe Lena mit ihm bekannt gemacht und mit einem Mörder geschlafen.«

»Claire, du hast mir auf der Karte das Haus von Pierres Großvater gezeigt. Der Fundort von Paul Schleichers Leiche liegt nur knapp einen Kilometer entfernt. Er könnte Lena auch dorthin verschleppt haben.«

»Meinst du?«

Tom springt auf und greift nach Claires Hand.

»Los, komm!«

»Wohin willst du?«

»In die Alpilles.«

»Sollen wir nicht besser die Gendarmerie verständigen?«

»Nein, ich will mir zuerst noch mal den Ort anschauen,

an dem man Schleichers verwesten Leichnam gefunden hat, und dann sehen wir, ob es eine direkte Verbindung zu dem Haus von Pierres Großvater gibt.«

»Okay, dann nehmen wir den kleinen Geländewagen. Mit einem normalen Auto bleibt man da oben stecken.«

Während Claire den Citroën Pony aus der Garage fährt, klingelt Toms Handy.

»Tom, die Gendarmerie aus Marseille hat sich soeben gemeldet. Der Vogel ist ausgeflogen. Die Kollegen haben das Haus durchsucht und die ganze Umgebung abgegrast.«

»Und Lena?«

»Keine Spur von Lena. Absolut nichts.«

»Das heißt, der Kerl hat Lunte gerochen, aber wieso?«

»Hat Claire sich vielleicht auffällig verhalten?«

»Wie meinst du das, Harald?«

»Natürlich unbewusst. Wann hatte sie den letzten Kontakt mit Pierre?«

»Sie hat ihn angerufen und gesagt, dass ein Kollege von Lena aus Deutschland anreisen und sie bei der Suche unterstützen wollte.«

»Das reicht. War das vor oder nach deiner Bildersammlung?«

»Weiß ich nicht. Wir wollten soeben in die Alpilles und uns die Stelle anschauen, an der man die Leiche gefunden hat. Aber ich habe nun eine bessere Idee. Wir fahren direkt zu Pierres Großvater. Der Alte wohnt in der Nähe von dem Fundort, und ich verwette meine *Albatros*, dass Pierre in dieser Gegend auch Lena gefangen hält.«

»Woher weißt du das?«

»Was?«

»Die Nähe des Bauernhauses zum Fundort der Leiche.«

»Weil ich eins und eins zusammenzählen kann. Du hast doch auf der Karte den Fundort von Pauls Leiche angekreuzt. Ich habe die Karte kopiert und Claire gefragt, wo

Pierres Großvater wohnt. Und zwischen Haus und Leichenfundort sind es maximal tausend Meter. So einfach ist das Kombinieren, Herr Erster Kriminalhauptkommissar.«

»Mensch, Tom. Du bist genial. Warum hast du eigentlich nicht den Ratslehrgang besucht?«

»Weil ich ermitteln und nicht verwalten will.«

»Ich werde den Kollegen in Marseille Claires Adresse mitteilen, und dann könnt ihr gemeinsam zu Pierres Großvater fahren.«

»Das dauert mir zu lange.«

»Du bleibst mit deinem Arsch in Salon und wartest gefälligst, bis die Kollegen der Gendarmerie eintreffen, sonst …«

Tom drückt auf den roten Knopf und stellt das Handy auf Vibrationsalarm um. Er kann Haralds Fluchen zwar nicht mehr hören, aber er kann sich gut vorstellen, wie dieser wutentbrannt den Hörer in die Telefonschale geknallt hat und sich eine Zigarette in den Mund steckt, die er jedoch niemals anzünden wird.

»Was du kannst, kann ich schon lange«, flüstert Tom, springt auf den Beifahrersitz des Citroën ohne Türen und ruft: »Los, gib dem Pony die Sporen!«

Claire startet mit Vollgas durch, und der kleine Geländewagen zieht eine riesige Staubwolke hinter sich her.

Sie sehen nicht den Mann hinter dem großen Busch, der sie schon länger beobachtet hat und nun mit schnellen Schritten zu seinem Auto geht, das er auf der anderen Seite des Waldes abgestellt hat.

*

Claire lenkt den geländegängigen Plastikbomber auf der Basis eines 2 CV sicher durch die einsame Landschaft und umrundet geschickt die Schlaglöcher der holprigen Wege, die sich durch die herbe Schönheit des steinigen und ausgetrockneten Hinterlandes schlängeln. Am hellblauen Himmel ist weit und breit keine einzige Wolke zu sehen. Tom bewundert, mit welcher Kraft Claires zarte Hände das Steuer des kleinen Geländewagens fest im Griff haben. Vom Himmel brennt die Sonne. Nur der Fahrtwind sorgt für angenehme Kühlung. Die Gegend wird immer einsamer, als sie die Route Touristique, die nach Mausanne führt, verlassen.

Ohne Vorwarnung bremst Claire das Auto ab, sodass Toms Kopf fast gegen die kleine Windschutzscheibe schlägt.

»Dort unten ist das Haus von Pierres Großvater.«

Sie zeigt mit der linken Hand in die Talmulde unterhalb des Feldweges.

»Eher eine Hütte.«

»Für den Alten ist es ein Schloss.«

»My home is my castle? Dann sind wir ja fast da.«

»Nein, wir müssen die riesigen Steinbrocken da vorne umrunden. Es führt kein direkter Weg von hier oben dorthin.«

Claire startet den Motor und lässt die Kupplung springen. Der Wagen fährt mit einem kräftigen Ruck an. Toms Oberkörper wird nach hinten gedrückt.

»Schon ungewohnt, ohne Nackenstützen und Sicherheitsgurt«, sagt Claire.

»Und ...«

»... sag jetzt bloß nichts über Frauen am Steuer, sonst setz ich dich hier in der Wildnis aus«, zischt Claire.

Der Weg schlängelt sich zwischen vom Mistral gebeugten Bäumen in zahlreichen Serpentinen mäßig bergab. Die Zufahrt, wenn man sie überhaupt als solche bezeichnen kann, ist übersät mit noch tieferen Schlaglöchern, die

Claire umfahren muss, wenn sie nicht mit einem Achsenbruch mitten in dieser gottverlassenen Landschaft vergeblich auf eine Pannenhilfe warten wollen. Hinter jeder Kehre breitet sich ein Trümmerfeld abgebrannter Bäume aus. Tom sieht nur große Steinblöcke und nackte Bergrücken, deren Grün im letzten Sommer wieder einmal den Flammen zum Opfer gefallen ist.

Claire hält wieder kurz an.

»Schau, dort hinten. Das ausgebrannte Gebäude mit der kleinen Kapelle. Dort ist vor einigen Jahren der Vater einer Zonta-Freundin in den Flammen umgekommen.«

Mit nachdenklichem Blick stützt sie ihren Kopf auf die linke Hand, der Ellenbogen ruht auf der Fahrertür.

Claire dreht den Zündschlüssel um und fährt dieses Mal sanft an.

»Geht doch«, bemerkt Tom.

»Klar, wenn ich will.«

Der Feldweg führt durch ein Waldstück bis zu dem teilweise zerfallenen Anwesen.

Der Alte steht vor dem Haus und hält einen merkwürdigen Gegenstand in den hageren Händen. Claire fährt im Schritttempo auf den Hof, um den alten Mann nicht zu erschrecken.

»Bleib sitzen!«, sagt sie, steigt aus dem Auto und geht mit langsamen Schritten auf den alten Mann zu, der sie verängstigt ansieht. Der Alte mit dem sonnengebräunten und hageren Gesicht ist vermutlich weit über siebzig. Aber er hat noch dichtes hellgraues Haar, um das ihn mancher Mittdreißiger mit Vollglatze beneiden würde. In dem von Falten durchfurchten Gesicht kann man keine Lippen erkennen, und irgendwie lächelt der Mann, als sei er nicht ganz klar im Kopf.

»Hallo, Monsieur Lourmain. Kennen Sie mich noch?«

Claire streckt dem alten Mann die Hand entgegen.

Er schaut sie misstrauisch an, tritt einen Schritt zurück und hält eine Hand vor sein Gesicht.

»Geh weg!«, schreit er mit krächzender Stimme.

»Ich bin es, Claire, eine Freundin von Pierre.«

»Pierre?«

»Ja, Pierre, Ihr Enkel.«

»Ist nicht hier.«

»Ja, ich weiß.«

»Ich bin allein. Ganz allein«, krächzt der Alte wieder.

»Wo ist Pierre?«

Der Alte starrt Claire nur an, aber er antwortet nicht.

Bis jetzt hat Tom alles verstanden. »Frag ihn, was er mit dem Gerät in seiner Hand vorhat«, flüstert Tom, als er einen Bolzenschussapparat in der Hand des alten Mannes erkennt. Der Alte starrt ihn an, als habe er Claires Begleiter erst jetzt wahrgenommen.

Claire übersetzt die Frage.

Der Alte antwortet in einem für Tom unverständlichen Dialekt der Provence.

»Was sagt er?«

»Das Zicklein schlachten«, übersetzt Claire.

»Ach, so. Frag ihn, warum.«

»Pourquoi?«, fragt Claire.

Der Alte murmelt Unverständliches.

»Was sagt er?«

»Das Zicklein ist böse. Es kann sprechen.«

Claire und Tom starren sich an. Der Mann ist anscheinend geistig verwirrt.

»Und wo ist das Zicklein?«, fragt Claire.

Der Alte zieht die Schultern hoch, murmelt unverständliches Zeug, dreht sich um und geht auf das kleine Waldstück zu.

»Was erzählt er jetzt?«

»Mal hier, mal da, murmelt er in sich hinein.«

»Wann haben Sie Pierre das letzte Mal gesehen?«, ruft Claire ihm nach. Der Alte zuckt mit den Schultern, bleibt stehen, dreht sich um und antwortet kurz.

»Weiß nicht, kann sein«, übersetzt Claire.

Sie und Tom sehen sich an.

»Er ist geistig verwirrt, die arme Socke«, nimmt Claire den alten Mann in Schutz.

»Aber das Zicklein töten, das kann er. So kommen wir nicht weiter. Hast du eben das Gleiche gedacht wie ich?«

»Mit dem Zicklein, meinst du?«

»Ja, ein Zicklein, das spricht, und ein geistig verwirrter alter Mann.«

»Ja. Lena ist das Zicklein und der alte Mann das Tatwerkzeug von Pierre. Er muss sich nicht selbst die Finger schmutzig machen. Der Alte erledigt das für ihn.«

Sie beobachten den alten Mann. Er geht weiter auf das kleine Waldstück zu, ohne sich auch nur ein einziges Mal umzuschauen. Tom faltet die Karte noch einmal auseinander. Das ist die Richtung zu der Stelle, wo Paul Schleichers Leiche gefunden wurde.

Sie blicken sich an, verstehen sich ohne Worte und folgen dem alten Mann, der sich mühsam durch die Landschaft schleppt. Sie müssen sich nicht verstecken. Der Alte würde sie nicht bemerken. Vielleicht kann er auf diese Entfernung auch nichts mehr erkennen. Würde sie nur als junge Bäume wahrnehmen, die sich im heute harmlosen Mistral hin und her bewegen. Von der höchsten Erhebung des Hügels erkennen sie einen kleinen Ziegenstall. Sie schleichen sich weiter an und verstecken sich hinter einem kleinen Gebüsch etwa zwanzig Meter von dem Stall entfernt. Nur wenige Sekunden, nachdem der Alte im Stall verschwunden ist, hören sie herzzerreißende Schreie und das lautstarke Blöken von Ziegen. Es sind schrille Schreie. Ohne Worte. Schreie eines Menschen in Todesangst. Die

Stimme einer Frau. Sie übertönt das Geschrei der Tiere. Lena!

Das herzzerreißende Schreien lässt beiden das Blut in den Adern gefrieren. Für Bruchteile von Sekunden blicken sie sich in die Augen. Stehen sich wie versteinert gegenüber. Wie auf Knopfdruck laufen sie los. Tom reißt die Tür auf. Wie riesige Scheinwerfer beleuchten breite Sonnenstrahlen die Szene in dem Ziegenstall.

»Du bist doch krank, Zicklein«, flüstert der alte Mann und steht zitternd vor einem menschlichen Körper, der angekettet vor einem Trog liegt. Sie können das Gesicht nicht erkennen.

»Lena!«, schreien beide wie aus einem Mund.

Der Alte dreht sich kurz um.

Jetzt erst erkennen sie Lenas Gesicht und die angstvoll weit aufgerissenen Augen.

Der alte Mann drückt den Bolzenschussapparat auf Lenas Stirn. Mit tierischem Kampfgeschrei springt Tom hoch und tritt Pierres Großvater mit einem gezielten Tritt die tödliche Waffe aus der Hand. Dann packt er den alten Mann mit beiden Händen an den Schultern, hebt ihn hoch und wirft ihn gegen das Ziegengatter. Der Alte sinkt auf den Boden und hält schützend seine Hände vors Gesicht.

Claire drückt Lena fest an sich, zittert am ganzen Körper und weint hemmungslos. Lena starrt die beiden ungläubig an.

»Seid ihr es wirklich?«, flüstert sie.

»Alles wird gut, Liebes, alles wird gut«, flüstert Claire und streichelt Lenas Kopf.

Tom fesselt den Alten mit einem Seil, das an dem Ziegengatter hängt, und bindet ihn an einem Trogring fest. Der Alte starrt ihn nur an. Er zittert am ganzen Körper. Sein Kopf bewegt sich hin und her, als würde er nur noch von einem kleinen Seil gehalten. Wie bei einer hektisch geführten Marionettenfigur.

Tom umarmt beide Frauen und erkennt mit einem einzigen Blick, dass er Lena ohne Seitenschneider nicht von der Kette befreien kann. Er blickt ihr tief in die Augen. Tränen überströmen ihr Gesicht. Sie schluchzt und lächelt, aber kein einziges Wort verlässt ihre zitternden Lippen. Tom hält ihr Gesicht in den Händen und flüstert: »Alles wird gut. Es ist vorbei.«

»Tom, ich li…«

Mit einem Schlag erstarrt Lenas Gesicht, und ihr Blick wandert erschrocken an Tom vorbei.

Ein Schatten fällt in den Raum.

Claire und Tom drehen sich um und blicken entsetzt in das runde schwarze Loch.

Pierre zielt mit einer großkalibrigen Waffe auf die drei.

»Du kannst uns nicht alle drei töten«, flüstert Tom mit brüchiger Stimme.

»Wieso nicht? Wer will mich daran hindern?«

Pierre zielt mit der Waffe auf Toms Kopf.

»Eins!« brüllt er.

Und dann geschieht es in Bruchteilen von Sekunden.

»Zwei!«

Die Mündung hat er auf Lena gerichtet.

»Drei!«

Die Waffe zeigt kurz auf Claire.

»Drei auf einen Streich in drei Sekunden. Und zwei Polizisten auf einen Streich. Mein viertes und mein fünftes Opfer, und ich habe meinen Auftrag erledigt.«

Claire schreit mit weinerlicher Stimme.

»Pierre, das ist doch alles nicht wahr!«

»Sei still! Was soll ich denn machen? Ich muss euch töten, denn das Phantom muss unsichtbar bleiben. Warum hast du dich da mit reinziehen lassen?«

Pierres Augen flackern. Dann wirft er einen kurzen Blick nach oben und schreit voller Verzweiflung: »Maman! Maman!«

Tom nutzt die zwei Sekunden, stürzt sich auf Pierre, schlägt ihm die Waffe aus der Hand und tritt ihm mit einem gezielten Fußtritt in den Unterleib. Die Attacke trifft den Franzosen völlig unerwartet. Pierre schreit vor Schmerz auf, schnappt nach Luft, greift sich zwischen die Beine und stürzt wie ein gefällter Baum auf den Boden. Die Waffe fliegt in hohem Bogen hinter das Ziegengatter. Die Ziegen haben sich verängstigt in die hinterste Ecke zurückgezogen. Tom kann nicht erkennen, wo die Waffe hingeflogen ist. Sein Blick wandert in die Richtung, wo die Waffe liegen könnte. Eine Sekunde zu lang, denn nun nutzt Pierre seine Chance, steht blitzschnell wieder auf, packt Tom mit seinen kräftigen Händen am Hals und schleudert ihn gegen die halbhohe Mauer, vor der Lena und Claire mit ängstlichen Augen auf dem Boden liegen und sich wie zwei Ertrinkende aneinanderklammern.

Als Tom sich erheben will, rammt Pierre ihm den Stiel einer Mistgabel in die Magengrube. Es ist ihm schleierhaft, wie dieses Werkzeug so schnell in seine Hände gelangen konnte. Tom stößt vor Schmerzen einen grellen Schrei aus. Als er seinen Oberkörper wieder aufrichten will, stürzt der Franzose sich auf ihn. Beim Aufprall des muskulösen Körpers hat Tom das Gefühl, dass seine Rippen brechen. Pierres Hände legen sich wie ein Schraubstock um Toms Hals. Tom versucht mit den zu einem V geformten Zeige- und Mittelfinger die bösartigen Augen zu treffen, aber es gelingt ihm nicht. Mit letzter Kraft schleudert er seinen Gegner gegen die Tür. Beide Männer stehen gleichzeitig wieder auf den Beinen. Pierre zielt mit einem Fußtritt auf Toms Brustkorb, der weicht zurück, erfasst mit der linken Hand Pierres Oberschenkel und setzt einen Fußfeger an.

Pierre stürzt zu Boden, aber Tom kann seinen Gegner nur noch schemenhaft erkennen. Völlig außer Atem reibt er sich das Blut von dem stark angeschwollenen Gesicht. Sein Gesichtsfeld wird enger. Dann spürt er nur noch den Schlag mitten ins Gesicht und fällt auf den Rücken. Pierre wirft sich mit einem Hechtsprung auf ihn. Der Franzose scheint eine unbändige Kraft zu entwickeln. Er kniet sich auf Toms Oberkörper und drückt dessen Schultern auf den Boden. Dann zieht er das rechte Bein kurz an und zertrümmert mit der Kniescheibe Toms Nasenbein.

Eine heiße Schmerzwelle fließt wie der Inhalt eines umgestürzten roten Tintenfasses über Toms Gesicht, und er schmeckt das frische Blut auf den Lippen. »Mein Gott, hoffentlich dringt dir nichts ins Gehirn«, ist das Letzte, was Tom denken kann. Pierres kräftige Hände umfassen seinen Hals wieder wie ein sich langsam zudrehender Schraubstock und nehmen Tom die Luft zum Atmen. Die Luft, die er auspresst, sprüht wie Wasserdampf auf sein Gesicht. Dann spürt er Pierres heißen Atem. Mit letzter Kraftanstrengung versucht Tom, das rechte Bein anzuziehen, aber der Stoß mit dem Knie in den Unterleib seines Gegenübers hat nicht mehr genügend Kraft, um diesem ernsthaft zu schaden. Eine tiefe Ohnmacht erlöst ihn von den Schmerzen, und Lena sieht mit Schrecken, wie sich unter Toms Kopf eine hellrote Blutlache ausbreitet.

Claire war über das Gatter geklettert und hatte zwischen den aufgeregt hin und her laufenden Ziegen die Waffe im Stroh gesucht. Als sie endlich unter dem Stroh das kalte Metall ertastet, stellt sich Pierres Fuß auf ihre Hand. Er tritt die Pistole weg. Claire blickt nach oben. Diesen Gesichtsausdruck hat sie bei ihm noch nie gesehen. Sie kann sich in diesem Moment nicht vorstellen, dass sie mit diesem Mann schon so oft ihr Bett geteilt hat. Er ist ein Fremder. Nicht Pierre. Nicht ihr Pierre. Kalte Augen starren sie an.

Pierre bückt sich nach der Waffe. Im gleichen Moment greift Claire nach der Mistgabel und zielt mit dem Dreizack auf Pierres Bauch. Sie zittert am ganzen Körper. Als Claire zustechen will, macht Pierre einen Ausfallschritt und reißt Claire das Werkzeug aus der Hand. Dann greift er nach ihrem rechten Arm, schleppt sie an den Trog, legt ihr eine Handschelle an und schließt sie an Lenas Kette. Den bewusstlosen Tom fesselt er auf die gleiche Weise.

»Zicklein tot?«, röchelt der alte Mann, der inzwischen aus seiner Ohnmacht erwacht ist.

»Noch nicht, Opa«, erwidert Pierre, führt dem verwirrten Alten den Kanister mit dem Wasser an den Mund und befreit ihn von seinen Fesseln.

»Du musst nun drei Zicklein töten!«, flüstert er dem Alten ins Ohr.

Während sich Pierre um seinen Großvater kümmert, erzählt Lena in wenigen Worten, was Pierre ihr gebeichtet hat, und flüstert ihrer Freundin ins Ohr: »Claire, weißt du eigentlich, dass du Pierres Mutter wie aus dem Gesicht geschnitten ähnlich siehst?«

»Wie bitte?«

»Ja, er hat mir ein Bild von seiner Mutter gezeigt. Die Ähnlichkeit ist verblüffend.«

»Mir hat er noch nie ein Bild von seiner Mutter gezeigt.«

»Natürlich nicht, dann hättest du früher geahnt, warum der Mann mit den zwei Gesichtern so liebevoll zu dir war. Du musst nun in die Rolle seiner Mutter schlüpfen.«

»Wie soll ich das denn tun?«

»Hat seine Mutter deutsch mit ihm gesprochen?«

»Ja, ich glaube schon, sonst würde er nicht so perfekt Deutsch reden.«

»Wie hat sie ihn genannt?«

»›Mon Minou‹ hat sie ihn genannt, hat er mir mal gesagt.«

»Und was bedeutet das?«, flüstert Lena

»Mein kleiner Kater oder so ähnlich. Später hat sie ihn ›mon petit loup‹ genannt.«

»Mein kleiner Wolf?«

»Richtig.«

»Okay, wir stehen nun auf, du stellst dich vor mich und sprichst wie eine Mutter mit einem Zehnjährigen.«

»Spinnst du?«

»Das ist unsere letzte Chance, diesen Stall lebend zu verlassen. Dieser Mann ist krank. Es wohnen zwei Persönlichkeiten in ihm. Er muss an seine Mutter erinnert werden. Sie ist eine Heilige für ihn. Uns bleibt nicht mehr viel Zeit.«

Lena erklärt Claire in wenigen Worten, was Pierre ihr anvertraut hat, und verrät ihren Plan.

»Und du meinst, das funktioniert?«

»Wir müssen es zumindest versuchen. Das ist unsere einzige Chance. Unsere letzte Chance, diesen Stall lebend zu verlassen.«

»Ich kann nicht aufstehen, Tom ist noch ohnmächtig.«

»Dann ziehe ich ihn an mich heran. Irgendwie müssen wir das schaffen.«

Lena greift unter Toms Arme und hievt den Bewusstlosen mit enormer Kraftanstrengung so hoch, dass er mit den Knien den Boden berührt und Claire aufstehen kann. Pierre kniet immer noch vor seinem Großvater. Nun dreht er sich zum ersten Mal um und erschrickt, als Claire direkt vor ihm steht. Sie hebt den Zeigefinger mit der freien Hand.

»Mon Minou, das wird dir deine Mutter nie verzeihen!«

»Hör auf, Claire«, schreit Pierre.

»Ich bin Marlenes Wiedergeburt, mon petit loup. Komm zu mir. Gib mir deine Hand, befreie uns von dieser Kette, und alles wird gut. Wir werden hier sonst verdursten und verhungern, wenn du uns in der Wildnis allein lässt. Erinnere dich doch, wie schlimm es für dich war, als ich dich damals verlassen musste. Ich hätte mich gern für das Leben entschieden, als der Polizist mir die Pistole an den Kopf gehalten und mich erbarmungslos abgeknallt hat. Aber ich habe nie gesagt, dass du Polizisten töten sollst. Doch du hast das Schicksal in der Hand, bist der Herr über Leben und Tod. Und du wirst dich für das Leben entscheiden, denn du bist ein guter Junge und willst nicht, dass ich ein zweites Mal sterbe und dich verlasse. Dann bist du für immer allein.«

»Hör endlich auf!«, brüllt Pierre immer lauter.

»Mach weiter!«, flüstert Lena wie eine Souffleuse im Theater ihrer Freundin Worte zu, die sie Pierre ins Gesicht schleudern soll. Claire spielt ihre Rolle perfekt. Man merkt, dass sie früher einmal Schauspielunterricht hatte.

»Mon petit Minou. Du hast zwei Polizisten getötet. Das war genug irdische Gerechtigkeit für meinen Tod, denn die anderen hat der Herr selbst zu sich genommen. Nun sind alle tot, und dein Auftrag ist erledigt. Du wirst doch nicht deine eigene Mutter töten. Nein, das kannst du nicht. Ich würde dir das nie verzeihen. Niemals«, erhebt Claire die Stimme wie eine Oberlehrerin.

Dann beginnt Claire zu singen: »Sur le pont d'Avignon, on y danse, on y danse …«

Pierre geht einen Schritt zurück und starrt wie ein Wahnsinniger auf Claire.

»Sei still!«, brüllt er.

»Wieso? Das war doch dein Lieblingslied. Erinnerst du dich daran, wie wir beide auf der kleinen Terrasse getanzt haben? Der kleine Junge mit seiner Mutter. Ich bin wieder da. Bin von den Toten auferstanden. Nur für dich. Weil du deinen Auftrag erledigt hast und nie mehr töten musst«, wagt Claire mit ruhiger Stimme einen letzten verzweifelten Versuch.

Pierre hält sich beide Hände vor die Augen, als würde ihn ein riesiger Scheinwerfer blenden. Dann dreht er sich um und läuft aus dem Stall. Kurze Zeit später hören sie das Knattern eines Geländemotorrads und erkennen eine Staubwolke, die sich verflüchtigt und wieder den Blick in die karge Landschaft freigibt.

Claire und Lena sinken zu Boden und umarmen sich stumm. Tom ist noch bewusstlos. Aber er atmet.

Der Alte starrt sie an. Er zittert immer noch am ganzen Körper. Neben ihm liegt der Bolzenschussapparat. Er starrt auf das Werkzeug. Seine hageren Hände tasten nach dem todbringenden Gegenstand. Er robbt nach vorne. Versucht aufzustehen. Erhebt sich langsam. Fällt wieder hin. Fasst mit der linken Hand an das Gatter. Zieht sich hoch. Hält in der rechten Hand den Schussapparat. Er muss sich mehrfach abstützen und torkelt nun auf die drei zu.

»Non, Monsieur Lourmain«, schreit Claire, als der alte Mann näherkommt und das tödliche Werkzeug auf sie richtet.

»Nei…ein!«, schreien beide Frauen. Im selben Moment erwacht Tom aus seiner Ohnmacht. Er erkennt sofort die Gefahr. Als der Alte sich nach vorne bückt und den Schussapparat auf Lenas Stirn aufsetzen will, tritt Tom ihm mit letzter Kraft zwischen die Beine. Der alte Mann ringt nach Luft und fällt wie ein gefällter Baum direkt vor Toms Füße. Tom setzt einen zweiten Tritt nach und trifft den Kehlkopf des alten Mannes, der kurz röchelt und anschließend bewusstlos liegen bleibt.

Durch seine inzwischen angeschwollenen Augen erkennt Tom nur undeutlich Lenas Gesicht. Sie sitzt aufrecht vor dem Trog, als habe sie einen Spazierstock verschluckt. Auf ihren zitternden Beinen liegt Claires Kopf. Die Freundin hat sich zusammengerollt wie ein Fötus und wimmert leise vor sich hin. Ein zitterndes Bündel Mensch. Eine Frau, die in ihrem Leben noch nichts wirklich Schreckliches erlebt hatte und in dieser Situation wahnsinnig werden oder über sich hinauswachsen musste. Schützend legt Lena beide Arme um Claire und drückt sie fest an sich. »Wir müssen hier weg«, schluchzt Claire, und ihre Beine zittern noch stärker. Lena nickt und spuckt in den staubigen Sand.

»Alles wird gut«, flüstert Lena, und dicke Tränen kullern über ihre Wangen. Sie starrt bewegungslos mit weit aufgerissenen Augen durch die Türöffnung. Tom wischt sich das Blut von den Lippen. Er betrachtet Lena, die immer noch wie in Trance in die weite Landschaft blickt, in der weit und breit keine Menschenseele zu sehen und kein Geräusch zu hören ist. Eine Stille, die sie immer gesucht hat, um der Hektik des polizeilichen Alltags zu entfliehen, und nun sind sie gefangen in dieser einsamen Gegend. Tom hustet. Blut läuft über seine Lippen. Und dann spürt er dieses Würgen im Hals und muss sich übergeben. Im letzten Moment wendet er seinen Kopf nach links, aber der intensive Geruch von Erbrochenem breitet sich schnell in dem überhitzten kleinen Raum aus. Lena sieht Tom voll Mitleid an. Über seinem Gesicht breitet sich ein erschreckendes Muster aus Striemen, Prellungen, Hämatomen und frischem Blut aus. Sie starren sich an, wie in Panik geratene Tiere, die in die Enge getrieben wurden und keinen Fluchtweg mehr erkennen, sich ihrem Schicksal ergeben.

Claire hält sich mit der freien Hand die Nase zu und atmet durch den Mund. Sie sind dem Hungertod ausgeliefert. Ihr Peiniger wird sie nicht mehr mit Wasser versorgen. In dieser Gegend kann kein Notruf von einem Handy gesandt werden. Kein Netz verfügbar. Claire und Tom sind jeweils mit einer Handschelle in der Mitte der Kette gefesselt. Alle drei liegen nahe beieinander. Der Abstand zur Wandbefestigung und zu Lena beträgt jeweils einen Meter. Sollte einer von ihnen zum Donnerbalken müssen, müssten die anderen sich direkt danebenknien. Eine Erniedrigung. Eine unvorstellbare Situation. Ein Albtraum. Mehr als das. Erschöpft liegen sie nebeneinander und werden gemeinsam an diesem einsamen Ort sterben. Sie blicken auf den alten Mann, dessen Körper plötzlich krampfartig zuckt. Der Oberkörper bäumt sich kurz auf, der Kopf fällt auf den Stallboden, und sein Körper bewegt sich so unkontrolliert, als habe er soeben ein Stromkabel berührt. Sekunden später haucht der Alte seinen letzten Atemzug aus und stirbt vor ihren Augen. Die hohlen Augen des Toten starren sie wie die Linsen einer Überwachungskamera an.

Ein schrecklicher Anblick. Direkt vor ihren Augen. Tom versucht, den Leichnam mit den Füßen nach hinten zu schieben, aber er hat keine Kraft mehr in den Beinen und sinkt wieder in eine Ohnmacht.

Lena sieht voller Sorge auf den bewusstlosen Tom und tastet nach seinem Puls. Er atmet, aber seine Stirn ist glühend heiß. Lena greift mit der freien Hand nach dem Wasserkanister und schüttet behutsam die kostbare Flüssigkeit über Toms Stirn. Sie darf nicht daran denken, wie schnell sich in dieser im wahrsten Sinne des Wortes mörderischen Hitze der Verwesungsgeruch ausbreiten wird. Bald werden die ersten Insekten in den Körper des Alten kriechen, die Augenhöhlen ausfressen, und durch die nun geöffnete Tür könnten auch die Vögel ihren Leichenschmaus erreichen. Die hohlen Augen des Alten starren die drei an.

Wer von ihnen wird als Erster verdursten?

Vorher wird der Leichengeruch in ihre Nasen steigen, und sie würden sich übergeben, sich gegenseitig vollkotzen und menschenunwürdig langsam auf unvorstellbar grausamste Art krepieren.

LA PROVENCE –
Département Bouches-du-Rhône

Dramatische Befreiungsaktion in den Alpilles

Polizistenmörder hatte drei Geiseln in seiner Gewalt

In enger Zusammenarbeit mit dem deutschen Bundeskriminalamt gelang es der französischen Polizei, den Mann zu identifizieren, der im vergangenen Jahr in Koblenz (Deutschland) eine junge Polizistin durch einen gezielten Kopfschuss in ihrem Streifenwagen tötete und einen weiteren Polizisten schwer verletzte.

Der Mann aus Marseille wurde von den deutschen Ermittlungsbehörden über ein Jahr als Phantom gesucht. Aus der Redaktion nicht bekannten Gründen entführte der Mörder drei Deutsche und kettete sie in einem Ziegenstall wie Tiere aneinander.

Bei einer groß angelegten Suchaktion konnten die Geiseln (zwei Frauen und ein Mann) bewusstlos aufgefunden werden. Eine Rettung in letzter Minute, denn vermutlich wären die Gefangenen bald verdurstet.

Ein älterer Mann, dessen Beteiligung an dem Verbrechen noch unklar ist, wurde tot aufgefunden. Eine Obduktion soll Aufschluss über die Todesursache bringen.

Die drei Geiseln wurden mit einem Rettungshubschrauber in das Hospital nach Arles geflogen. Eine der Geiseln schwebt noch immer in Lebensgefahr.

Der Täter konnte sich seiner Festnahme entziehen und wird nun mit internationalem Haftbefehl gesucht.

Genaue Hintergründe der Tat teilt die Polizei mit Hinweis auf die laufenden Ermittlungen nicht mit.

Personenverzeichnis

Carsten, Stefan – Leiter der Sondereinheit SAVE MASO

Dzelski, Gregor – Drogenkurier

Grube, Claire – Freundin von Lena Lieck

Hinken, Jo – Observer eines Drogenkartells

Lieck, Lena – Kriminalhauptkommissarin
– *wohnt zurzeit bei ihrer Freundin Claire in der Provence*

Linke, Andrea – Freundin von Gregor Dzelski

Sauer, Harald – Leiter der Mordkommission

Schleicher, Max und Paul
– *Brüder, dringend verdächtig, die Polizeikommissarin Sabine Laube ermordet zu haben*

Schneider, Tom – Kriminalhauptkommissar
– *lebt seit der Scheidung von seiner Frau Brigitte auf dem Hausboot* Albatros *und sucht immer noch seine drogenabhängige Tochter Sabine*

Glossar

BKA Bundeskriminalamt

Bouches-du-Rhône Departement von Marseille und Teilen der Region Provence; Autokennziffer 13 (siehe *Spurenleger*)

Boulangerie Bäckerei

CRS Compagnie République de la Sécurité, Spezialeinsatzkommando der französischen Polizei

DNA Desoxyribonucleic acid (englisch), deutsch Desoxyribonukleinsäure (DNS), ist ein in allen Lebewesen und DNA-Viren vorkommendes Biomolekül und die Trägerin der Erbinformation. Im allgemeinen Sprachgebrauch wird die Desoxyribonukleinsäure überwiegend mit der englischen Abkürzung **DNA** (deoxyribonucleic acid) bezeichnet; die parallel bestehende deutsche Abkürzung **DNS** wird hingegen seltener verwendet. Im Polizeigebrauch wird DNA auch als Kurzform für DNA-Spur benutzt.

EUROPOL Europäische Polizeibehörde mit Sitz in Den Haag; koordiniert die Zusammenarbeit der nationalen Polizeibehörden Europas im Bereich der grenzüberschreitenden organisierten Kriminalität (OK) und fördert den Informationsaustausch zwischen den nationalen Polizeibehörden. Der Grundgedanke von Europol ist die Zusammenführung von bi- und multilateralen Übereinkommen wie TREVI (frz.: Terrorisme, Radicalisme, Extrémisme et Violence Internationale), Schengener Abkommen und der EDU (European Drug Unit). Arbeitsbereiche sind unter anderem die Terrorismusbekämpfung, die Bekämpfung und Prävention des illegalen Waffenhandels, des Drogenhandels, der Kinderpornografie und der Geldwäsche.

Gras Marihuana, Cannabiskraut

KIFI Polizeijargon für »Kinderficker«

LKA Landeskriminalamt, in jedem Bundesland

Mairie Bürgermeisteramt

Modus Operandi Tatbegehungsweise (wie wurde eine Tat durchgeführt?); bezeichnet in der Kriminalistik die Verhaltensweisen am Tatort, einen speziellen Stil, ein Muster oder die Charakteristika eines Kriminellen

NAW Notarztwagen

PASt Polizeiautobahnstation

Pastis eine Spirituose aus Anis mit Ursprung in Frankreich; enthält 40 bis 45 Prozent Alkohol. Pastis gilt als typisch französischer Schnaps.

PIK-Foto Personenidentifizierungskartei; nach Zeugenaussagen produziert, früher von Hand gezeichnet, heute mit einem speziellen PC-Programm

PP Polizeipräsidium (das PP); in der internen Ansprache manchmal auch als Abkürzung »der PP« für »Herr Polizeipräsident«

Sabbatjahr Möglichkeit für Beamte, sich ein Jahr beurlauben zu lassen

Shit Cannabisharz, Haschisch

Soko Sonderkommission

SPUSI Spurensicherung; Erkennungsdienst; Beamte, die Spuren am Tatort sichern und erste Auswertungen vornehmen

VP-Führer Polizeibeamter, der ständigen Kontakt zu einer Vertrauensperson unterhält und kontrollieren sollte, ob diese Person »in der Spur läuft«

Einige von Lenas Gedanken wurden in dem Artikel »Verhandlungsgegenstand Mensch« von Ursula Gasch in TRAUMA UND GEWALT 3/2008 »geboren«

Danksagung

Ich möchte mich bei allen bedanken, die mich bei der Entstehung dieses Kriminalromans begleitet, beraten, kritisiert, motiviert und manchmal auch abgelenkt haben, zunächst bei

Elfriede Belleflamme, Helmut Bouillon, Helga Brennecke, Karl-Hermann Dittrich, Ivonne Gerth, Irmgard Hübenbecker, Irene Koch, Nadine Mathias, Eva Merz-Seibert, Tom Moog, Herbert Saal, Anne Salow und Mike Stendel, die das Manuskript mit kritischen Augen lasen, Ungereimtheiten entdeckten und mich mit zahlreichen Anregungen »fütterten«.

Bei diesem Manuskript waren die Bewertungen der Testleser besonders wichtig, denn einerseits sollten sich die Leser von *Spurenleger* nicht durch zu viele Wiederholungen langweilen und anderseits Erstleser die vorangegangenen Ereignisse nachvollziehen können.

Für kollegiale Unterstützung danke ich

Margot Brenk für die Beratung zum Thema »Sexueller Missbrauch«;

Bernd Kreuter und seinem Team für Einblicke in die Arbeit einer Mordkommission;

Walter Günther für Informationen über DNA und weitere kriminaltechnische Untersuchungsmethoden;

Ralf Masendorf für die Korrektur der observationstaktischen Strategien und die Prüfung, welche Hinweise ich der Öffentlichkeit vorenthalten sollte;

Tanja Schmitz für kritische Anmerkungen zu der Beschreibung realer Personen;

Martina Müller für tiefe Einblicke in ihre Arbeitswelt als soziale Ansprechpartnerin;

Gerd Jung für die Unterstützung bei dem Tatortaufbau;

Manfred Gerz und **Christoph Klinke** für die Unterstützung bei der Einspielung von Originalfunksprüchen zur realistischen Gestaltung einer Krimilesung und **Harry Münch** vom Erkennungsdienst für die technische Beratung;

Andrea Schuh, die mir die »innere Stimme« von Lena Lieck für meine Lesungen geliehen hat;

der E-Schicht auf der Einsatzleitstelle, insbesondere **Rainer Arnst** und **Ramona Bernardy** für ihre fingierten Funksprüche.

Polizeipräsident **Horst Eckhardt** danke ich, dass ich mit den Kollegen die Szenen für die Lesung einspielen durfte, und seinem persönlichen Referenten **Martin Freisberg** für den Hinweis auf den Whoppereffekt.

Ministerialrat **Roger Lewentz** für sein Angebot, bei den Krimilesungen auch das Thema »Gewalt gegen Polizeibeamte« aus dem Blickwinkel der Politik zu beleuchten.

Weiterhin möchte ich mich bedanken bei

Bernd Seyfarth, meinem Webmaster, für die zeitintensive Pflege meiner Homepage und viele kreative Ideen;

Achim Specht für die Einweisung in den Gebrauch eines Bolzenschussapparats und die Beschreibung der tödlichen Folgen sowie interessante Vergleiche mit diesem gefährlichen Gegenstand;

Reni und **Nobby Diefenbach,** in deren Haus in Salon-de-Provence ich immer wieder in vielfältiger Weise inspiriert wurde und die mir mit ihren Töchtern **Rebecca, Corinna, Maleika** und **Benjamin Gabay** aus Paris für die

Beschreibung der Szenen in Südfrankreich eine wichtige Hilfe waren;

Werner Gehrmann für die Genehmigung, die *Albatros* als Wohnsitz von **Tom Schneider** zu mieten, und schöne Erinnerungen bei der Überführung der alten Barkasse;

Ricarda Eicher, Judith Schießer und **Barbara Ulbricht** von der Buchhandlung **Reuffel** für die Organisation meiner Lesungen, verbunden mit einem herzlichen Glückwunsch an die Inhaber **Ruth** und **Eberhard Duchstein** für die Auszeichnung zur Buchhandlung des Jahres 2009;

Christine, Rita, Diether, Dietmar, Klaus, Michael und **Peter** für die Ablenkung bei den Bandproben und **Marion,** die zugunsten der Musik auf ihre Saunagänge verzichtete.

Einen herzlichen Dank auch an **Michaela Kenklies** vom **Piper Verlag** und **Marina von Berlepsch** für harmonisches Miteinander und unkomplizierte Zusammenarbeit.

Besonders bedanke ich mich bei **Elfie,** meiner kritischsten und damit wertvollsten Testleserin. Last but not least einen herzlichen Dank an **Andreas** und **Thomas,** die mich auf »peinliche« Textpassagen hingewiesen haben.

Nicht zuletzt wünsche ich mir, dass dieser Roman als Fortsetzung von *Spurenleger* den Leserinnen und Lesern weitere bewegende Einblicke in Gefühlswelten von Frauen und Männern im Polizeidienst vermittelt, und hoffe, dass ich die Neugierde auf den letzten Teil der Trilogie wecken kann.

Jörg Schmitt-Kilian, im Juli 2010